Pour l'amour de Finette

Remo Forlani

Pour l'amour de Finette

Roman

FRANCE LOISIRS
123, boulevard de Grenelle, Paris

Édition du Club France Loisirs et du Club RTL
avec l'autorisation des éditions Ramsay

ISBN 2-7242-1957-0

A la vraie Finette,
à d'autres chats qui sont partis
et
à des gens aussi.

1

On appela ça l'Exode.

Et ce fut vraiment très spectaculaire. En deux affolantes petites semaines, des centaines de milliers de Parisiens quittèrent leur ville comme des rats quittent un navire sur le point de faire le grand plongeon. Ils filèrent aussi vite que possible, les Parisiens. Qui en train, tant qu'il y eut encore des trains archibondés pour partir en direction du sud, qui en automobile ou camionnette s'il en possédait une, dans laquelle on entassait famille, amis, voisins, objets de première et aussi de seconde nécessité, qui sur sa motocyclette, sa bicyclette, son triporteur, d'autres encore pédestrement et chargés pire que des bourricots ou poussant poussettes, landaus et charretons pleins à craquer de marmots, valises, mallettes, paquets, baluchons et provisions de bouche.

On vit des immeubles se vider entièrement de leurs habitants. Concierges inclus.

Des rues, même.

Ainsi le passage Sainte-Delphine dans le faubourg Saint-Antoine.

Tous les indigènes de cette riante voie où l'herbe poussait encore entre les pavés, s'enfuirent devant l'Allemand. Tous !

Sauf Adrienne.

Pas qu'Adrienne fut plus courageuse que les nuées de Parisiens de tout poil qui n'hésitèrent pas à abandonner à l'ennemi et la ville lumière et les meubles et menus objets qu'ils n'avaient pas pu emporter. Adrienne était, comme vous et moi, sujette à l'inquiétude, à la frayeur, à la terreur, à la panique, à l'effroi.

Mais, aussi forte que fut sa peur, plus forte encore était l'habitude qu'elle avait d'obéir sans jamais discuter à Madame Ponchardain, sa maîtresse.

Or, Madame Ponchardain ne lui avait pas laissé le choix. Elle lui avait expliqué posément, pendant qu'on chargeait le maximum de bagages dans la Citroën, qu'il fallait absolument que quelqu'un reste pour veiller sur les trésors que contenait l'atelier.

Les trésors en question, c'étaient les œuvres de Monsieur Paul-Emile Ponchardain (Prix de Rome de sculpture mil neuf cent deux). A savoir une centaine de bustes et représentations en pied, d'une ressemblance atterrante, de sommités de la Médecine et du Barreau, une bonne douzaine de déesses imitées de l'antique et plusieurs projets, grandeur nature et fatalement lugubres, de monuments funéraires.

Adrienne, qui était le bon sens même, pensa que les Allemands n'avaient sûrement pas fait tout le chemin qu'ils avaient fait pour venir s'emparer des sculptures de son patron. Elle le pensa, mais ne le dit point et elle resta seule, absolument seule et pas du tout rassurée, passage Sainte-Delphine.

Et durant deux interminables journées, elle s'ennuya très fort.

Et, le troisième jour, les Allemands arrivèrent. C'était le quatorze juin quarante. Et ce quatorze juin-là fut pour Adrienne un bien curieux quatorze juin.

Levée, comme chaque jour que Dieu faisait depuis qu'elle était placée, à six heures sonnantes, et n'ayant à préparer ni l'œuf mollet, les mouillettes et le café léger de Monsieur, ni le grappe-fruit, le thé et les biscottes tartinées de miel de Madame, elle se força à déguster aussi lentement que possible ses deux grands bols de café au lait. Après quoi, elle lava son bol et sa cuillère, les essuya et les rangea. Puis elle ouvrit toutes les persiennes, tira tous les rideaux. Il faisait beau. Et doux. Elle fit la poussière dans le salon, le petit boudoir de Madame et la salle à manger. Elle fit un peu de repassage, recousit cinq six boutons, fit briller quelques cuivres au chiffon de laine. Quand elle eut fait tout ça, il n'était encore que dix heures du matin. Et elle n'avait même pas de marché à faire.

Quelle angoisse !

Adrienne ne tenait plus en place. Elle se serait écoutée, elle aurait quitté le Passage et poussé une pointe jusqu'à la rue du Faubourg-Saint-Antoine ou la rue Crozatier pour voir si c'était aussi désert par là que dans son coin. Oui, c'est ça qu'elle aurait aimé faire. Mais qui veillerait sur les trésors de l'atelier, si elle quittait son poste ?

Elle finit par aller tripoter les boutons de l'imposant meuble-radio du salon. C'était la première fois qu'elle s'en approchait pour faire autre chose que lui donner des coups de plumeau ou le cirer. Des lampes s'allumèrent, roses, jaunes, vertes, et ça se mit à grésiller de plus en plus fort. A force de manipuler les boutons, Adrienne réussit à entendre, pas très bien mais c'était déjà pas mal, une marche militaire. De quel pays ? Ça... Puis une voix se fit entendre. Pas une de ces voix familières qui racontaient des drôleries et vantaient les mérites incomparables de la Quintonine, du Vin de Frileuse, de la Ouate Thermogène et du Bonhomme en bois, ou ne se lassaient pas de répéter : « Nous vaincrons parce que nous sommes les plus forts ! ». C'était une voix toute neuve, qui disait que (comme prévu par les observateurs qui n'étaient pas à la solde des VRAIS ennemis de la France) à cinq heures trente du matin, les troupes allemandes étaient entrées dans Paris par la porte de la Villette et que tout s'était passé aussi bien que possible, que les Allemands ne voulaient de mal à personne et que...

Adrienne coupa rageusement le sifflet à ce Français (car c'en était forcément un, il n'avait pas le moindre accent) qui pouvait dire aux autres Français que les Boches étaient à Paris sans hurler de colère ou fondre en sanglots !

Ce qu'elle fit, elle, Adrienne.

Debout, dans le salon, elle versa de grosses grosses larmes pendant un long moment. Puis elle retourna à la cuisine boire un troisième bol de café au lait. Ce qui la remonta un peu mais ne chassa pas sa consternation.

C'est que, les Allemands à Paris, dans le genre nouvelle, on ne pouvait guère rêver plus moche, plus vexant.

Si encore elle avait eu quelqu'un à qui parler. Si son amie Suzanne, la couturière du douze, avait été là. Ou la boulangère. Ou même Madame Pouline, l'impotente. Elle était partie aussi, malgré ses pattes mortes et ses cent-vingt kilos bon poids. Ç'avait été dur de la hisser dans la voiture à cheval de son fils, qui livrait des fromages Gervais. D'autant qu'elle ne voulait pas quitter la chambre dont elle n'était pas sortie depuis plus de trente ans. Elle voulait qu'on la laisse mourir tranquille dans son lit. Et les siens lui avaient fait violence pour, peut-être, l'emmener mourir sur les routes.

Adrienne se sentit envahir par un doute horrible. La voix de la T.S.F. pouvait très bien mentir. Si « tout » ne s'était pas passé « aussi bien que possible » ? Dans le Passage, c'était le grand calme, d'accord. Mais ailleurs ? Peut-être que Notre-Dame, le musée et le magasin du Louvre et la Samaritaine et le Châtelet et l'Opéra étaient en flammes. Ou détruits. Peut-être que, dans leurs trains, sur leurs routes, Suzanne, la couturière, la boulangère, Madame Pouline, Monsieur et Madame Ponchardain avaient été tués. Pourquoi les Allemands, dont ceux qui les connaissaient vraiment ne manquaient jamais d'évoquer la cruauté, la barbarie, se seraient mis à devenir — comme par enchantement — de paisibles agneaux ?

La voix de la radio avait menti. Adrienne en aurait donné sa tête à couper.

Pour en avoir le cœur net, elle décida d'y aller voir. Tant pis pour les chefs-d'œuvre de l'atelier. Quand il y a mort d'hommes, les statues peuvent bien crever.

Ayant quitté son tablier et troqué ses chaussures noires d'intérieur contre des chaussures noires de sortie, Adrienne s'en fut non sans avoir refermé toutes les persiennes et bouclé toutes les serrures et verrous de la porte d'entrée.

Dans le Passage, personne. Rien.

Rue du Faubourg-Saint-Antoine, que des magasins fermés, que des volets clos, pas une voiture, pas un vélo. Et, pour tous passants, deux grands et jeunes garçons blonds vêtus de vert avec des fusils en bandoulière et pas mal crottés. Crottés mais souriants. L'un d'eux se tourna vers Adrienne pour lui adresser un aimable « Ponjour matemoiselle ».

La voix de la radio avait dit vrai : les Allemands étaient bien là, et ils étaient animés des meilleures intentions.

Ponjour matemoiselle !

Il ne manquait pas de culot, l'envahisseur.

Adrienne eut très envie de lui balancer un de ces compliments à sa façon dont elle ne manquait jamais d'abreuver les marchands du marché d'Aligre ou les livreurs qui oubliaient de garder leurs distances avec elle.

Mais elle se contint.

Si vraiment tout s'était passé sans tueries, sans massacres, sans destructions, ce n'était pas à elle,

Adrienne, d'envenimer les choses.

Elle se contenta donc de tourner les talons, dignement, très dignement, et de regagner son Passage.

2

Les émotions creusent. Bien avant midi, Adrienne éprouva une grande faim. Dans les placards et buffets de la cuisine, il y avait de quoi contenter et cette grande faim-là et beaucoup beaucoup d'autres, car, depuis que c'était la guerre, Madame Ponchardain jugeait prudent de faire des stocks de tout. De nourriture, ça tombait sous le sens, mais aussi de savon, d'eau de Javel, de térébenthine, de teinture d'iode, de Dentol, de Miror, d'encre, d'enveloppes, de papier collant, de recharges pour stylomines, de papier d'Arménie...

N'étant pas tenue de mitonner un de ces nombreux bons petits plats dont ses maîtres étaient friands, Adrienne se contenta pour son déjeuner de sardines à l'huile, de saucisson sec, de pâté de campagne, de roquefort et de biscottes beurrées trempées dans du Banania. A l'eau, puisqu'il n'y avait aucune boutique où acheter du lait, mais très épais, très sucré et bien bon quand même.

Triste, oppressée, fort défrisée d'appartenir à un

peuple de vaincus, Adrienne mangea pourtant énormément et avec plaisir.

Elle avait la mort dans l'âme, c'est vrai. Mais cette collation qu'aucun coup de sonnette ne risquait de venir interrompre était, tout bien pesé, on ne peut plus ravigotante. L'ennui, c'était ce silence dans la maison, le Passage. On n'entendait que les biscottes croquer.

Et puis il y eut ces cris tout d'un coup. Des miaulements ? Ça ressemblait à des miaulements. Mais si c'en était, le chat qui les poussait était pour le moins enragé.

Qui donc ça pouvait bien être, ce minet qui faisait un pareil barouf ? Les animaux du Passage, Adrienne les connaissait tous : les perruches de Madame Pouline, quelques serins, un bengali, le corbeau apprivoisé du miroitier, le perroquet (qui ne parlait pas parce que — étant sourd — il n'avait jamais pu apprendre) de la vieille dame du six, les poissons chinois de Monsieur Moutier, Peluche, le chien des Brevet, Frimousset, le caniche, Moutarde et Grognon, des corniauds, le basset Saucisse-à-pattes. Des chats, il y en avait huit. Et les huit étaient partis avec leurs propriétaires dans des paniers, cabas ou cartons à chaussures dans lesquels on avait percé des trous pour l'aération.

Il n'empêche que ça miaulait de plus en plus furieusement. Abandonnant biscottes et chocolat, Adrienne ouvrit une fenêtre. Ça avait l'air de venir de la maison d'en face, de la maison sur laquelle on pouvait lire : MARTIN ET FILS — TAPISSERIE MODERNE ET DE STYLE.

Bizarre. Les Martin étaient partis dans les premiers. Et les Martin n'avaient chez eux ni chat ni aucun autre animal que les souris qui venaient passer les hivers dans les balles de laine et de crin entreposées dans leur remise. Et pourtant ON miaulait de plus en plus fort.

Adrienne s'en fut y voir de plus près. C'était bien chez les Martin. Et c'était très pénible à entendre, ces miaous désespérés. Ce chat en avait manifestement gros sur la patate. Peut-être qu'il était blessé, malade, qu'il souffrait. La souffrance, Adrienne n'aimait pas. Mais que faire ? Pas question d'ouvrir la porte. Encore moins de la forcer. C'était une de ces portes comme on n'en fera jamais plus, en bois épais, incassable et nantie d'une serrure à l'ancienne. Pas question de s'attaquer aux volets. Pas question non plus de laisser le chat se morfondre. La maison des Martin, comme la plupart des maisons du Passage, n'avait qu'un étage et peut-être que par le vasistas... Toute une expédition ! Adrienne n'était pas fille à se laisser décourager par l'idée de grimper sur un toit. Et puis ça la distrairait, ça la sortirait de ses idées pas gaies.

Dans l'atelier de Paul-Emile Ponchardain, il y avait des échelles de toutes tailles car le Maître faisait dans le monumental. Adrienne en prit une d'au moins trois mètres une fois dépliée, et la porta — comme un fétu de paille, car elle était robuste — de l'autre côté du Passage et l'appuya sur la façade de MARTIN ET FILS — TAPISSERIE MODERNE ET DE STYLE. Une fois sur le dernier barreau, elle atteignait presque le vasistas. Presque. Manquaient cinquante bons centimètres. Allait-elle abandonner alors que les miaulements étaient de plus en plus stridents, poignants ? Certainement pas. Retrouvant sa tranquille hardiesse du temps où, fillette dans un village de Seine-et-Oise, elle fréquentait plus volontiers les pommiers et les cerisiers que l'école, elle retroussa sa jupe et, se cramponnant fermement à la gouttière, elle fit une traction et se retrouva, plutôt dépenaillée mais à peine essoufflée, sur les ardoises du toit.

Un autre jour que ce fameux quatorze juin-là, elle aurait couru le risque d'être prise pour une folle ou une cambrioleuse. Mais — on ne le dira jamais assez — elle était seule dans le Passage, seule avec un chat peut-être enragé.

Le vasistas étant fermé, elle dut briser la vitre d'un coup de coude. Après quoi, elle y passa son bras en prenant garde de ne pas se couper, trouva le loquet, le fit manœuvrer et, une fois la voie libre, elle se faufila par l'ouverture et se laissa choir dans une petite pièce où étaient entassés suffisamment de poufs et de fauteuils (modernes et de style) pour en meubler dix grandes.

Et, hors de lui, miaulant plus hystériquement que jamais, un chat minuscule qui, étant donné la taille démesurée de ses oreilles, aurait très bien pu jouer un rôle de lapin dans un dessin animé de Mickey et Minnie. Pas un chat de race, vraiment pas. Un chat des rues avec du noir, du gris, du roux, du jaune, du marron dans ses poils. Et le bout du nez et des pattes d'un blanc pas très net. Son poitrail aussi était blanc et sale. Il avait la gueule comme un four et beaucoup beaucoup de dents et des moustaches bien raides et longues à n'en plus finir.

Même Adrienne, qui n'y connaissait rien en animaux, fut frappée par sa drôle de bouille, sa drôle d'allure. Il n'était peut-être pas laid mais il n'était sûrement pas beau. Et tellement agité, tellement piailleur.

— Ça veut dire quoi, cette façon de brailler, hein ? T'es malade ou quoi ?

Le chat s'arrêta net de miauler. Il toisa Adrienne avec quelque chose comme de l'insolence dans l'œil. Non, il n'était pas malade. Il était furieux d'être coincé, voilà tout.

— Et cet œil que tu me fais ! Qu'est-ce qui ne va pas ? Tu vas me le dire ?

Le chat s'approcha lentement d'une des chaussures d'Adrienne et la renifla avec méfiance. Puis il releva la tête, la retoisa et, comme elle tendait la main pour le saisir, il lui souffla dessus. Très méchamment. Et fila au fond de la pièce.

Adrienne ignorait tout du langage des chats mais elle se douta que le petit monstre voulait lui faire comprendre qu'elle aurait intérêt à ne pas tenter de s'emparer de lui.

— Monsieur veut pas qu'on le touche ? Très bien. Parfait. D'accord. On ne le touchera pas. Même qu'on va s'en retourner d'où on vient et qu'on laissera Monsieur gueuler tout à son aise. Allez, salut, le chat, et tant pis pour toi si tu préfères rester ici tout seul et sans manger.

Et Adrienne poussa un fauteuil sous le vasistas pour s'en retourner en renouvelant ses acrobaties. Comme elle grimpait sur le fauteuil, le chat, qui ne miaulait plus, s'approcha à petits pas. Il n'avait plus l'air en rage.

— Ça va mieux ? C'est fini les nerfs ?

Adrienne fit mine d'allonger le bras dans sa direction — il ne recula pas, ne souffla pas. Mieux : comme la main arrivait à hauteur de son visage, il s'avança et frotta son petit crâne sur le dos de la main. Et Adrienne entendit un brave petit miaou de bébé chat. Rien à voir avec les miaulements fous qui l'avaient tirée de son agréable dînette. Adrienne approcha un peu plus sa main et l'ouvrit sans brusquerie. Le chat se laissa cueillir. Il pesait à peine autant qu'une grosse pomme et il était bien doux bien chaud.

Comme Adrienne avait besoin de ses deux mains pour recommencer ses acrobaties, elle le fourra dans la grande poche de son tablier. Il se laissa enfourner de la sorte sans le moindre murmure.

Adrienne alla d'abord remettre l'échelle à sa place dans l'atelier — l'ordre avant tout ! — puis elle s'occupa de son invité qu'elle avait installé là où il risquait le moins de salir — sur une serpillière dans la cuisine.

— Qu'est-ce qui te ferait plaisir ? Du lait ? C'est que je n'en ai pas la moindre goutte, mon bonhomme. Aujourd'hui, c'est jour sans lait. Alors tu vas manger quoi ? Naturellement, tu ne vas pas me répondre. C'est commode !

Trop occupée à satisfaire les besoins incessants de ses maîtres, Adrienne ne s'était jamais intéressée au moindre animal depuis l'époque où, pour gagner de quoi s'acheter des berlingots ou *La Semaine de Suzette*, elle allait garder des vaches ou des moutons dans sa campagne natale. Elle savait tout ce que mangeaient les hommes et leurs dames. Mais pas ce que mangeaient les chats. Elle se demandait si une soupe à l'eau, une panade feraient l'affaire quand elle vit le jeune vaurien sauter sur la table de la cuisine et se mettre à laper frénétiquement l'huile de la boîte de sardines.

— Si Monsieur aime la conserve...

Elle ouvrit une autre boîte de sardines et fut stupéfaite de voir un aussi petit corps engloutir une, puis deux, puis trois, puis quatre sardines, avec une satisfaction frisant l'extase. Toutes les sardines avalées et la seconde boîte consciencieusement léchée, le chaton se débarbouilla. Avec infiniment de sérieux, usant de ses patoches comme de gants de toilette, frottant avec énergie, prenant des poses pas possibles pour atteindre des régions apparemment inaccessibles de son corps mignard. Un vrai travail, cette toilette d'après manger. Une fois propre et net, il fit le tour de la cuisine, explorant bien jusqu'au moindre recoin, et, avisant les pantoufles d'Adrienne dans un placard ouvert, il choisit celle qui lui parut la plus douillette et se glissa dedans pour y faire un somme.

Et Adrienne s'assit sur sa chaise et le regarda. Il dormait, rien de plus. Il dormait du sommeil du Juste

— quand le Juste s'est convenablement calé et les joues et la panse.

Et Adrienne le regarda et l'écouta aussi. Car, bientôt, il se mit à ronronner.

Et Adrienne fut contente.

C'était ridicule de rester là à manger des yeux un avorton de chat assez niais pour faire son lit d'une pantoufle ! Mais pas plus que de se retrouver seule dans le passage Sainte-Delphine, un jour aussi désastreusement historique. Pas plus que de faire des guerres.

Adrienne n'était pas plus savante que ses braves parents qui ne l'étaient pas du tout. Elle n'avait même pas son certificat d'études. Elle aurait pu l'avoir. Elle aurait sûrement pu l'avoir puisque des filles plus sottes qu'elle l'avaient eu, des filles comme Blanche Gavernet, Clotilde Chaperon ou Louisette Bourin. Elles, le jour du certificat, elles étaient debout. Pas Adrienne. Elle était au lit avec une belle rougeole. Et pas question de le passer l'année d'après, le certificat. L'année d'après, il fallait qu'Adrienne commence à gagner sa vie. Ce qu'elle fit en devenant demoiselle à tout faire chez une fleuriste de Dourdan.

Adrienne n'était pas savante mais elle avait de la jugeotte à en revendre et des idées bien à elle sur tout — sur la méchanceté de tant de gens, sur leur cupidité, leur égoïsme, sur la facilité qu'ils avaient de gober les sornettes que leur débitaient tant de politiciens, sur toutes les choses pas bien nettes qui se cachaient derrière de beaux mots comme patriotisme ou honneur — et ses idées étaient bonnes.

Adrienne n'avait pas même son certificat mais elle savait qu'il y avait plus de beauté dans un chaton faisant un petit somme que dans des millions de soldats saccageant l'Europe comme de vrais gangsters au nom d'idéaux qui, elle en avait la conviction, ne valaient pas tripette et, en plus, se contredisaient allègrement tous.

Ecouter le ronron d'un chat, le quatorze juin quarante, à Paris, c'était un milliard de fois plus intéressant que d'écouter la T.S.F. qui trouvait tout naturel que les Allemands soient là alors que, depuis des mois, elle vous serinait que jamais, jamais les Allemands ne viendraient.

La T.S.F. n'était qu'une coûteuse boîte à menteries. Tandis que le petit chat...

Et voilà qu'il n'y eut plus de ronron.

Le chat ouvrit un œil, l'autre, s'étira, se leva et, sans un regard à Adrienne, il sauta sur une chaise, sauta de la chaise sur le rebord de la fenêtre et, hop ! dehors. Le temps de dire ouf et il avait déjà disparu dans la cour de la scierie.

Adrienne sentit fondre sa belle humeur. Son contentement avait filé avec ce salopiot de chat.

Et elle vit qu'il était déjà quatre heures au réveil Jaz posé sur le buffet et qu'elle n'avait rien fait de ses dix doigts depuis que ce minet goulu (et ingrat) avait mis le nez dans sa cuisine.

Bon. Elle décida de se lancer dans le dépoussiérage en grand de l'atelier, entreprise d'envergure qui réclamait l'absence de son patron. Et bien du courage.

Manches retroussées, un mouchoir à carreaux protégeant ses cheveux, elle attaqua à la tête de loup l'Hercule haut de trois mètres dix refusé (même à titre gracieux) par les Administrateurs responsables de la totalité des jardins et squares parisiens. Il faut dire qu'il était terrifique, ce géant barbu brandissant une massue d'une main et étranglant de l'autre un hideux bestiau heureusement imaginaire dont chacune des multiples têtes tirait une langue démesurée.

Les responsables des squares et jardins avaient eu bien raison de ne pas vouloir de cette horreur. Ç'aurait été criminel d'imposer à d'innocents marmots et à de paisibles promeneurs la vision de cette inquiétante masse de chair en pierre.

Si l'Hercule la rebutait par sa gigantesque bestialité, les Vénus nées du ciseau de Paul-Emile Ponchardain n'enchantaient guère plus Adrienne. Elle leur trouvait « l'air dinde ». Quant à la kyrielle de binettes d'éminents praticiens, avocats arrogants, banquiers suffisants et vieilles et jeunes richardes prétentieuses sculptées dans le porphyre, pétries dans l'argile ou coulées dans le bronze par son artiste de maître, Adrienne n'y songeait jamais que comme à un encombrant jeu de massacre.

En gros, Adrienne détestait les œuvres de Paul-Emile Ponchardain. D'abord à cause de cette propriété qu'elles avaient d'attirer poussières et salissures d'insectes. Ensuite parce qu'elles ne comblaient absolument pas sa soif d'émotions artistiques.

Adrienne avait du goût et des goûts, comme tout

un chacun. Elle avait autant soif de beauté que, par exemple, Madame Ponchardain qui avait fait l'école du Louvre, ou que bon nombre de barbichus à lorgnons qui venaient bavocher d'admiration devant les laissés-pour-compte entassés dans ce fichu atelier si dur à tenir propre. Mais elle aimait ce qui était chaud, vif, coloré. Elle détestait ce qui était froid, inerte, terne. Comme elle disait à son amie Suzanne la couturière, avec qui elle aimait tant s'offrir de bonnes crises de rire : « Moi, ses marbres au cher maître Paul-Emile, ils me laissent de marbre ».

Elle aimait, Adrienne, les affiches bariolées sur les murs, les palissades, le clown qui disait « Eleska c'est exquis », Bébé Cadum et ses joues comme des pêches, le zouave hilare buveur de Banania, Joséphine Baker au Casino, pas très vêtue et tellement plus appétissante que les déesses mortes depuis des siècles de Paul-Emile Ponchardain. Elle aimait, Adrienne, un bouquet de fleurs, des tomates bien rouges sur un étal place d'Aligre, les châteaux en saindoux des charcutiers, des fraises sur un lit de crème fraîche, les feux d'artifice du quatorze juillet, les peintures des baraques de la foire du Trône représentant la femme-poisson sur une plage de rêve, les moukères olé-olé du Palais de la Danse (interdit aux enfants) ou encore le Professeur Pezon coiffé de son casque colonial, fusil au poing, dans une forêt africaine truffée d'anthropophages crépus, de pygmées hauts comme des bottes, de lions, zébus, hippopotames, autruches, reptiles venimeux, scorpions sournois et ouistitis rigolards.

Il n'y avait pas dans l'art, selon Paul-Emile Ponchardain, la moindre place pour la rigolade. Pas même pour la simple et banale gaieté. Il était de ces artistes qui croient que seul l'ennuyeux, l'attristant est beau. Et c'est son atelier gai comme un cimetière par temps gris qu'il fallait qu'elle approprie. Eh bien non ! Adrienne laissa choir la tête de loup. Elle était le contraire d'une fainéante. Mais... l'atelier... ce jour-là...

Et puis ça la chiffonnait qu'il ait filé comme ça, le petit chat.

A propos de petit chat, une idée lui vint : et si elle allait voir un peu en ville s'il n'y avait pas quand même une crémerie ouverte ? Une crémerie avec du lait.

3

C'était quelque chose, Paris le quatorze juin quarante. Sur pas même trois millions de Parisiens, plus de deux millions étaient partis. Et ceux qui n'avaient pas décampé avec armes et bagages se terraient encore. Beaucoup par peur. Car on ne savait pas ce qu'il avait derrière la tête, l'envahisseur apparemment si correct. Beaucoup par honte. Car les radios l'avaient dit et redit : depuis neuf heures quarante-cinq du matin, un étendard à croix gammée flottait sur l'Arc de Triomphe.

La crémerie Maillebouis était fermée. Celle au coin de la rue d'Aligre et de la rue Crozatier aussi. Même chose pour celles de la rue de la Forge-Royale et de la rue du Dahomey. Rue Saint-Bernard, l'épicière était là. Pas à sa caisse. Sur le pas de sa porte à se lamenter. Elle n'avait plus rien à vendre que des boîtes de une truffe à un prix inabordable et des sachets de grains d'anis pour décorer la pâtisserie. Et, en plus, sa fille aînée venait de lui téléphoner pour lui dire qu'elle avait perdu sa jeune sœur sur une route et, la communication ayant été coupée, elle ne savait même pas où elle se trouvait, cette route, l'épicière. Et il y avait son mari qui ne quittait pas la cave depuis l'avant-avant-veille. Ne faisant rien d'autre que s'enfourner des liqueurs dans le gosier en beuglant à chaque verre bu : « Et encore un que les Prussiens n'auront pas ! » A son idée, à l'épicière, patriote et obstiné comme il l'était, son mari, il était fichu d'en crever.

Adrienne serait bien restée un moment avec cette pauvre femme pour la consoler mais, maintenant qu'elle s'était mis dans la tête de trouver du lait...

Elle finit par en trouver, boulevard Voltaire, presque à la place de la Nation. Dans un café sans client dont le patron consentit à lui céder un litre de lait vieux de trois jours mais « tellement bouilli et rebouilli qu'il était frais comme sortant du pis ». Il le lui vendit à prix coûtant. Parce qu'il n'était pas « homme à profiter de la situation ». Il insista même pour qu'elle accepte un ballon de vin blanc. Parce qu'il ne supportait pas de boire sans trinquer avec quelqu'un et que — n'ayant vu personne depuis deux jours — il avait une soif d'enfer.

Adrienne but le vin blanc d'un trait. Elle avait hâte de regagner sa cuisine.

Avec son litre de lait, elle confectionna un de ces riz au lait dont elle avait le secret. Avec vanille en gousse, raisins de Corinthe, zeste de citron et trois cuillerées à soupe de rhum. C'était le dessert préféré de Madame Ponchardain. C'était sûrement aussi un plat prisé par les petits chats.

Non contente de crier à plusieurs reprises d'engageants « Minet, minet ! », Adrienne mit la casserole de riz à refroidir sur la fenêtre de la cuisine.

Mais le chat ne revint pas.

Ou il avait eu sa suffisance avec les sardines, ou il s'était trouvé quelque souris bien dodue. Ou il était parti à tout jamais.

Le riz au lait, Adrienne n'y toucha pas. Elle en était pourtant friande. Elle se contenta de biscottes et de fromage. D'une seule biscotte et d'une portion de roquefort comme dans une cantine. Elle ne mangea pas, à dire vrai. Elle chipota.

Elle n'aimait pas que la journée soit finie. Elle n'aimait pas que la guerre soit perdue. Elle n'aimait pas que les gens soient partis. C'était moche, tout ça. Trop moche.

Une fois la nuit tombée, parce qu'il n'y avait rien d'autre à faire, elle se coucha et, ne trouvant aucun plaisir à lire le dernier numéro du *Petit Echo de la Mode* que son amie Suzanne lui avait passé, elle s'endormit.

Elle rêva à quand elle était petite fille. Un rêve pas intéressant : elle revenait de l'école avec Céline Poirier, elles croisaient des garçons qui riaient comme des idiots parce qu'ils venaient de faire fumer une cigarette Gauloise à un crapaud. Puis il se mettait à pleuvoir. Une grosse pluie d'été, c'était tout.

Quand le jour se leva sur le passage Sainte-Delphine, Adrienne était déjà debout, déjà lavée, son lit déjà fait et son eau pour son café déjà à chauffer.

Et enfin, enfin, le chat miaula. Aussi furieusement

que, la veille, quand il était enfermé chez les Martin.

Adrienne se rua vers la porte. Il était là. Toujours aussi chétif. Il se laissa attraper, caresser. Il trouva le riz au lait excellent. Il mangea même les raisins et manqua s'étouffer avec un zeste de citron.

Et Adrienne le trouva adorable.

Quand elle se dirigea vers l'atelier, il la suivit. Pendant qu'elle dépoussiérait, il escalada l'Hercule, joua au toboggan sur le ventre replet d'une naïade. Il fit aussi une grande partie de cache-cache avec la tête-de-loup qu'Adrienne faisait glisser doucement, doucement jusqu'à lui pour la retirer prestement. Il cassa le cendrier chinois préféré de Monsieur Ponchardain. Tant pis. Il fit aussi un peu pipi sur la carpette. Re-tant pis.

Adrienne était prête à tout lui pardonner. Elle ramassa sans broncher les débris du cendrier, elle épongea le pipi, de gaieté de cœur. Ce qui était plaisant chez ce chat, c'était le besoin qu'il avait d'elle.

Philosophe de son état, ou même, simplement, plus portée sur l'écriture qu'elle ne l'était, Adrienne se serait jetée sur un papier et aurait noté : « La solitude, c'est quand personne n'a besoin de vous ».

N'étant ni philosophe ni très écriveuse, Adrienne se contenta de prendre le chaton sur ses genoux et de lui grattouiller le ventre. Et il aima ça.

A midi, ils se nourrirent de sardines.

Après quoi, ils firent une nouvelle partie de cache-cache avec la tête-de-loup. Puis ils se séparèrent ; le temps, pour Adrienne, de faire de la lessive et, pour son pensionnaire, de dormir dans sa pantoufle d'élection.

Le soir, ils allèrent ensemble — l'un dans la poche de tablier de l'autre — jusqu'au bout du Passage pour voir ce qui se passait dans le faubourg. Il se passait que quelques fenêtres étaient ouvertes, que des camions allemands roulaient au milieu de la chaussée, qu'il y avait des familles qui s'en revenaient avec valises, mallettes et sacs à dos, traînant la patte et l'air défait. Pas bien folâtre, tout ça.

Mais Adrienne était de plutôt bonne humeur. Et le chat aussi, qui ronronnait comme un soufflet de forge.

4

Et ce fut l'Occupation.

Sans jamais se départir de leur remarquable correction, les Allemands allaient instituer le couvre-feu à une heure pas humaine, décréter que les commerçants devraient accepter d'être payés en marks, réquisitionner un nombre conséquent d'édifices publics et d'immeubles bourgeois, planter leur sale drapeau un peu partout, se mettre à contrôler l'identité de qui bon leur semblerait, lancer la mode des tickets de rationnement, prendre l'habitude de défiler dans nos rues musique en tête, entreprendre de faire des misères aux Juifs, aux communistes, aux francs-maçons... et à Pierre, Paul ou Jacques pour des raisons qui n'en étaient pas.

Un armistice piteux ayant été demandé et obtenu par un Maréchal pas encore gâteux mais déjà fort chancelant, chacun à son heure, les fuyards s'en revinrent. Passage Sainte-Delphine on revit Madame Pouline l'impotente, on revit Monsieur Brevet et son chien Peluche, on revit Salomon le tailleur. Ils avaient mal voyagé, piétiné, avalé de tristes et inutiles kilomètres, ils avaient été un peu mitraillés par des avions italiens, ils avaient trouvé des ploucs hargneux qui leur avaient vendu trop cher des fruits trop verts, ils avaient eu trop chaud,trop soif, trop faim, ils avaient très mal dormi dans des granges, dans des camions, dans des champs, dans des écoles vides, entassés les uns sur les autres, pas dormi du tout parfois, ils avaient sué, connu la fatigue, ils avaient vu de leurs yeux vu la misère et la trouille, ils s'étaient fait doubler par des généraux, des colonels qui, le cul bien à l'aise sur les sièges de leurs voitures à fanions, allaient continuer la guerre à Bordeaux, Pau ou plus bas encore, ils avaient pleuré, ils avaient prié et maudit le Bon Dieu, ils avaient perdu leurs illusions.

Ils étaient amers.

Suzanne la couturière, une joyeuse pourtant, broyait du noir elle aussi. Il avait fallu qu'Adrienne la supplie pour qu'elle accepte de venir prendre le café dans sa cuisine.

— Tu ne vas pas me faire croire que tu n'aimes plus le café.

— Je dis pas que je l'aime plus. Mais quand on a vu ce que j'ai vu...

Suzanne avait vu des soldats français, sales comme des peignes, leurs vareuses pas boutonnées et leurs fusils la crosse en l'air, entrer dans des maisons que leurs habitants venaient tout juste de quitter, et piller les caves et casser la vaisselle et crever les matelas et les oreillers, histoire de faire les malins, elle avait vu des gens se battre pour monter dans un train et le train ne pas partir, elle avait vu des jeunots à casquettes voler avec un tuyau en caoutchouc l'essence d'un camion de réfugiés belges qui étaient partis voir s'ils pouvaient trouver quelque chose à manger dans une ferme, elle avait vu une petite vieille tomber morte et personne ne s'arrêter pour, au moins, la porter dans le fossé, elle avait vu un grand barbu à béret basque et décoré se faire tabasser parce qu'il clamait que ce qui arrivait aux Français, ils ne l'avaient pas volé, avec leur Front Populaire, leurs grèves et leurs congés payés, elle avait vu une petite fille pleurer son petit chat perdu...

— Moi, j'en ai trouvé un.

— Où ça ?

— Dans le grenier des Martin. Même que j'ai dû grimper sur le toit. Faut dire qu'il faisait un de ces carnavals.

— Il est où ?

— Là. Dans sa pantoufle.

— Il est pas gros.

— Il doit être jeune.

— Il est gentil ?

— Un ange. Pas vrai que t'es un ange, Riquiqui ?

— Il s'appelle Riquiqui ?

— Je sais pas. Quand je l'ai trouvé, il avait sûrement déjà un nom. Alors... je l'appelle un coup Riquiqui, un coup Minouchet, un coup Bobby... A force, je finirai peut-être par tomber sur le bon nom.

— Je peux le prendre ?

— Il demande que ça, qu'on le prenne et qu'on le cajole.

— Il est pas lourd.

— Ça... Il pèse moins que ce qu'il mange, ce goulu.

Suzanne avait saisi le tendre bestiau par la peau du cou, comme le font les mamans chats. Elle le tourna et retourna en tous sens. Et il se laissa faire. Heureux, bienheureux d'être l'objet d'une telle attention. Quand Suzanne lui flatta le blanc du ventre il se tortilla de plaisir.

— Mais dis-donc... Ton chat... Ça m'a tout l'air d'être une chatte.

— T'es sûre ?

— Regarde. Suffit de leur écarter les pattes. Si c'est un chat...

— Ça alors !

— Va falloir que tu trouves autre chose que Bobby, Minouchet ou Riquiqui.

— Et si je l'appelais Finette ?

— Pourquoi Finette ?

— Parce que c'est joli. Et puis... tu trouves pas qu'elle a une tête à s'appeler Finette ?

— C'est vrai que ça lui irait bien.

C'est ainsi que Finette devint Finette.

Et elle fit son aimable avec Suzanne, elle sauta sur ses genoux, y fit sa pelote et son ronron.

Et comme Adrienne, Suzanne se laissa vamper par cette petite chatte de rien du tout.

— C'est vrai qu'elle est gentille. Et puis ça te fait une compagnie.

— Ça, pour me faire une compagnie. On dort ensemble, tu sais.

— Dans la pantoufle ?

— Ce que tu peux être bête ! Dans mon lit, on dort. Pas vrai Finette ?

A croire que ce nom lui plaisait à elle aussi : Finette tourna la tête vers Adrienne et plissa ses yeux jaune mimosa.

— Je savais pas que t'aimais les chats, Adrienne.

— Je le savais pas moi non plus.

— Et tes patrons ?

— Pas de nouvelles, bonnes nouvelles. Je suis pas en peine pour eux. Ils doivent être arrivés dans leur campagne. Et avec le beau temps qu'il fait, Monsieur Paul-Émile va en profiter pour terminer l'espèce d'horreur qu'il a commencée l'été dernier dans le jardin de la maison. Un monument. Je ne sais pas combien de dieux grecs plus grands que toi et moi dansant la farandole ou la gigue. Il a fait poser tous les ivrognes du village. Du facteur au braconnier. Madame, elle, elle martyrise la pauvre vieille Anne-Marie. C'est elle qui fait la cuisine et qui tient la maison quand j'y suis pas. Madame est encore pire avec elle qu'avec moi.

— En fait, pour toi, c'est comme des vacances.

— Comme des vacances, oui.

Des vacances dont Adrienne allait tirer grand profit. Mais elle ne le savait pas encore. Comme Salomon le tailleur ne savait pas qu'il avait rendez-vous avec la mort dans une campagne silésienne au nom imprononçable. Comme Monsieur Brevet ne savait pas qu'il allait devenir un parfait salaud.

L'Occupation allait engendrer bien des turpitudes, bien des crasses, bien des abominations, bien des désolations. Bien de l'héroïsme aussi. Mais piano, pianissimo. A la longue. Au fil des semaines, des mois, des années. Parce que ça allait durer des années, cette mauvaise farce.

Pour commencer, la vie et les affaires reprirent. On recommenca à entendre les scies de la scierie, les marteaux des ébénistes, les gueulantes de Monsieur Brevet, les criailleries des employées de Madame Marcelle (FLEURS ARTIFICIELLES ET ARTICLES DE DEUIL), les aboiements des corniauds Moutarde et Grognon, les gazouillis des perruches de Madame Pouline, les cuicuis des serins, les miaulements des chats. Les bruits de la vie, quoi.

Quand elle entendit un chat miauler — celui de Madame Virgile — Finette dressa ses oreilles déjà bien voyantes et frétilla des moustaches. Inquiète, très inquiète. Quand elle le vit, ce chat, elle trembla, groncha, riboula des yeux, cracha, montra ses crocs microscopiques. Si Adrienne ne l'avait pas arquepincée par la queue, prestement emportée dans la cuisine et enfermée à triple tour, Finette aurait, c'est sûr, foncé sur ce matou noir comme encre et cinq ou six fois plus volumineux qu'elle. Et ça aurait mal tourné.

— Tu es folle ou quoi ? Tu veux que Nestor te mette en pièces ? Tu n'as pas vu comme il est gros et fort ? Et, en plus, sotte que tu es, il est tout ce qu'il y a de gentil, Nestor. Suffit de savoir le prendre. Tu lui aurais fait les yeux doux, il serait venu se rouler à tes pieds, te faire des politesses, des mamours. Ça t'avance à quoi de faire la mauvaise ?

Finette n'écouta pas Adrienne. Le poil toujours dressé, la queue aussi touffue que celle d'un renard, elle entreprit de déchiqueter SA pantoufle.

Elle était colère, mais colère !

C'est ce jour-là, un mardi, qu'Adrienne crut entendre la voix de Monsieur Martin dans le Passage. Elle sortit pour voir, un peu inquiète. Oui, c'était bien lui. Sans Madame Martin, sans ses filles. Il n'était pas rasé, pas peigné.

— J'ai laissé toute ma tribu au bord de la Loire. Là-bas, elles auront toujours des légumes et des fruits. La sœur de ma femme a un grand jardin. Vu qu'on ne sait pas comment ça va tourner par ici.

— J'ai pris votre chatte en pension, monsieur Martin.

— Ma chatte ? Quelle chatte ?

— Celle qui faisait tellement de raffut dans votre pièce du haut que j'ai été forcée de casser votre vasistas. J'étais toute seule, alors, n'est-ce pas...

— J'ai jamais eu aucune chatte dans ma pièce du haut, Adrienne. Jamais.

— Je vous assure, monsieur Martin, que...

Adrienne expliqua bien tout. Monsieur Martin sortit un paquet de Gauloises jaunes de sa poche.

— Attendez voir... Vous savez d'où elle pourrait venir, cette chatte ? J'en ai comme une petite idée... Vu que j'avais plus de place qu'il nous en fallait dans mon camion, j'ai emmené deux petites qui sont à la même école que mon aînée... Des pauvres gosses dont les parents sont des Autrichiens réfugiés à Paris... Bref : des gens qui ont toutes les chances de se retrouver fusillés ou quelque chose dans ce goût-là, si les Boches leur mettent le grappin dessus... Alors ma fille m'a supplié d'embarquer au moins leurs filles... J'allais pas dire non, évidemment... Elles sont arrivées au dernier moment avec leurs affaires, je t'ai fait grimper tout ça dans le camion... Elles devaient avoir cette chatte avec elles... Dans toute cette panique du départ... elles l'auront oubliée.

Monsieur Martin s'alluma une cigarette avec une allumette soufrée. Il avait de gros doigts durs qui ne sentaient plus les piqûres de clous. Il tira sur sa cigarette, souffla un nuage de fumée bleuâtre.

— Peut-être bien oubliée... exprès.

— Alors ? Je peux la garder ?

— Pour l'usage que j'en ferais... Si vous, ça vous dit d'avoir un chat.

La nuit, dans son lit, ne faisant pas le moindre mouvement pour ne pas éveiller Finette qui s'était endormie sur son accueillante poitrine, Adrienne se demanda ce que pouvaient bien ressentir des fillettes qui oubliaient leur petite chatte exprès.

5

Ça la tarabustait, Adrienne, cette histoire de fillettes ayant abandonné *exprès* une créature aussi exquise que Finette dans une maison vide. C'est qu'elle aurait pu en crever, cette chatte si affectueuse, si drôlette !

Et si gourmande.

Ça aussi, ça la tarabustait, Adrienne, l'appétit de Finette. C'est que les placards et les buffets commençaient à sonner creux et que, chez les commerçants, ça ne sonnait plus plein non plus. Vous alliez chez le boucher, un coup il avait de la viande, un coup il n'en avait pas. Dans les boulangeries, fini les croissants, les brioches, le pain de fantaisie. Que du gros pain. Et à condition d'y aller de bon matin. Et pas plus d'un kilo par tête de pipe. Le lait n'arrivait pas. Les mottes de beurre fondaient à vue d'œil. Au marché d'Aligre, il y avait de la pomme de terre, de la carotte, du navet. Mais pas pour tout le monde. Riz, nouilles et haricots secs étaient devenus des denrées précieuses dont les prix grimpaient vertigineusement. Quand on allait chercher de l'huile avec son litre, on ne vous le remplissait qu'à moitié.

Le premier juillet, Finette mangea sa dernière sardine et quand, au repas suivant, elle eut droit à une purée sans lait et quasiment sans beurre, un vent de panique souffla dans la cuisine. Ça voulait dire quoi, cette louchée de boue blanchâtre dans son écuelle ? De qui se moquait-on ? Et puis c'était chaud, brûlant presque. Si « on » se figurait que Finette allait déglutir cette insipide bouillasse ! Elle s'éloigna dédaigneusement de l'écuelle.

Adrienne, qui attaquait une assiette de la même purée, tenta de la raisonner :

— C'est bon, la purée. C'est nourrissant. Regarde un peu comme je me régale.

Paroles perdues. Finette s'en fut bouder sous l'évier.

Les jours suivants, elle daigna se nourrir de saucisson sec haché menu. Un saucisson de Lyon qui pendait au plafond de la cuisine — avec de l'ail et des oignons — parce que madame Ponchardain trouvait que c'était « décoratif ». Mais ça n'a qu'un temps, un saucisson. Finette en vint à bout et rien de ce qui restait dans les placards et buffets n'était à sa convenance. Elle n'allait pas faire ses choux gras de pâtes, lentilles, épinards en boîtes, fruits secs, tapioca, petits-beurre. Dédaignant soupettes — pourtant cuisinées avec amour — et pâtées — pourtant alléchantes —, elle sauta cinq repas d'affilée. Adrienne ne savait plus à quel saint se vouer. Elle essaya tout : le sucré, le salé, le chaud, le froid, le tiède. Elle déguisa patates, carottes et haricots verts de dix, de vingt manières différentes. En vain. Finette voulait de la viande, du poisson. Même un œuf, elle dédaigna. Un œuf qu'Adrienne avait été dénicher au bout du monde — dans un magasin du fin fond de la rue de Montreuil.

Finette ne mangeait plus. Et le plus contrariant, c'est qu'elle n'en devenait pas méchante pour autant. Si encore elle avait grogné, griffé. Non. Elle devenait mélancolique. C'est tout. Elle ne jouait plus ni ne ronronnait. Elle se traînait, morose et lançant à Adrienne de grands regards douloureux. Pourquoi ne la gâtait-on plus ? Pourquoi ?

Adrienne courut les maisons du Passage où il y avait des chats, pour tenter d'apprendre de quoi ils vivaient, les chats, quand il n'y avait plus de sardines à l'huile, de pâté de campagne Olida et que les bouchers n'avaient rien de pendu à leurs crocs. Elle n'apprit, hélas, pas grand-chose d'utile. Les chats du passage Sainte-Delphine étaient tous de vieux greffiers — comme disait le patron de la scierie — ayant « depuis belle lurette compris qu'un chat digne de ce nom mange autant dans les poubelles qu'à la maison », des greffiers qui soupaient plus volontiers d'une belle souris encore frétillante que d'une portion de mou. D'une belle souris ou d'un beau rat.

Finette, il suffisait de la voir, si distinguée, si délicate, n'était pas chatte à chercher sa pitance dans les ordures ni à manger de la souris. Et encore moins du rat.

Alors Adrienne se levait avec le soleil et était la première arrivée devant la grille fermée de la Boucherie du Marché. Le temps des queues commençait. On apprenait à attendre. Adrienne patientait des trois quatre heures debout, pour finir par acheter un bifteck grand comme un ticket de métro, une noisette de foie de veau, une maigre portion de langue de bœuf fumée ou long comme un petit doigt de boudin.

Finette faisait honneur au bifteck. Finette mangeait le foie sans entrain. Finette reculait horrifiée après avoir longuement humé la langue fumée ou simplement regardé le boudin.

Et elle se renfrognait, allait se terrer sous un meuble ou dans quelque coin sombre de l'atelier. Et elle boudait. Et Adrienne était contrariée.

— Cette chatte te rendra chèvre, disait à Adrienne sa bonne amie Suzanne.

Et Adrienne ne trouvait aucune drôlerie à lui répondre. Elle n'avait pourtant pas sa langue dans sa poche d'habitude. Mais là...

— C'est vrai, je me fais du souci.

— Bon Dieu ! Cet affreux bout de chatte, tu ne le connaissais même pas il y a un mois. Si je ne sais trop quelles gamines ne l'avaient pas oubliée...

— Oubliée *exprès*, Suzanne. J'arrête pas d'y penser, à ces petites filles...

— Tu ferais mieux de penser à tes patrons. Le jour où ils vont te tomber dessus à l'improviste et trouver cette chatte sur un fauteuil de leur salon...

— Ils ne reviendront pas avant l'automne. J'ai reçu une lettre hier.

— L'automne, c'est pas dans si longtemps que ça.

L'automne quarante arriva à son heure et les feuilles des arbres churent et les Allemands étaient toujours à Paris et Finette passage Sainte-Delphine.

Elle avait allongé. Pas trop. Et grossi encore moins.

Elle se nourrissait de bonnes choses — comme de vraie viande ou de poisson — quand il y en avait. Et de choses moins bonnes — genre mou de veau ou têtes de cabillaud bouillues — cinq ou six jours sur sept. Finalement, elle avait admis qu'il fallait manger pour vivre et non pas manger uniquement pour se délecter. Les jours à côtelette de mouton ou sardines grillées, c'était la fête. Les autres jours... Les autres jours, Finette avalait ce qui était dans l'écuelle sans y penser, et elle s'empressait d'aller se faire cajoler, caresser par Adrienne.

Elle était intelligente, Finette. Et attachante. Adrienne en était folle. Folle, comme elle l'avait été d'un garçon à lunettes de son village qui disait qu'il serait pharmacien quand il serait grand. Comme elle l'avait été d'un Italien qui était venu faire des travaux de maçonnerie dans la maison où elle était en place avant les Ponchardain. Un Piémontais. Ugo. La nuit, il montait la rejoindre dans sa chambre. Il était beau, mais beau. Et cette voix qu'il avait quand il chantait « La paloma » ou les chansons de Tino Rossi. Des mois, ça avait duré. Il était très affectueux, délicat. Il était pour le mariage, il y tenait, au mariage. Adrienne aussi. Ils ne fixaient pas de date pour la cérémonie. Mais ils en parlaient. Souvent. Et un jour, l'épouse qu'il avait en Italie était arrivée.

Une petite femme noiraude et criarde.

C'est pour l'oublier, Ugo, qu'Adrienne était venue passage Sainte-Delphine. Un coin plaisant, vraiment, où sans ses maîtres et avec Finette, elle était tout à fait quiète.

Quiète, avec les Allemands à Paris ?

Oui. Une fois passée l'humiliation, la honte de les voir arriver et s'installer, ils n'étaient pas si gênants que ça après tout. Il y avait la question nourriture, d'accord. Mais Monsieur Brevet était formel : si on ne trouvait plus rien à se mettre sous la dent, c'était à cause de la guerre que les Anglais s'entêtaient à faire traîner. Chapitre Anglais, il était intarissable, Monsieur Brevet.

Monsieur Brevet avait une tête, des moustaches, un béret, un complet-veston, des gestes, des mots de fier imbécile. Et c'en était un. Retraité des Chemins de fer, où il avait quarante années durant recopié des horaires dans un bureau crasseux, ennemi des journaux illustrés qui rendaient les gosses imbéciles, du cinéma qui rendait les adultes vicieux et des congés payés qui rendait les Français de tous âges mollassons, il avait failli s'étrangler de bonheur quand il avait appris que la France avait un sauveur et que ce sauveur se nommait Philippe Pétain. Pétain ! Le grand, l'admirable Pétain qui, en dix-sept, alors qu'il était, lui Brevet, cuistot au Cent-vingt-deuxième de Ligne, lui avait dit que « sa soupe était bonne et que c'était la bonne soupe qui faisait les bons combattants ». Sublimes paroles de chef qui s'étaient à tout jamais gravées dans le crâne de fier imbécile de Monsieur Brevet.

Pétain nommé cent septième président du Conseil de la Troisième République ! C'était à en pleurer de joie. Monsieur Brevet se fit sur l'instant, à lui-même mais à haute et intelligible voix pour que son épouse n'en ignore rien, le serment de tout faire pour aider le noble et vieux soldat à accomplir la belle et rude tâche qu'il acceptait d'entreprendre pour rendre à la Patrie son honneur et sa dignité.

Et Monsieur Brevet fit vraiment tout son possible. La première lettre anonyme qui arriva à la mairie du onzième pour dénoncer un ennemi de la France était de sa main. Le premier revers de veston du passage Sainte-Delphine qui s'orna d'une francisque, ce fut le sien. La fameuse chanson « Maréchal nous voilà » était à peine composée qu'il la savait par cœur et l'entonnait de toute la force de sa voix énervante de fier imbécile. A peine avait-il entendu, le trente octobre quarante, le Maréchal dire à la T.S.F : « J'entre aujourd'hui dans la voie de la collaboration », que Monsieur Brevet se ruait dans une brasserie de la place de la Bastille et offrait à boire à tous les Allemands qui se trouvaient là. Le lendemain, il achetait une méthode pratique et s'attaquait à l'étude de la langue de Goethe. Il fit plus : il changea le nom de son chien qui, de Peluche, devint Werther.

Ce qui troubla vivement ce bon toutou. Lequel bon toutou reçut force coups de martinet pour ne pas vouloir répondre quand on l'appelait par son nouveau nom.

Mais Werther, ci-devant Peluche, ne fut pas le seul animal victime de ces temps-là. Qui dit sale temps pour les hommes dit aussi, c'est forcé, sale temps pour les bêtes. Adrienne allait en avoir la triste révélation à la clinique vétérinaire de la rue de la Main-d'Or.

Elle s'y rendit parce qu'elle avait découvert dans un livre de la bibliothèque de Monsieur Ponchardain qu'un chat non piqué risquait d'attraper « la maladie ». Le livre ne disait pas quelle était cette maladie et si elle était grave. Le mot maladie suffisant à effrayer Adrienne, elle prit Finette sous son bras et en avant pour la rue de la Main-d'or.

Dans la salle d'attente de la clinique vétérinaire, il y avait des chaises, et sur ces chaises, des dames avec des chats, des chiens. Un singe aussi, qui faisait le zigoto. Il avait avalé une petite clé, le farceur. Il n'en souffrait pas, mais on avait besoin de cette clé pour ouvrir un coffre-fort.

Adrienne s'assit à côté d'une dame âgée qui caressait un vénérable chat blanc en lui susurrant à l'oreille : « Mon Toto, mon vieux Toto, mon Toto, mon vieux Toto, mon Toto... » Et le Toto, le vieux Toto se tenait bien droit dans son panier au couvercle ouvert. Il avait l'air d'apprécier les caresses et la litanie.

Et la dame âgée et le vieux Toto entrèrent dans le cabinet du vétérinaire et ce ne fut pas long, et la dame en ressortit, l'air égaré, entourant de ses deux bras son panier vide.

Et ce fut le tour d'Adrienne et de Finette.

Et, tout en faisant à Finette *le* vaccin contre *la* maladie, le vétérinaire dit à Adrienne que Toto, le vieux Toto avait eu droit à une piqûre, lui. A une dernière piqûre.

— Ça veut dire quoi, une dernière piqûre ?

— Ça veut dire, madame, que plus ça va et plus on m'en amène, des chats, des chiens, qui n'ont rien, pas le plus petit bobo, et qu'on me demande de piquer.

— Piquer ?

Ce n'était pas possible. Toto, le vieux Toto n'était pas...

— Si, madame. Et c'est ce qui pouvait lui arriver de mieux. Cette dame n'a pas de quoi le nourrir. Et pas le cœur de voir souffrir cet animal qu'elle gâtait et dorlotait depuis plus de dix ans. Vous voudriez qu'elle fasse comme ces gens qui ont abandonné leurs chiens, leurs chats sur les routes de l'exode, comme ceux qui vont les perdre dans les couloirs du métro ou dans des banlieues qu'ils ne connaissent pas et où, au mieux, ils se feront ramasser par la fourrière ?

Les perdre !

Comme les petites filles avaient perdu Finette.

Adrienne saisit Finette avec brusquerie et la serra très fort contre elle. Ce vétérinaire était une brute. Les gens qui perdaient leurs chats, leurs chiens, étaient des salauds. Sur le chemin du retour, elle embrassa au moins cent fois sa chatoune. Cent fois ou plus.

Et, la nuit, alors que Finette était déjà dans le lit à faire des rêves de chatte, Adrienne sortit dans le Passage. Pour voir si elle n'y trouvait pas quelque chat ou quelque chien perdu *exprès*.

Elle ne trouva que Nestor et une chatte obèse qu'elle connaissait de vue. Et, elle qui était sortie le cœur débordant de tendresse pour les quatrepattes, elle injuria Nestor et la grosse chatte, elle leur fit de grands gestes avec les bras pour les faire fuir, elle leur jeta des cailloux, les chassa. Parce qu'ils allaient faire ce qu'ils crevaient d'envie de faire et que, s'ils faisaient ça, il y aurait bientôt une portée de chats en plus sur cette terre où il faisait de moins en moins bon être chat.

Une fois ces deux aimables débauchés stoppés dans leurs élans, Adrienne quitta le Passage et s'engagea dans la rue Trousseau.

Il y avait pas mal d'étoiles dans le ciel, mais on n'y voyait goutte. A cause des réverbères peints en bleu foncé. A cause du camouflage des fenêtres. Une nuit tiède mais noire comme encre. L'heure du couvre-feu depuis longtemps passée, Adrienne errait encore. Elle dut se tapir sous une porte cochère le temps de laisser passer une patrouille. Elle eut peur. Pas trop.

Dans le jardin qui entoure l'église Sainte-Marguerite, elle en vit, des chats. Une douzaine au moins. Elle vit surtout leurs yeux. De petits éclairs jaunes qui allaient, venaient, tournicotaient. C'étaient des hargneux, des rognards, des chats peut-être perdus, des chats sûrement ravis d'être là à se battre.

C'est en rentrant qu'elle trouva le chien. Un chien si long, si haut sur pattes, si efflanqué qu'on aurait juré un fantôme de chien. Il n'attendit pas qu'Adrienne l'interpelle. Il vint à elle sitôt qu'il la vit. Il avait l'air brave type. Il s'approcha le nez baissé, les yeux mi-clos, pour bien laisser entendre qu'il n'était pas animé de méchantes intentions et lécha la main d'Adrienne avec sa grande langue râpeuse.

Il n'avait pas de collier.

Adrienne lui posa bien des questions, qu'il écouta avec attention.

Non, il n'avait plus de maître, non il n'avait plus de maison, non il n'avait pas dîné. Ni déjeuné d'ailleurs. Oui, il voulait bien venir avec Adrienne. Ses yeux pareils à deux grosses châtaignes disaient tout cela et bien d'autres choses encore. Guère plus réjouissantes.

Il ne fit qu'une lampée de la tranche de fromage de tête à laquelle Finette avait à peine touché. Et il trouva ça succulent, lui. Et succulent aussi le reste de purée de pois du dîner d'Adrienne. Un animal facile à contenter, d'un naturel heureux, dont la queue se mit à battre comme un métronome emballé dès qu'il sentit un toit au-dessus de lui.

Comparé à Finette, ce n'était qu'un grand gros pataud. Mais il était sûrement brave type. Il entreprit de japper pour faire entendre à Adrienne combien il lui était reconnaissant de toutes ses bontés, mais elle lui ordonna de se taire pour ne pas troubler le sommeil d'une nommée Finette. Ce qu'il fit sur-le-champ.

C'était un obéissant, Fantôme.

Car il allait s'appeler Fantôme.

Quand Finette découvrit ce géant dans la cuisine, le lendemain matin, il y eut drame.

Elle gonfla, trembla, suffoqua pire que la fois qu'elle avait vu le chat Nestor. Mais Fantôme était l'aménité faite chien. Loin de rendre grognement pour suffoquement, il se tint coi et, pour bien montrer à cette bête minuscule, qu'il aurait pu réduire en poussière rien qu'en lui soufflant dessus, qu'elle était tout à fait dans son droit, il recula, se fit le plus petit possible, alla se tapir dans le coin le plus reculé.

Adrienne s'en mêla, bien sûr.

— Tu vois comme il est réservé, ce chien, Finette. Il te laisse toute la place. Il sait que tu es chez toi ici, que c'est ta maison, ta cuisine. Alors il fait tout son possible pour ne pas encombrer. Il est même prêt à s'en aller si vraiment il te dérange. Pas vrai, le chien ?

Fantôme hocha la tête. Sans brusquerie.

Finette l'observait. Partagée entre le désir de lui foncer dessus et de le lacérer avec ses griffes comme certaine pantoufle de sa connaissance, et le désir d'en faire non pas un ami — elle n'aurait que faire d'un ami aussi gros et grossier —, mais pourquoi pas ? un compagnon qui serait aussi, quand ça lui chanterait, à elle la merveille des chattes, un souffre-douleur.

Le chien ne bougeait toujours pas. Elle s'en approcha, méfiante, les griffes sorties, prêtes à servir.

Il avait une odeur bien peu ragoûtante et cette truffe énorme, mouillée et ces oreilles — des feuilles de chou grandeur nature — et cette queue... Contournant avec des allures de Sioux sur le sentier de la guerre ce sphynx bonasse, Finette alla la regarder de près, cette queue. Impressionnant ! Mais ça ne remuait pas d'un poil. C'était aussi inerte que l'Hercule ou les déesses de l'atelier. Finette posa sa patte griffue sur la queue du chien, juste pour tester. Il ne se passa rien. Fantôme ne risqua même pas un œil pour voir à quelle sauce sa queue risquait d'être mangée. Excellente politique. Finette, dont les poils ne demandaient qu'à se recoucher, refit le tour de ce monstrueux animal qu'elle avait si facilement maté, pour le regarder bien en face.

La bouille était ridiculement grosse. Mais bonne. Finette allongea la patte sans précipitation et toucha la truffe. C'était glacé. Elle miaula avec toute la férocité dont elle était capable. Le chien répondit au miaulement par un discret bruit de gorge. Quelque chose comme une très malhabile imitation de ronronnement.

Il avait la manière, ce grand bêta de chien. Finette lui souffla un bon coup en pleine gueule. Il re-émit son ridicule ronron de chien. Alors, lui tournant le dos, Finette grimpa sur les genoux d'Adrienne qui était assise à les regarder faire, et Finette se tortilla jusqu'à ce qu'on la caresse. Il importait que l'autre gros nigaud comprenne bien qui était l'enfant chéri dans cette maison.

Fantôme comprit tout ce qu'on voulait qu'il comprenne. C'était un chien de cinq ans qui avait acquis une solide philosophie auprès de ses maîtres successifs — un poivrot à qui il servait de guide les soirs où les vermouths lui avaient noyé jusqu'à la mémoire de son adresse, un nerveux qui se calmait en lui tapant dessus avec ses bretelles et une caractérielle qui tantôt le gavait de sucreries, tantôt lui faisait suivre des régimes débilitants. En partant pour Dieu seul savait où, la caractérielle avait attaché son chien à un bec de gaz avec une corde. Il avait eu du mal à la rompre, cette corde. Il avait erré, reçu peu d'os à ronger et beaucoup de coups de gueule et de coups de pied.

Fantôme était prêt à tout pour plaire à sa nouvelle maîtresse et à cette petite chatte certainement un peu compliquée mais peut-être apprivoisable.

Fantôme fut « en observation » une semaine entière. Après quoi il eut tous les droits. Y compris celui de finir en présence de Finette ce que Finette laissait dans son écuelle, celui de la laisser dormir sur son dos, celui de la lécher comme s'il eut été une chienne et elle un chiot. Bientôt, persuadée qu'il était son chien à elle, Finette s'enticha de Fantôme. Il fallut alors qu'il l'accompagne partout, qu'il ait sommeil quand elle avait sommeil, il fallut qu'il joue des journées entières avec elle dans l'atelier. Parties endiablées qui coûtèrent son bras potelé et son arc à un Cupidon en plâtre et réduisirent à néant un buste en terre cuite d'une descendante de Ferdinand de Lesseps.

Et Adrienne prenait ces catastrophes en riant. Ils la faisaient se tordre, ces deux diables. Suzanne n'en revenait pas.

— Quand ton patron va voir ça, il va tomber en syncope.

— Bah ! Je lui dirai que l'atelier a été bombardé. Bombardé par les Anglais. Ils sont toujours en guerre contre les Boches, les Anglais, non ? Alors pourquoi ils viendraient pas bombarder l'atelier !

— Quand même... Cette idée de se mettre à avoir deux animaux quand on parle de nous donner des cartes d'alimentation !

— Je vais te dire une chose, Suzanne : depuis que ce chien est là, Finette est beaucoup moins difficile à nourrir. Suffit qu'elle le voit manger quelque chose pour en vouloir elle aussi. Alors comme, lui, tu peux lui faire avaler n'importe quoi pourvu que ça ressemble à une pâtée... Il aime tout : la purée de navets, la salade cuite, la soupe aux poireaux...

— Et tu les trouves où, tes salades, tes navets, tes poireaux ? Tu les fais pousser dans des pots de fleurs sur le balcon de ta chambre ?

— Je les trouve au marché d'Aligre, mademoiselle. Quand les marchands plient boutique. C'est fou ce que tu peux trouver comme patates encore à moitié bonnes, comme fanes de carottes, de radis, comme trognons de choux, là où il y a un marché.

— Tu veux dire, Adrienne, que tu vas ramasser des détritus, par terre, place d'Aligre ?

— Oui, Suzanne. Et je te prie de croire que je ne suis pas la seule. Pas plus tard que tout à l'heure, j'y ai rencontré Madame Melba et sa chichiteuse de fille, à quatre pattes dans les détritus, au marché d'Aligre.

— Qu'est-ce qu'elles faisaient là ?

— Elles venaient à l'herbe pour leurs lapins.

— Leurs lapins ? Elles n'ont quand même pas des lapins dans leur salon de coiffure.

— Dans leur salon, non. Mais dans leur cave, si. Blancs avec des yeux rouges. Des lapins russes. Et Madame Marcelle a des poules, elle. Cinq poules. Des pondeuses. Dans la cour derrière son atelier.

— C'est donc ça ces cris pas humains. Je croyais que c'était un poupard qui faisait ses dents.

A ce moment-là, ce fut comme si la foudre tombait sur la maison des Ponchardain. Pire qu'un coup de canon. Ce bruit, Jésus ! Les vitres de la cuisine en tremblèrent.

Adrienne et Suzanne se dressèrent, effrayées. Ça venait de l'atelier.

C'était l'Hercule. Le gigantesque Hercule et son hydre.

Cette folle de chatte et ce crétin de chien avaient réussi à faire choir l'Hercule combattant de Paul-Émile Ponchardain. La plus belle peut-être de toutes les œuvres du Michel-Ange du passage Sainte-Delphine.

Et Adrienne n'eut qu'une pensée. Une seule : pourvu que Finette n'ait pas été écrasée par ce bloc de pierre !

Elle n'avait rien, Finette. C'est à peine si elle fut étonnée par le boucan que firent en chutant et l'Hercule et le monstre qu'il affrontait.

Fantôme était sain et sauf lui aussi. Penaud, il vint s'aplatir aux pieds d'Adrienne, tendant l'échine pour recevoir la volée qu'il savait mériter.

Finette, elle, entreprit de jouer à la balle avec les imposants testicules du demi-dieu. Car Paul-Émile Ponchardain l'avait sculpté tout nu et tout entier, son Hercule.

Entier, il ne l'était plus. Si ses testicules avaient roulé en direction de Finette, sa tête était à l'autre bout de l'atelier et un de ses pieds se trouvait sous le bureau Empire du maître.

L'horreur, quoi !

Et (parce qu'un malheur n'arrive jamais seul) des pas retentirent dans le vestibule.

Les pas de Monsieur Ponchardain.

Il avait toujours son bouc et son large chapeau en feutre taupé à la mode du temps où il était un jeune et peut-être turbulent client du bougnat de la rue des Beaux-Arts, Monsieur Ponchardain. Il avait toujours ses lunettes cerclées d'or. Toujours son nœud papillon noir à pois gris. Mais il avait pourtant quelque chose de changé.

Adrienne mit un bon bout de temps avant de trouver quoi.

Ce qu'il avait de changé, c'était que, pour la première fois depuis qu'elle le connaissait, Adrienne voyait Monsieur Ponchardain sans Madame Ponchardain. C'est qu'elle ne le quittait jamais, son époux. Même s'il allait acheter son *Figaro* ou du tabac pour sa bouffarde deux rues plus loin, elle était de la promenade. Quand il sculptait, elle était sur le canapé de l'atelier à broder au petit point, à lire un roman ou même à ne rien faire que surveiller son artiste d'époux. Pire que votre ombre — qui vous lâche quand même un peu les jours vraiment sans soleil —, Madame Ponchardain ! Elle devait être amoureuse folle de son vieux mari. Ou jalouse à en crever. Bref : on ne le voyait jamais sans elle, qui justifiait ces marques d'attachement si souvent intempestives en disant à qui voulait l'entendre que « sans sa muse, un artiste est perdu ».

Adrienne n'en croyait pas ses yeux :

— Madame n'est pas avec Monsieur ?

— Madame fait des confitures, Adrienne. Des confitures de pêches.

— Ah !

Monsieur Ponchardain n'avait pas ramené tous ses bagages. Seulement un petit sac de voyage et un carton à dessins.

— C'est quoi, ça, Adrienne ?

— Un chien, monsieur.

— Un chien, bien sûr. Mais pourquoi est-il dans notre vestibule ? Nous n'avons pas de chien.

— Il faut que j'explique à Monsieur.

— M'expliquer quoi, hein ? Pourquoi un train qui effectuait depuis des années et des années un parcours en six heures en met aujourd'hui onze pour effectuer exactement le même parcours ? Pourquoi, à la gare d'Austerlitz, des agents de police français se croient autorisés à demander à un homme de mon âge et de ma condition de leur présenter ses papiers d'identité ? Pourquoi ces mêmes brutes se sont mises à fouiller dans mon bagage pour voir s'il ne contenait pas des bombes ? Enfin, Adrienne, est-ce que j'ai une tête à mettre des bombes dans mon bagage ? Et ça ? C'est quoi ça ?... Je suppose que vous allez me dire que c'est un chat.

— Une chatte, monsieur.

— Il n'y a plus rien à expliquer, Adrienne. Plus rien.

Ouvrant machinalement la porte de son atelier, le maître des lieux vit « les dégâts ». Logiquement, il aurait dû, sinon être victime d'une syncope comme le prévoyait Suzanne, du moins pousser les hauts cris, s'emporter. Il n'en fit rien. Il se baissa, ramassa l'oreille gauche de l'Hercule et, la contemplant du même œil pas folichon qu'Hamlet contemple sa tête de mort, il dit sans élever le ton : « Il y a décidément des années où il vaudrait mieux traîner ses guêtres ailleurs que sur la terre. »

6

A première vue, sans Madame Ponchardain, Monsieur Ponchardain avait l'air déconcerté et déconcertant d'un jumeau ou d'un gant dépariés.

A seconde vue, il était net qu'il y gagnait.

Il avait toujours ce visage profondément morose et réfléchi qui le distinguait du commun des mortels. Mais, non content de ne pas exiger d'Adrienne qu'elle le serve avec tout le cérémonial requis dans la salle à manger, il s'assit avec elle à la table de la cuisine pour partager une soupe aux haricots en conserve agrémentée de brisures de biscottes. Et il fit honneur à cette misérable potée.

Sans Madame, Monsieur était moins fier. Et plus causant.

C'est qu'il avait beaucoup à dire du grand malheur qui s'était abattu sur la France, des Allemands en général, et d'un Allemand en particulier.

— Un colonel, Adrienne. Le colonel von Schnapelprüff. Une sorte de uhlan, si vous voyez ce que je veux dire. Coiffé à la pierre ponce, monoclé, les joues roses comme un fessier de nourrisson. Et d'une politesse écœurante. Claquant des talons toutes les trois phrases. Le Boche dans toute son horrible splendeur. Il nous est tombé dessus pas plus tard qu'hier matin, flanqué d'une ordonnance à tête de cochon. Il a baisé la main de Madame, il s'est extasié sur nos seringas et nos rhododendrons et nous a récité d'une traite et sans raison une bonne douzaine de vers de Lamartine. Bref : il avait une idée derrière la tête, ce Teuton de malheur. Ce qu'il voulait, c'était s'installer dans notre chambre d'amis.

— La chambre bleue ?

— Oui, Adrienne. La chambre bleue. Ce goret à brandebourgs avait décidé d'être notre invité. Notre invité ! C'est ce qu'il a dit tout en nous brandissant sous le nez un bon de réquisition. Mon sang n'a fait qu'un tour. J'allais mettre ce Hun à la porte et plus vite que ça. Hélas ! Madame Ponchardain était déjà à lui faire des politesses, à lui dire que, vraiment, elle était trop honorée et patati et patata. Quand elle revint d'installer ce barbare dans la chambre bleue, je lui ai dit : « Émilie, il n'est pas question que je dorme sous le même toit que ce Tudesque. » Bref : nous avons eu des mots. Alors j'ai fait mon petit bagage et, sans claquer les talons, j'ai pris congé et du colonel von Machin Truc, et de votre maîtresse. On a beau me réciter du Lamartine pour m'enjôler, moi...

Adrienne servit le café. Avec des biscuits Gondolo. D'habitude, ses gâteaux secs, elle les trempait dans son café. Devant Monsieur Ponchardain, elle n'osa pas. C'est lui qui parla liqueur.

— Et si vous alliez chercher une bouteille de quelque chose d'un peu sucré ?

— De la Bénédictine, Monsieur ?

— Pourquoi pas ?

Ils ne firent pas tchin-tchin mais ce fut tout juste. Au troisième petit verre, Monsieur Ponchardain tira d'un coup sec sur une des ailes de son papillon pour le dénouer. Il avait les joues très colorées. Et un sourire qu'Adrienne ne lui connaissait pas.

— Si votre maîtresse nous voyait...

Il pouffa et se servit un plein verre de Bénédictine qu'il vida d'un trait.

— Elle vous terrorise, Madame Ponchardain, pas vrai ?

— Je ne dirais pas ça, Monsieur.

— Je sais bien que vous ne le diriez pas. Vous ne diriez pas qu'elle vous terrorise parce que, justement, elle vous terrorise. Et il n'y a pas que vous. Bien des fois, moi aussi, elle m'a fait trembler. C'est que, quand elle monte sur ses grands chevaux, elle effraie, cette femme, elle effraie.

Et un cinquième petit verre !

— Ce n'est pas qu'elle soit méchante méchante. Non. Mais elle a ses principes. Quand je l'ai connue, j'avais une barbe jamais taillée, une barbe de faune ou de clochard et vous auriez entendu ces chansons que je chantais. Des horreurs. Normal, aux Beaux-Arts ! Je ne me lavais pour ainsi dire jamais les mains et pas plus les pieds. C'était la mode des ongles noirs du côté du quai Malaquais, en ce temps-là. Et ces farces, ces orgies. Oui, Adrienne, des orgies. Si je vous disais qu'il nous arrivait de faire du punch dans des vases de nuit. Et le bal des Quat'z'arts. Et tout ça. Tout ça. Et puis Émilie est entrée dans ma vie. Elle était belle, prude et son père venait de mourir en lui laissant des millions acquis dans le commerce du suif. Des millions de francs-or. Moi, j'étais assez génial et résolument famélique. Bref : j'ai épousé cette chieuse.

Adrienne faillit laisser choir la pile d'assiettes qu'elle venait de laver en écoutant son maître s'épancher.

— Quarante-quatre ans qu'elle me gâche la vie, Adrienne. Quarante-quatre ans !

Comme Adrienne tentait de faire discrètement disparaître la bouteille de Bénédictine, il lui saisit le bras, fermement.

— Et maintenant, vous allez me dire ce que c'est que ce chien et ce chat et tout ce bordel dans mon atelier.

Monsieur Ponchardain était parti. Tout à fait parti.

Adrienne s'assit face à lui. Elle versa une goutte de liqueur dans son verre, s'en servit une goutte à elle aussi, fit cul-sec et avoua tout : Finette, le chien qu'elle avait ramassé dans la rue, les sculptures massacrées par ces deux vandales. Ceci dit, elle ajouta qu'elle était toute prête à vider les lieux avec sa chatte et son chien et sans réclamer un centime de ce qui lui était dû depuis le départ de Monsieur et Madame qui lui avaient laissé si peu qu'elle avait été forcée de puiser dans ses petites économies.

C'était une démission en bonne et due forme que

Monsieur Ponchardain n'accepta ni ne refusa pour la bonne et simple raison qu'il s'était endormi le nez sur la toile cirée de la table de cuisine.

C'est Fantôme qui le réveilla, avant que le jour se lève et que les poules de Madame Marcelle y aillent de leur concert matinal. Fantôme tira Monsieur Ponchardain de son sommeil en le léchouillant avec ferveur. Et le cher Maître fut autant bouleversé qu'étonné par ces débordements chaleureux. Depuis combien d'années n'avait-il pas été embrassé — fût-ce par un chien ? Il dit à Fantôme qu'il était « un brave animal » et il lui donna un sucre. Il en croqua un lui aussi en se remémorant et sa petite cuite et les propos qu'il avait tenus à Adrienne. Et il pensa que, comme ce chien lécheur était un brave animal, Adrienne était une brave fille.

Une brave fille qui apparut, déjà coiffée, habillée et un maigre journal et deux livres de pain gris dans son cabas. Une brave fille qui fit du café et sortit du placard un pot de marmelade d'oranges.

— Pour ce qui est de son œuf mollet, il faudra que Monsieur en fasse son deuil. Les œufs, maintenant...

Monsieur fit savoir à Adrienne que petit a, il pouvait très bien se passer d'œuf mollet, et que petit b, ce chien dont il ne comprenait toujours pas ce qu'il faisait dans sa maison, était un brave chien.

Brave ou pas, Adrienne redit à Monsieur Ponchardain qu'elle était prête à l'en débarrasser ainsi que de la chatte Finette. Étant bien entendu qu'elle partirait avec eux. Départ auquel Monsieur Ponchardain s'opposa formellement.

Il était incapable d'envisager la vie sans Adrienne pour s'occuper de lui et de la maison, et le chien lui était tout à fait sympathique. Bien sûr, il y avait le chat qui, esthétiquement parlant, laissait beaucoup à désirer. Mais si Adrienne trouvait ce laideron à son goût...

— Quand Monsieur verra comme elle est gentille...

Monsieur ne tarda pas à voir.

Sentant qu'il fallait battre Fantôme sur le terrain de la séduction, Finette joua le grand jeu. Elle commença par venir s'affaler aux pieds du maître de maison et elle se coucha sur son dos et fit la morte : elle avait l'air d'une peau de tigre prête à se laisser marcher dessus sans piper mot. Puis elle ronfla comme un vrai petit moteur tout en lançant au vieil homme des œillades carrément énamourées. Puis elle s'allongea jusqu'à toucher sa chaussure de sa tête et elle frotta et refrotta sa tête sur la chaussure avec la lascivité d'une hétaïre de première classe. Puis elle émit une bordée de petits miaulements à vous fendre l'âme.

Monsieur Ponchardain mollit. C'était fatal.

— Cet animal est laid. Bien laid. Mais il semble avoir un bon fond.

— C'est un ange, Monsieur.

Monsieur Ponchardain tendit un doigt en direction de l'ange pour lui signifier, en lui tapotant le blanc du ventre, qu'il appréciait ses politesses. Et l'ange saisit le doigt avec ses deux mignonnes patoches et l'attira jusqu'à sa gueule pour le lécher avec sa langue bien rose, bien rêche. Et Monsieur Ponchardain constata que le contact de cette petite langue était aussi émouvant, sinon plus, que celui de la grande langue du chien.

— Elle a un bon fond, votre Minette, c'est évident.

— Pas Minette, Monsieur. Finette.

Une heure plus tard, Finette et Fantôme béaient d'admiration devant Monsieur Ponchardain qui, ayant revêtu sa blouse blanche, coiffé son bonnet en peau de castor, crasseux et vieux comme la tour Eiffel, et chaussé des lunettes de motocycliste, attaquait au ciseau un bloc de granit de la taille d'une conduite intérieure. Des éclats de pierre se mirent à voler. De la poussière aussi. Tellement de poussière que Finette eut bien vite le dos plus blanc que la panse et qu'elle éternua aussi violemment qu'un bestiau de sa taille pouvait le faire.

Pour une fois qu'il sculptait sans que son épouse soit là à le surveiller, Monsieur Ponchardain jugea opportun d'entonner une de ces chansons comme on en chantait et en chantera toujours à l'école des Beaux-Arts. Une chanson qui décrivait par le menu le contenu des caleçons de tous les dieux de l'Olympe et dont le refrain était : « Zim boum vlan, t'as beau avoir une grosse affaire, zim la la, ça vaut pas celle à Jupiter. »

C'était très gai, très entraînant. Et Adrienne se surprit à reprendre au refrain, à mi-voix, tout en mitonnant un copieux pot-au-feu sans viande.

La vie prenait décidément un bien curieux tour, passage Sainte-Delphine.

Il y avait la question du manger, qui devenait chaque jour plus préoccupante. Il y avait aussi un fossé qui, lentement mais sûrement, se creusait entre les uns et les autres. Les uns, comme Monsieur Brevet, non contents de prendre leur parti de la présence des Allemands dans plus de la moitié de la France, commençaient à trouver que les Anglais avaient bien du culot de vouloir faire durer la guerre et se mettaient à trouver tout plein de qualités et au Maréchal et à son copain le Führer.

Les autres n'arrivaient pas à se faire à l'idée que les Boches (ou Frisés) étaient là, et pour longtemps, et ils mettaient dans le même panier qu'eux et le Maréchal et tous ceux qui « collaboraient ».

« Collaborer », ça se mit à vouloir dire bien des choses. Collaborer, c'était, bien sûr, travailler dans les journaux collabos, à la radio collabo ou dans les usines qui fabriquaient des armes et munitions pour l'armée allemande. Mais collaborer, c'était aussi servir un bock à un Allemand, si on était garçon de café, sans avoir un peu craché dans le bock avant. Collaborer, c'était indiquer la bonne direction à un Allemand qui vous demandait son chemin dans le métro. Collaborer, c'était aller écouter les concerts que donnaient les Allemands dans des lieux publics comme le square Trousseau.

Sis entre les rues Théodore-Roussel, Charles-Baudelaire, Antoine-Vollon et le faubourg Saint-Antoine, le square Trousseau est à deux pas du passage Sainte-Delphine. Dès septembre quarante, dans le kiosque à musique du square, des cliques vinrent exécuter une fois la semaine, sur le coup de vingt heures, des morceaux de Beethoven, Wagner et autres musiciens d'outre-Rhin de moindre renommée. Des morceaux bruyants, martiaux, réquinquants, des morceaux pleins de roulements de tambours, de coups de cymbales à réveiller un mort, et de sublimes envolées trombonesques. Et aussi des morceaux dégoulinant de romantisme avec violons pleurnichous et roulades de fifres.

Des morceaux que Monsieur Brevet écoutait debout, les mains jointes, les yeux baignés de larmes. Madame Marcelle étant autant émue que lui. Si pas plus. Elle savait depuis toujours que les Allemands étaient « très musiciens ». Mais à ce point-là ! Elle n'aurait pas manqué un de ces concerts pour un empire. Et — pourquoi ne pas l'écrire ? — il y eut toujours bien du monde, au square Trousseau, les soirs à musique allemande.

Monsieur Ponchardain s'y rendit une seule et unique fois. La première. Parce qu'on lui avait dit qu'on donnait du Wagner et que, Wagner, quand c'est bien joué...

Mais il trouva qu'ils jouaient mal, ces soldats, qu'ils tapaient sur leurs timbales et soufflaient dans leurs trompettes comme des sourds, sans âme. Il le trouva et eut la fâcheuse idée de le dire à Monsieur Brevet. Lequel Monsieur Brevet manqua exploser.

— Sans âme !!! Comme des sourds !!! Des virtuoses qui m'ont tiré plus de larmes que mon mouchoir n'en peut contenir. Je suppose, monsieur, que si cette musique-là vous laisse le cœur sec, c'est que vous préférez celle de Radio Londres.

Là-dessus, Monsieur Brevet tourna les talons. Il ne devait plus jamais adresser la parole à Monsieur Ponchardain, dont il coucha le nom, sitôt regagné son logis, dans un petit carnet à couverture de moleskine déjà presque rempli de noms de « suspects ».

En rentrant, Monsieur Ponchardain demanda à Adrienne si elle savait ce que c'était que Radio Londres.

Non. Elle ne savait pas.

Pas encore.

Alors que tout le Passage dormait, Monsieur Ponchardain, en robe de chambre et pipe au bec, tritouilla longuement tous les boutons de sa T.S.F. pour tenter d'entendre cette fameuse musique londonnienne qui semblait répugner si fort à Monsieur Brevet. Il n'entendit que chuintements et crachouillis. Il entendit aussi comme un appel. Ça ne venait pas de la T.S.F. mais de derrière la porte du salon. Monsieur Ponchardain l'ouvrit et découvrit Finette qui, elle le lui fit comprendre en allant donner de grands coups de tête sur la porte fermée de la cuisine, avait une petite faim.

Il restait encore un peu de daube de carottes au jus de bœuf. Monsieur Ponchardain en servit une cuillerée à soupe à la chatte qui, une fois sa petite faim coupée, exécuta en guise de remerciements une impressionnante série de pirouettes.

Il la trouvait toujours aussi laide. Mais elle avait de ces façons de bouger, de se tortiller... Elle se mouvait avec grâce — voilà ce qui frappa Monsieur Ponchardain. Ce qui le frappa si fort que, le lendemain...

Le lendemain, abandonnant la masse de granit dans laquelle il avait commencé à sculpter un Hercule tout neuf pour remplacer celui qui gisait, brisé, dans un coin de son atelier, il prit une motte d'argile et se mit à modeler une chatte les pattes en l'air. Une chatte faisant des grâces pour qu'on l'admire. Une chatte toute pareille à Finette.

Et ce fut vite très beau, parce que l'éminent Paul-Émile Ponchardain avait du talent et parce que, pour la première fois depuis des années et des années, il travaillait, non pas pour réaliser ce que les maîtres qui lui avaient appris les règles de l'Art appelaient un chef-d'œuvre, mais pour le plaisir.

Pour la première fois, depuis des années et des années, ça l'amusa comme un petit fou de pétrir de la pâte. Et — comble de bonheur — Finette vint tournailler autour de lui et refaire de ces fameuses pirouettes dont elle avait le secret.

A sept heures du soir, il y avait deux Finette. La vraie, qui ronronnait dans le giron de Monsieur Ponchardain — qui était parti pour l'adorer lui aussi. Et celle en argile, sans moustaches, ne ronronnant point, mais bien jolie quand même.

Adrienne était émerveillée. Enfin Monsieur Ponchardain avait accouché d'une œuvre à son goût.

— On jurerait qu'elle va miauler.

— Demain, ça sera le tour du chien. A condition que Monsieur veuille bien poser.

— Sûrement, qu'il voudra. Pas vrai, Fantôme ?

Fantôme cligna de ses gros yeux. Ça voulait dire qu'il était d'accord, quand il faisait ça. Et il l'était toujours, d'accord.

Finette, elle, ne l'était qu'une fois sur deux. Ou deux sur trois.

Finette avait, ne l'oublions pas, son caractère.

Et des curiosités aussi.

C'est poussée par une de ces curiosités qu'un matin, profitant d'une fenêtre entrouverte à l'espagnolette, elle s'esbigna.

7

Il y avait de la viande ce midi-là. Du veau. Peu. Acheté avec des tickets. Parce que c'était arrivé, les cartes de rationnement, les tickets qu'il fallait découper pour mériter ses quelques grammes de sucre, son bout de pain quotidien, sa minuscule tranchette de viande, son dé à coudre de café, son soupçon de beurre.

Avec son peu de veau, Adrienne avait cuisiné une assez belle blanquette dont la cuisson avait captivé Fantôme toute la matinée. Quand Adrienne soulevait le couvercle de la cocotte en fonte pour voir où ça en était, Fantôme ouvrait tout grand ses narines et humait si fort qu'il manquait en suffoquer. Ne voyant pas Finette, Adrienne pensa qu'elle était en train de poser dans l'atelier.

— Celle-là, depuis qu'elle s'est vue en statue, elle se prend pour la Vénus de Milo.

Mais celle-là n'apparut point quand Monsieur Ponchardain vint à table. Celle-là n'avait pas franchi le seuil de l'atelier de la matinée. Celle-là devait godailler. Dieu seul savait où. On eut beau lui mettre sa part dans son écuelle et sonner le rappel en tapant sur l'écuelle avec la grande cuillère en bois, rien n'y fit.

— Elle a peut-être un amoureux dans le Passage, dit Monsieur Ponchardain.

— Un amoureux ! Elle est encore trop jeune pour penser à ces choses-là. Et puis si elle en est déjà à vouloir roucouler, elle n'a qu'à s'arranger avec Fantôme. Il est joli garçon, Fantôme, et je suis sûre que flirter avec ma Finette, il ne demanderait que ça. Pas vrai, mon chien ?

Le chien cligna. Bien sûr qu'il ne demanderait que ça. Et il se remit à lécher son écuelle, déjà pourtant tout à fait propre, avec application. La blanquette était parfaite en dépit de son goût de trop peu.

Fantôme aurait pu aller discrètement s'intéresser à l'écuelle fumante et odoriférante de Finette. Ce n'était pas son genre. Sagement, il attendait que sa petite camarade revienne. Et elle ne revint pas. Monsieur Ponchardain avait déjà bu son café, fumé sa pipe aux trois quarts et la fugueuse n'était toujours pas de retour. Adrienne s'énervait.

— J'aime autant vous dire qu'elle n'y coupera pas d'une bonne raclée :

— Vous n'allez pas la battre, cet amour de chatte :

— Amour de chatte ! Amour de chatte ! Je croyais qu'elle était plus laide qu'un pou.

— Mettons que je l'avais mal regardée. Elle est très gracieuse, votre Finette.

— Gracieuse ou pas, elle va recevoir une de ces tripotées... Ça serait un gamin ou une gamine qui sauterait comme ça un repas, il aurait droit à sa tournée. Bon. Je ne vois pas pourquoi, sous prétexte que ça a quatre pattes au lieu de deux, ça devrait être privé de gifles. Mais où elle peut bien être, cette peste ?

— Et si on envoyait Fantôme la chercher ? Ça te dirait, grand voyou, d'aller à la chasse à la Finette ?

Fantôme était pétri de bons sentiments. Il était aussi totalement dépourvu de flair. Très fier d'être promu chien policier, il fila comme une flèche en direction du faubourg Saint-Antoine, convaincu que c'était par là qu'il trouverait Finette. Elle était à l'autre bout du passage — côté église Sainte-Marguerite. Elle était sur une piste, elle aussi. Une piste sérieuse. Celle de ces animaux sûrement très intéressants, qui l'éveillaient chaque matin avec leurs cris pas possibles. Ces animaux, ils la tourmentaient, l'intriguaient, la rendaient quasi enragée. Ces animaux, c'étaient les poules pondeuses de Madame Marcelle (FLEURS ARTIFICIELLES ET ARTICLES DE DEUIL).

Elle mit bien du temps avant de les localiser, Finette, les pondeuses de Madame Marcelle. Elle dut d'abord visiter six ou sept cours, se mouiller les pattes dans des ruisseaux profonds comme des rivières, se faire crier dessus par Madame Pouline l'impotente, qui prenait l'air devant la porte et qu'elle tira sans ménagement de son engourdissement coutumier, affronter Nestor et un autre chat avec un collier à grelot, qui faillit la mettre en pièces, elle dut faire face à Werther, ci-devant Peluche, et à Monsieur Brevet son maître, qui tenta de la frapper avec sa canne en la traitant de « traînée », elle dut faire de la voltige sur des toits salement à pic, sauter de gouttière à gouttière en prenant de vraiment gros risques, escalader des cheminées très hautes... Elle mit son mignon et malin petit nez dans des salles à manger, des chambres, dans l'atelier où Salomon le tailleur était en train d'essayer un pardessus demi-saison marron à un vieillard, dans le salon de coiffure de Madame Melba, qui crut que c'était un de ses lapins russes qui s'évadait et s'étala de tout son long en voulant la saisir... Quelle équipée ! Quand, enfin, elle les vit, les pondeuses, du haut du toit d'un hangar en tôle, elle était essoufflée, sale, ébouriffée et au comble de la nervosité. Mais le spectacle en valait la peine. Elles étaient cinq, les poules, dans un poulailler de fortune fait de caisses, de tresses de fil de fer et d'un paravent chinois défraîchi. Cinq poules occupées à picorer des crottins qu'une des employées de Madame Marcelle, dont le père était garde républicain, leur avait apportés. C'étaient de belles poules. Des leghorns blanches. Belles. Et stupides comme toutes les poules. Elles n'accordèrent aucune attention à Finette. Rien ne les intéressait que leurs crottins.

Comment pouvait-on manger quelque chose d'aussi sale ?

Comment pouvait-on ne rien faire d'autre que picorer pendant des heures et des heures ?

Car Finette resta des heures et des heures à les contempler, ces étranges créatures.

La bile que se fit Adrienne pendant ce temps-là ! Dix fois elle laissa sa lessive en plan pour aller voir si Finette n'était pas tout simplement à jouer dans le Passage. Dix fois elle fit le tour complet de la maison, cave et étage compris, ouvrant chaque porte d'armoire, chaque tiroir de commode, pour voir si Finette ne s'était pas — ça lui arrivait — laissé piéger. Sa lessive achevée et pendue dans le réduit qui servait de buanderie, Adrienne s'inventa une course à faire et parcourut le Passage dans les deux sens. Puis elle poussa jusqu'à la rue Charles-Baudelaire, jusqu'à la rue de la Forge-Royale.

Elle ne vit que des queues devant les boutiques et Monsieur Brevet qui revenait de boire quelque chose de fort au Café Snèffle et qui faisait le tambour-major avec sa canne.

Et pas de Finette !

A l'heure de la soupe, toujours pas de Finette.

Fantôme était là. Pas fier mais plein d'appétit.

— Elle ne peut pourtant pas rester sans manger. Il lui est arrivé quelque chose, c'est sûr.

— Vous vous tourmentez inutilement, Adrienne. Si Dieu a mis des ailes aux oiseaux, des nageoires aux poissons et des pattes aux chats, c'est pour qu'ils s'en servent.

— Dieu peut bien avoir mis ce qui lui plaisait aux oiseaux et aux poissons, je m'en fiche et contrefiche. Ce qui m'intéresse, c'est ma Finette. Elle est si petiote, si fragile.

Si dingue aussi.

Ne s'avisa-t-elle pas, soudain, la fragile petite

chatte, de se laisser choir sur le poulailler pour voir les pondeuses de plus près ?

Un grand plongeon ! Et les poules devenant dingues, elles aussi, en voyant cette chose gesticulante et poilue et miaulante leur tomber dessus. Le cou à angle droit pour ne rien perdre de ce traumatisant spectacle, elles se cognaient les unes dans les autres, tremblant, piaillant, faisant des bonds désordonnés, écrabouillant leurs œufs... Et Finette empêtrée dans les fils de fer du grillage. Finette crevant de trouille. Et le grillage cédant et Finette s'effondrant sur le tapis de crottin, de graines concassées, de salissures diverses et de besoins de poules, Finette criblée de coups de bec, Finette lançant des coups de griffes au jugé, Finette blessant à mort — sans le faire exprès, par accident — une des pondeuses. La meilleure.

Et Madame Marcelle survenant flanquée de son troupeau d'employées plus piailleuses encore que les poules. Et des coups de balai pleuvant sur Finette. Elle l'aurait tuée, cette chienne de chatte, si une de ses employées ne l'avait retenue. Elle écumait, Madame Marcelle. Des leghorns qu'elle avait ramenées de si loin, au prix qu'elle les avait payées, et une de morte, et les œufs du jour en bouillie, par-dessus le marché ! Saleté de saleté de saleté !

Finette pantelante, meurtrie, cherchait par où s'échapper.

Le balai la cueillit une fois de plus.

C'est alors que Finette aperçut une porte qui menait à un escalier qui menait à une cave.

Adrienne pouvait arpenter le Passage en l'appelant

sur tous les tons, sa Finette. Elle ne l'entendait pas, là où elle était maintenant. Dans une cave sans jour. Avec une tribu de souris que son odeur plongeait dans l'épouvante et qui trottinaient en tous sens. Et Finette avait aussi peur d'elles qu'elles d'elle. Et les piquots de poules n'en finissaient pas de la picoter. Elle lécha et relécha les plaies qu'elle avait un peu partout. C'était plutôt agréable comme goût, le sang. Ses blessures bien ensalivées, Finette s'allongea sur une pile de vieux sacs. Elle aurait bien piqué un somme. Mais c'était trop hasardeux de dormir avec ces nuées de souris qui faisaient la sarabande autour d'elle en claquant des dents. Mieux valait rester sur ses gardes. Elle allait quand même y succomber, au sommeil, quand il y eut des bruits de clés, de serrures et des gens qui arrivèrent avec des lampes de poche. Une dame et un maigrichon aux cheveux luisants de Gomina. Les souris disparurent dans des trous. Finette s'aplatit sur ses sacs.

Le maigrichon gominé était dans sa cave à lui et cette cave était une vraie caverne d'Ali Baba. A voix presque basse, il fit étalage de ses trésors : du savon de Marseille à vingt-cinq francs le pain, du Nestlé au lait à trente francs la plaque, des pruneaux d'Agen, du saumon au naturel, de la lentille à vingt francs la livre, du beurre, du miel, du jambon aussi. De pays ou d'York.

La dame en salivait. Elle en prit pour deux cents francs. A peine de quoi emplir la petite valise qu'elle tenait à la main.

— Naturellement, si on vous demande d'où ça vient, motus et bouche cousue.

— Et ça vient d'où ?

— Oh ! Madame Battifois, vous voulez me voir finir en prison ?

— Avec les prix que vous pratiquez, c'est pas en prison que vous finirez, c'est dans un château.

En fait, il devait finir assassiné par un truand qui le fournissait en huile d'olive, le maigrichon gominé. Mais beaucoup plus tard.

Finette avait dormi, peu et mal, et elle était en conversation avec un jambon d'York quand le maigrichon gominé revint. Avec Monsieur Brevet, cette fois. Monsieur Brevet était preneur de deux kilos de lentilles. Tout en lui fourrant les sacs de lentilles dans sa musette, le maigrichon le chambra un peu, histoire de rire.

— Dites-donc, monsieur Brevet, qu'est-ce qu'il penserait de vous, votre Maréchal, s'il vous voyait faire votre marché au noir ? Les Français qui se décarcassent pour que les autres Français ne crèvent pas de faim, il est plutôt contre, le Sauveur de la France, non ?

— Je vais te dire une chose, mon petit Lucien, le Maréchal, les petits combinards de ton espèce, il finira par les mettre au pas. Fais-lui confiance.

— Vous gênez pas, engueulez-moi ! C'est raide, ça. On se fait suer le burnous, on prend le max de risques pour dépanner son monde, et le monde vient vous faire la morale à domicile. S'ils vous débectent tant que ça, les petits combinards, les prenez pas, mes lentilles. Avec la demande que j'ai, vous savez...

— Ne mélangeons pas tout, si tu veux bien. Les lentilles, c'est des lentilles. Et toi, tu n'es qu'une petite crapule. Sur ce, salut.

— Un jambon, ça vous dirait pas ?

Monsieur Brevet était déjà dans l'escalier. Lucien le gominé lui emboîta le pas.

Finette l'entendit refermer les quatre verrous de sûreté. Elle était prisonnière. Mauvais pour le jambon d'York, ça.

Mauvais aussi pour les nerfs d'Adrienne. Elle était plus qu'à cran. Elle sanglotait. Et ni Monsieur Ponchardain ni Fantôme ne savaient quoi faire pour la calmer.

— Faut pas vous mettre dans des états pareils, Adrienne.

— Je ne m'y mets pas, dans ces états. J'y suis. Où elle est, ma Finette ? Où elle est ?

— Où voulez-vous qu'elle soit ? En train de se balader, de folâtrer.

— Sans rien dans le ventre depuis hier soir ?

— Vous non plus, vous n'avez rien mangé depuis hier et vous n'en êtes pas morte.

— Je préférerais l'être, morte, que d'être aussi inquiète.

— Ne dites pas ça.

— Pourquoi je le dirais pas, si je le pense ? Cette chatte, je l'adore. Quand tout le monde avait filé, j'ai eu qui pour me tenir compagnie ? Elle. Rien qu'elle. Dans la vie, j'ai qui en dehors d'elle ? Mes parents qui sont morts ? Le mari et les enfants que j'ai pas ?

Monsieur Ponchardain renonça à tenter d'allumer sa pipe qui refusait de s'allumer parce qu'il avait oublié d'y mettre du tabac. C'était sérieux, ce chagrin. Jamais il ne l'avait vue aussi remuée, aussi défaite, Adrienne. Jamais, depuis l'époque de ses romantiques amours de rapin famélique, il n'avait vu quelqu'un pleurer. D'aussi près.

— Elle va revenir, la Finette.

— Vous dites ça pour me consoler.

C'était vrai qu'il disait ça pour la consoler. Que faire d'autre ? Il alla fouiner dans le placard aux bouteilles, cherchant un cordial, un ragaillardissant. Il prit une bouteille de rhum, la déboucha, en emplit un verre qu'il tendit à Adrienne.

De voir son propre maître la servir, ça la fit pleurer encore plus fort.

Elle ne voulait pas de rhum, non merci. Monsieur Ponchardain n'y toucha pas non plus. Il s'assit face à Adrienne. Et il finit par s'endormir. Et Fantôme aussi. Et Adrienne pleura, pleura, pleura.

Il faut croire que toutes les larmes de son corps y passèrent car, au matin, elle avait les yeux secs.

Elle confectionna, de sa grosse écriture bien formée de fille qui n'a pas appris à désécrire dans les cours supérieurs, des panonceaux qu'elle alla déposer chez la boulangère, le boucher, le marchand de journaux, le bar-tabac, la teinturerie : « PERDU CHATTE RÉPONDANT AU NOM DE FINETTE ».

Comme elle sortait du bar-tabac, un buveur de rosé prit connaissance de cet avis de recherche.

— Sa chatte, elle peut faire une croix dessus. Je

connais un petit rade rue Quincampoix où on t'en sert tous les soirs, du chat. En civet ou à la moutarde. C'est pas pire que bien des douceurs qu'on te sert maintenant dans les bouchons les mieux fréquentés. Tu peux y manger du pigeon de square aussi, dans ce rendez-vous des vrais gourmets. C'est coriace. Mais très goûteux. Ce qui est fadasse, c'est le corbeau. L'autre soir, ma sœur en avait ramené un de j'ai pas voulu savoir où. Il était fadasse, mais fadasse.

— Elle l'avait fait comment ? Rôti ou bouilli ? s'enquit le garçon du bar-tabac.

— Rôti.

— Là, tu m'étonnes. Rôti, c'est très goûteux, très fin.

C'est vrai qu'on se mit à manger du corbeau et du pigeon de square et du chat.

Finette, elle, fit une cure de jambon d'York. Si Lucien, le maigrichon gominé aux lentilles à vingt francs la livre ne lui était pas tombé dessus, elle serait sûrement morte d'indigestion de jambon d'York. Il faut dire qu'elle y resta cinq jours et cinq nuits, dans la cave d'Ali Baba. Comment elle parvint à échapper au petit trafiquant enragé qui voulait l'occire ? Peut-être parce qu'elle était encore plus enragée que lui et qu'elle avait dix-huit griffes. Toujours est-il qu'elle se retrouva dans la cour aux poules où, à la vue de ces bêtes immondes, elle fut prise de violents tremblements, vomit les trois quatre kilos de jambon qu'elle avait ingurgités et, titubante, à demi morte, se laissa cueillir par un gamin qui cherchait justement quoi faire et qui estima que faire des misères à un chat était une occupation qui en valait bien d'autres. C'était un gamin comme tous les gamins. Entendez par là qu'il était paresseux, menteur, à l'occasion voleur, rapporteur, tricheur, diseur de gros mots, pratiquant fervent et sournois de ces péchés que l'Église disait mortels, et la Médecine préjudiciables pour la santé, querelleur, batailleur et toujours prêt à faire souffrir plus faible que lui. Il avait lu dans de vieux numéros du journal *l'Épatant* de savoureuses histoires de chats à qui on avait attaché des casseroles à la queue. N'ayant pas de casserole sous la main, il fit avec les moyens du bord. C'est un tabouret cassé qui traînait dans la cour de Madame Marcelle qu'il attacha, aussi solidement que possible, à la queue de Finette. Et il s'assit par terre, attendant que cette crevure de chatte décide de changer de coin en traînant ce boulet. Mais Finette n'avait pas envie de partir. Finette n'avait envie de rien. Elle était anéantie, sans ressort. Finette ne se décidait pas à bouger. Finette était comme morte.

En ayant assez d'attendre, le gamin finit par abandonner cette crétine de chatte qui n'avait même pas été fichue de le faire rigoler.

Et Finette passa la nuit attachée à un tabouret déglingué.

Et, cette nuit-là, il y eut une grosse pluie.

Et les poules de Madame Marcelle geignirent (ou firent quelque chose d'approchant) la nuit durant.

Cette nuit-là encore, un officier allemand fut découvert mort dans le hall de la gare de Lyon, une alêne de cordonnier plantée dans le dos.

Cette nuit-là, dans le bois de Vincennes, dix otages furent exécutés sans savoir pourquoi.

Cette nuit-là, Monsieur Ponchardain but la bouteille de rhum tout entière. Parce qu'Adrienne était malheureuse et qu'il ne savait pas quoi faire pour la sortir de son malheur.

Cette nuit-là, Adrienne succomba enfin au sommeil. Et elle rêva qu'elle allait fleurir la tombe de Finette au cimetière des chats. Une tombe adorable. En marbre rose. Avec, sculptée par Monsieur Ponchardain, Finette souriante. Finette apaisée. Finette petit ange.

C'est Salomon le tailleur qui la ramena. Elle avait la queue toute dépoilée, elle était sale, trempée, fiévreuse.

Elle était toujours aussi mignarde, aussi freluquette. Mais, ça crevait les yeux, elle avait vieilli. Beaucoup.

8

Finette était sauvée.

Finette était là.

Choyée, dorlotée, couvée. Et soignée, admirablement soignée, sans le secours d'aucun praticien. Adrienne avait été trop choquée par sa visite chez « l'exécuteur » de Toto, le vieux Toto, pour jamais recourir aux services d'un vétérinaire. Pour remettre Finette d'aplomb, elle improvisa des soins, inventa des remèdes qui s'avérèrent on ne peut plus efficaces.

Le temps était aux inventions mirobolantes.

Quotidiens et magazines fourmillaient de recettes aussi inattendues que miraculeuses. Comment faire de la mayonnaise avec rien que de la farine, de l'eau et du vinaigre. Comment faire du vinaigre sans alcool ni vin. Comment faire pousser des haricots en appartement sans terre ni engrais. Comment faire du café de pépins de pommes. Comment fabriquer de l'encre violette, du celluloïd, de la colle forte, un réchaud à papier, une excellente boisson gazeuse, du tabac incombustible. Comment multiplier par deux la chaleur d'une bouillotte.

Monsieur Ponchardain s'amusait follement en lisant ces âneries.

Monsieur Ponchardain s'amusait de tout, depuis qu'il vivait à cinq cents kilomètres de son épouse, qu'il sculptait et modelait ce qui lui passait par la tête, et que Finette était revenue.

Il y avait, c'est vrai, le problème de plus en plus épineux de la subsistance. Deux bouches et deux gueules à nourrir. Avec seulement deux cartes d'alimentation catégorie A (*consommateurs de 21 à 70 ans ne se livrant pas à des travaux donnant droit aux catégories T ou C*), c'était purement et simplement impossible. Dieu merci, il y avait les colis bimensuels que Madame Ponchardain, « collabo » mais pas rancunière, expédiait de sa campagne. Des colis de lard, de petit salé, de légumes, de gâteau local lourd et nourrissant, et de beurre, qui arrivaient presque tous à bon port. Dieu merci, il y avait aussi les combines.

Qui disait marché noir disait argent.

Mais qui disait combines...

Passage Sainte-Delphine comme partout ailleurs, très vite on combina. Madame Melba se faisait payer ses indéfrisables et ses mises en plis en filets mignons par la bouchère et en pieds panés par la charcutière. Chez Salomon, on pouvait se faire tailler un gilet pour cinq kilos de pommes de terre et un pantalon pour trois litres de vin. Monsieur Martin tapissa pour pas un centime la chambre d'un boulanger, le salon d'un restaurant et capitonna les toilettes d'un marchand de légumes de la rue d'Aligre. Grâce à quoi, il ne manqua quasiment de rien durant tout l'hiver quarante et un.

Ne voulant pas mettre à sec le compte bancaire qu'il avait en commun avec son épouse fortunée en achetant de la mangeaille à des prix prohibitifs, Monsieur Ponchardain décida un beau matin de se mettre à combiner lui aussi. Comme à la Belle Époque ! Comme quand il payait un souper d'une ébauche et sa logeuse d'un croquis un peu tape-à-l'œil. Troquer, les plus grands maîtres avaient fait ça. Léonard de Vinci n'avait-il pas peint sa *Cène* sur le mur d'un cloître en échange de plusieurs mois de pension chez des moines ? Et Michel-Ange, et Donatello, et Daumier. Tous les artistes avaient troqué. Monsieur Ponchardain décida donc de céder, contre des nourritures bien terrestres, quelques-unes des œuvres qui encombraient son atelier à ces commerçants du quartier qui s'enrichissaient à vue d'œil.

Mais essayez donc de troquer — fût-ce contre cent grammes de foie ou de caramels — une Vénus sortant de l'onde ou une Léda batifolant avec son cygne à un tripier ou un épicier, quand cette Vénus et cette Léda ont été sculptées grandeur nature !

C'est Adrienne qui eut l'idée, la bonne idée.

— Et si vous leur proposiez de leur faire leur tête à eux, aux épiciers, aux tripiers ?

— Attendez... Vous voudriez que je fixe dans le marbre ou le bronze les traits de l'affreux Monsieur Charontin le crémier ou ceux de l'horrible boulangère de la rue Saint-Bernard ?

— C'est sûr que, même en vous donnant bien du mal, ils seront jamais aussi beaux à regarder que vos Apollon... Mais tous ces commerçants, plus on pleurniche auprès d'eux, plus ils deviennent suffisants. Plus ils se prennent. Alors, l'idée de se faire sculpter le portrait, ça devrait sûrement leur plaire.

— Mes maîtres sculptaient des rois, des ducs et des princes, et plutôt à cheval qu'à pied... Mais à la guerre comme à la guerre.

C'est le boucher de la rue de la Forge-Royale qui ouvrit le feu. Un homme venu des Charentes, gros comme un bœuf et rouge comme un bifteck, que la perspective d'avoir son buste sur la cheminée de sa salle à manger enthousiasma. Il vint poser vingt soirs d'affilée et, à chaque séance de pose, il amenait son rôti, son gigot ou son miroton. Et pas des rôtis, gigots ou mirotons pour deux. Pour quatre.

Il fut pour beaucoup dans le prompt et total rétablissement de Finette, ce boucher si sanguin.

Les deux demoiselles d'un Fruits-et-Primeurs lui succédèrent. Elles étaient ingrates mais pas vraiment laides, et Monsieur Ponchardain prit quelque plaisir à les traiter façon Louis XV, costumées en marquises et dansant une sorte de menuet. Le Fruits-et-Primeurs et sa femme furent si contents de cet objet d'art qui leur avait coûté une montagne de carottes, navets, châtaignes et pommes de reinettes, qu'ils en commandèrent une réplique pour l'envoyer à une tante à héritage dans le Cantal.

Suivirent trois épiciers, deux patrons de restaurants de marché noir qui déliraient à l'idée d'être statufiés comme des généraux de square, et un charcutier que Monsieur Ponchardain éconduisit sans ménagements parce qu'il estimait que, même en période de disette, un prix de Rome se déclasserait en acceptant de modeler un maréchal Pétain en saindoux pour orner une vitrine de Noël.

Car même en mil neuf cent quarante, il y eut un Noël. Un Noël frileux. Un Noël qui n'amena aux hommes de bonne volonté ni la paix sur terre ni même une trêve digne de ce nom. Un Noël avec des Allemands qui vinrent boire du mousseux chez Monsieur Brevet et qui brisèrent les oreilles et fendirent les cœurs de la quasi-totalité des indigènes du passage Sainte-Delphine en braillant : *Stille Nacht heilige Nacht, O Tannenbaum, O du fröhliche, Morgen Kinder wird's was geben.*

— Je serais le Bon Dieu, je préférerais être sourd que d'entendre ça, dit Adrienne en posant la dinde sur la table de la salle à manger.

Une dinde de huit livres au moins, don du boucher de la rue de la Forge-Royale, qui était si fier de son buste qu'il comblait Monsieur Ponchardain de gâteries.

— Dieu comprend toutes les langues, Adrienne. Et rien ne prouve qu'il ne préfère pas les Allemands aux Français.

— Le Bon Dieu peut quand même pas être collabo.

— Il sait une foule de choses que nous, nous ne savons pas. Il sait sûrement que ces malheureux braillards préféreraient réveillonner chez eux, à Berlin, Cologne ou Hambourg, plutôt que dans le onzième arrondissement de Paris. Les guerres, même quand on les gagne, ça finit toujours par vous rendre cafardeux.

— C'est peut-être vrai ce que vous dites-là. J'avais jamais pensé à ça, que les Allemands ils aimeraient peut-être mieux être dans leur Bochie que chez nous. Eh bien... Vas-y ! Te gêne pas, toi !

Trouvant la conversation spécialement inintéressante, Finette était montée sur la table et commençait à s'intéresser à la dinde. Elle eut droit à un simulacre de tape sur la croupe et à un grand morceau de peau de dinde bien juteux dans son écuelle. Fantôme aussi, qui n'en fit qu'une bouchée.

Il y avait des bougies sur la table. Monsieur Ponchardain avait mis son costume le plus élégant et Adrienne sa robe de taffetas mordoré avec un col blanc à longues pointes et pas de tablier.

Avec la dinde, il y avait des haricots verts et de la salade d'endives.

A l'heure de la bûche, on sonna. C'était Suzanne. Sachant qu'elle était seule et de plus en plus languissante de son ami prisonnier dans un stalag, Monsieur Ponchardain avait insisté pour qu'Adrienne l'invite. Suzanne avait fait toutes les manières qu'il est d'usage de faire en pareil cas, et n'avait consenti à venir que « pour le dessert ».

La bûche n'était pas une bûche. Ça en avait la forme et il y avait un petit lutin qui faisait l'artiste dessus et une feuille de houx, mais c'était un gâteau de semoule. Très bon d'ailleurs.

Finette et Fantôme en mangèrent plus que leur

part. Mais l'un comme l'autre, ils détournèrent la gueule quand Monsieur Ponchardain leur tendit sa coupe de champagne.

— Vous avez tort, la ménagerie. C'est du bon. C'est du brut.

— Et c'est la dernière bouteille, Monsieur.

— Alors portons un toast à la prochaine.

Ça, c'était un toast pour rire. On en porta de plus sérieux. A la paix, qui finirait quand même bien par arriver, à tous ceux qui n'avaient pas fait un aussi bon réveillon, aux prisonniers qui devaient être si tristes dans leurs stalags.

— Et au général de Gaulle ! clama Monsieur Ponchardain en brandissant sa coupe qui ne contenait plus que quelques malheureuses bulles.

Suzanne n'en avait jamais entendu parler, de celui-là. Monsieur Ponchardain, qui avait fini par réussir à capter Radio Londres et qui en faisait ses délices depuis plusieurs semaines, la mit au courant.

— De Gaulle. Un deux-étoiles qui est passé en Angleterre et qui dit que la France a perdu une bataille mais pas la guerre. Bref : le contraire d'un capitulard. Vous me direz que, pour être devenu général, c'est forcément et un maniaque de la discipline et un pète-sec, que des étoiles, ça se mérite, que tout soldat qui ne s'est pas contenté de rester deuxième classe est forcément une ganache. D'accord ! Mais si une ganache peut nous sauver de l'autre polichinelle...

C'était qui, « l'autre polichinelle » ? C'était qui ?

Certains ont le vin triste. Suzanne, elle, avait le

champagne hargneux. Elle se dressa sur ses ergots.

Ce n'était tout de même pas au maréchal Pétain que Monsieur Ponchardain faisait allusion en parlant de polichinelle ?

Eh bien, si.

Suzanne fit observer avec aigreur « qu'Hitler lui-même avait serré la main du maréchal Pétain et que... »

— La poignée de main de Montoire... Du guignol, ma petite demoiselle, du guignol ni plus ni moins. Hitler est un malfaisant. Et Pétain une moule.

Suzanne reposa sa coupe. Elle était blême.

— Monsieur Brevet qui l'a connu pendant la Grande Guerre...

— Ah ! Monsieur Brevet, lui, c'est autre chose. C'est un con. Un triste con qui risque de devenir très vite un con dangereux.

Suzanne se leva, récupéra manteau, gants, foulard, parapluie et autres accessoires dont elle avait jugé décent de s'encombrer pour faire exactement trente mètres à pied, et après un « désolée, ma petite Adrienne, vraiment désolée », elle s'en fut.

Sans un mot, Adrienne fila dans sa cuisine.

Sans un mot, Monsieur Ponchardain s'alluma sa pipe.

Sans un miaulement, sans un aboiement, Finette et Fantôme rejoignirent Adrienne. Histoire de voir s'il n'y aurait pas quelques intéressants reliefs à glaner.

Fantôme eut droit à un os bien croquant et Finette à une assiette encore très juteuse.

La vaisselle était à demi faite quand Monsieur Ponchardain vint la rejoindre pipe au bec.

— Moi aussi, Adrienne, je suis désolé.

— Il n'y a pas de quoi, Monsieur.

— Vous êtes sûre... ?

— Tout ce qu'il y a de plus sûre, Monsieur.

En réalité, Adrienne était furieuse. Pourquoi furieuse ? Certainement pas à cause du Maréchal à Suzanne ni du Général à Monsieur Ponchardain. Les militaires, elle les mettait tous dans le même sac depuis la communale. Un sac qui ne faisait qu'encombrer un peu plus les humains déjà pourtant bien nantis question bagages inutiles. Parce que, comme les empereurs, les rois, les princes, les connétables et les chevaliers, les militaires n'étaient bons qu'à gagner ou perdre des batailles à des dates impossibles à retenir. Elle n'était pas furieuse non plus, Adrienne, parce que son maître et sa meilleure amie avaient eu des mots. Les mots, c'est jamais que des mots. C'est fait pour vous entrer par une oreille et vous sortir par l'autre.

Adrienne n'avait pas de raison vraiment précise d'être furieuse et elle aurait bien été en peine de se dire à elle-même pourquoi elle rageait tant en soufflant les bougies de la salle à manger qui n'en finissaient pas de mourir de leur belle mort et en repliant les belles serviettes, la belle nappe.

Ce qui était net, c'est que ce réveillon avait mal tourné et que...

Il fallait qu'elle fasse quelque chose. Quelque chose qui la décolère.

Et elle le fit.

Elle prit ce qui restait de la dinde, tout ce qui restait de la dinde, à même le plat et, sans envelopper cet appétissant reliquat — ô combien précieux — sans même enfiler son manteau, elle partit à grands pas en direction du square Sainte-Marguerite.

Et alors, mes amis, quel Noël, quelle fête, pour les quinze ou vingt chats et les six ou sept chiens qui étaient là à s'entredévorer, et pour couper la faim qui les harcelait, et pour ne pas périr gelés. Imaginez la scène : Adrienne en taffetas mordoré, avec son col empesé, debout sur un banc, déchiquetant de la dinde avec ses doigts et répétant le geste auguste du semeur, et la horde happant à la volée filets, gros et petits os, hauts et bas morceaux dans un attendrissant concert de miaous et de ouah-ouahs.

Adrienne fit tout son possible pour que chaque animal eut sa part, si infime fût-elle.

Un vieux vieux corniaud loupa pourtant le coche. Pas qu'il n'ait pas humé qu'il y avait du bon, ce toutou de quatorze ans bon poids. Mais il avait des problèmes de pattes, surtout par temps froid, et il arriva au moment précis ou l'ultime fragment de gésier disparaissait dans la gueule édentée d'un chat squelettique au poil gris souris.

Ce regard qu'il eut, le vieux chien. Ce regard.

Adrienne lui aurait bien donné le plat à lécher. Mais avec tous ces pirates qui faisaient la sarabande autour du banc...

Bon. Le toutou aux pattes à problèmes finit par se retrouver dans la cuisine d'Adrienne, en tête à tête avec la fin de la bûche de semoule. Et sans Finette — qui attendait Adrienne dans *leur* lit — ni Fantôme — qui avait pris ses quartiers d'hiver sur le fauteuil de la chambre de Monsieur Ponchardain.

Il était très amateur de bûches de semoule, ce vieux toutou. De salade aussi. Il était très amateur de tout ce qui se mangeait.

La colère d'Adrienne était passée. Elle souriait. Elle souriait à la pensée que, non content d'avoir créé les animaux, puis l'homme, puis la femme, Dieu ait eu aussi l'idée admirable d'inventer la faim. La soif aussi était une belle trouvaille et pas mal d'autres appétits encore avaient bien des attraits. Mais la faim... Ça, c'était quelque chose.

Adrienne pensa, pêle-mêle, à des petits veaux, des petits moutons, à des bébés d'hommes, à des lionceaux du zoo de Vincennes, patauds, douillets, comblés parce qu'occupés à téter leur mère. Adrienne pensa — c'était loin mais c'était fichtrement bon — à ses biberons de pouponne. Que d'y penser, le goût lui en revenait en bouche. Elle pensa à ses goûters de petite fille. Pain et confiture, pain et chocolat, pain et sucre — c'est très bon aussi, quand on a cinq, six ou sept ans, une énorme tranche de pain ou un croûton, si possible brûlé, et des morceaux de sucre que l'on arrose de deux, trois gouttes du robinet. Elle pensa à de fabuleux repas d'avant la guerre, d'avant les Allemands. Au repas de noce de sa cousine à Rambouillet, à celui de sa première communion à elle.

Timbale milanaise, poule au riz, salade mimosa et pièce montée, succulente et écœurante comme les sept péchés capitaux réunis. Puis vint le souvenir des tartes. Aux pommes, aux fraises, aux poireaux. Une spécialité d'une dame de Saint-Arnoult, la tarte aux poireaux. A chaque jour sa tarte, chez cette dame-là. Parce qu'elle était alsacienne. Elle faisait des tartes à tout. Au jambon, à la saucisse, au cervelas, aux nouilles, à l'oseille. Les unes sucrées, les autres salées. Et les ragoûts de sa grand-mère, à Adrienne ! Ces ragoûts, Jésus ! Même le mou de veau devenait un mets de roi avec cette vieille femme sèche comme un coup de trique, qui ne savait faire que deux choses : les ragoûts et ronchonner. Non. Trois choses : elle réussissait aussi parfaitement la mayonnaise. Même par temps orageux. Et au couteau. C'était son truc à elle, le couteau. Elle avait essayé à la cuillère, à la fourchette. Elle prétendait qu'au couteau, c'était mieux. Que ça « cassait » huile, moutarde et œuf et que c'était le cassage qui faisait la mayonnaise.

Adrienne la réussissait aussi toujours, la mayonnaise. Et logiquement, avec la dinde froide...

Mais il n'y aurait pas, il n'y avait plus de dinde froide.

Il y avait des chats, des chiens heureux. C'était aussi bien, non ?

D'abord, qu'est-ce qui était bien, qu'est-ce qui était mal, à l'heure allemande ?

Ce qui était bien, c'était que ce chien si âgé, si décati, ait le ventre plein.

Ce qui serait mal, ça serait de le rejeter à la rue

noire et froide comme la raison commandait de le faire.

Le réveil disait qu'il était trois heures trente du matin et Adrienne fit ce qu'elle ne faisait pas souvent, elle prit une cigarette blonde, une Naja, dans le paquet qu'elle gardait en cas de besoin dans le tiroir du buffet.

Une cigarette, comme ça, tous les deux trois mois, ça l'aidait à réfléchir.

A la sixième bouffée, elle avait la gorge si irritée qu'elle toussait.

Mais le chien était adopté.

Et la décision prise : si Monsieur Ponchardain, Finette ou Fantôme y trouvaient à redire, eh bien, elle rendrait son tablier. Parfaitement !

Monsieur Ponchardain déplora plus l'absence des restes de dinde que la présence de ce chien « laid à faire peur ». Fantôme renifla sans grand intérêt les arrières de ce collègue a priori pas antipathique. Finette fut odieuse. Elle sauta sur le chien rhumatisant et le griffa si vilainement qu'Adrienne dut le barbouiller de teinture d'iode, ce qui ne l'arrangea guère, physiquement parlant.

Une fois le chien — qui s'était laissé griffer sans dire ouf — bien désinfecté, Adrienne flanqua une raclée à sa chatte bien-aimée. Symbolique, la raclée, évidemment. Et suivie d'un câlin géant.

Sur le coup de cinq heures de l'après-midi, Adrienne décida d'aller à l'Église. Pas à Sainte-Marguerite. A Saint-Antoine, avenue Ledru-Rollin. Sainte-Marguerite était trop proche. Pour aller à

Saint-Antoine, il fallait traverser le faubourg, faire une vraie sortie, quoi !

Ayant prudemment bouclé le nouveau pensionnaire dans le cagibi où Monsieur Ponchardain rangeait les outils, et des sculptures trop loupées pour être montrées, mais peut-être récupérables, elle mit son manteau bleu nattier à col de fourrure — chef-d'œuvre de « cette idiote de Suzanne qui avait bien besoin de faire du scandale pour défendre ce maréchal Pétain qui était sûrement aussi moule que le disait Monsieur Ponchardain » — et coiffé d'un chapeau tout pareil à celui qu'Anabella portait dans un film vu au Novelty, très élégant donc, Adrienne s'en fut regarder la crèche.

Elle avait un solide fond de piété mais pas de goût pour la pratique. Les grands-messes étaient toujours trop grandes pour elle, les petites trop matinales et les sermons trop sermonneurs. Se confesser, elle ne le faisait plus depuis sa confirmation et n'envisageait de le refaire qu'au cas où elle aurait quelque chose de vraiment tout à fait indigeste sur la conscience. Un péché résolument mortel, un vol par exemple, ou un crime ou pire encore. Les autres péchés, les petits, les courants, les péchés normaux, elle en rendait compte directement au Bon Dieu quand elle faisait sa prière. Pas tous les jours. Mais souvent. Ce qu'elle n'aimait pas non plus, dans les églises, c'est qu'on y disait toujours les mêmes choses et à heures fixes. Même si, ces heures-là, le cœur n'y était pas.

Il y avait foule à Saint-Antoine. Des femmes surtout et des enfants. Et des fillettes chantant de bien beaux cantiques ruisselants d'espoir qui disaient qu'un jou-our, un jou-our Dieu tendrait sa grande main de père à tou-ous, à tou-ous ses agneaux et aussi que chacun de ceux qui étaient là (et même ceux qui n'y étaient pas) finiraient (à condition de remplir certaines conditions) par être couronnés avec des couronnes de métaux plus précieux que l'o-or. C'était bien réconfortant d'entendre des choses pareilles un jour pareil. Bien réconfortant aussi d'humer de l'encens.

La crèche était aussi grande que les autres années. Et superbe avec son Jésus aussi gros que le bœuf et l'âne, douillettement installé, sur de la vraie paille, avec ses menottes potelées à souhait et sa mignonne figure de Bébé Cadum un rien mélancolique. Adrienne lui murmura quelques gentillesses et le pria de faire cesser, si possible très vite, toutes les misères qui accablaient le Monde. Après quoi, elle mit une grosse pièce dans le panier de l'ange en stuc qui la remercia en inclinant la tête.

A la sortie de Saint-Antoine, Adrienne tomba sur Madame Bosquet. Une dame du passage Sainte-Delphine, qu'elle ne rencontrait pour ainsi dire jamais.

Madame Bosquet portait depuis des éternités le deuil d'un mari qu'elle avait eu on se demandait comment et pourquoi. Elle avait tellement l'air d'une Chère Sœur ou d'une bonne de curé. Elle tenait, outre son énorme sac à main et son non moins énorme missel, un cierge presque aussi grand qu'elle.

— Un cierge béni spécialement par le cardinal

Robert. C'est pour chez moi. En cas de bombardement, c'est bien plus efficace que le buis. Ah, cette nuit, je vous ai vu passer, ma petite Adrienne. Avec un grand plat.

— C'était des restes pour les bêtes du square Sainte-Marguerite.

— Des restes de réveillon ?

— Des restes de réveillon, oui.

— Moi, mon réveillon tout entier me serait tombé sur le pied que ça ne m'aurait pas fait grand mal. J'ai réveillonné d'une orange. Petite comme une mandarine, coûteuse comme une citrouille. C'était des restes de quoi, vos restes à vous ?

— De dinde... Ils sont toute une bande à miauler, à aboyer, tellement maigrichons, tellement...

— Pas la peine de vous chercher des excuses. Si j'avais eu autre chose que de la peau d'orange à leur offrir, j'aurais sûrement été leur faire une petite visite moi aussi. Notez que, de la visite, ils en ont eu. Vous, d'abord. Puis des hommes. Deux hommes que j'ai vus arriver avec des sacs vides et repartir avec des sacs pleins.

— Des sacs pleins de quoi ?

— Vous avez des personnes qui vont dans les squares, les jardins, chercher de la verdure pour nourrir la volaille qu'ils se sont mis à élever. Mais là, étant donné les cris et les bruits que j'ai entendus, j'ai dans l'idée que ces deux hommes, c'étaient plutôt des braconniers.

9

Il y eut des gens pour se souhaiter une bonne et heureuse année. Il y en eut, comme il y eut sans doute des gens pour se souhaiter bon appétit sur le radeau de la Méduse. Quand le pli est pris, n'est-ce pas... Mais ce fut quand même un piètre jour de l'an.

Prétextant un début de grippe, Monsieur Ponchardain resta dans son lit avec son bonnet enfoncé jusqu'aux yeux, un pot de tilleul, sa pipe et quelques numéros de *l'Illustration* de mil neuf cent dix-huit qui décrivaient avec photos à l'appui la rude déculottée infligée aux Allemands par les glorieuses armées alliées.

Adrienne, en blouse et pantoufles, fit du repassage et du raccommodage et du rangement. Sans piper mot, sans fredonner le moindre petit air. Elle n'avait pas le moral. Mais alors, pas du tout.

Fantôme et Mathusalem (puisqu'il était resté, le vieux toutou perclus, il avait bien fallu qu'on lui trouve un nom) passèrent la quasi-totalité de la journée à se disputer une guenille rose tendre qui avait été, en son temps, une liseuse de Madame Ponchardain.

Finette fit la tête.

Depuis que le chien traînant la patte avait débarqué dans la maison, Fantôme la délaissait, Finette. Il faisait écuelle commune avec l'intrus, dormait sur le même carré de moquette, passait un temps fou à le renifler — comme si on ne savait quelle délicieuse senteur émanait de cet antique corniaud ! — se battant avec lui pour de rire, le coursant d'un bout à l'autre de la maison — au ralenti, pour lui laisser sa chance —, sortant de vieux vieux os de leurs cachettes à son intention, lui aboyant des douceurs à l'oreille, le cajolant, quoi !

Et c'était insupportable pour une chatte aussi avide d'attentions et exclusive que Finette.

En plus, il faisait froid. Très froid.

Pour ménager le charbon qui commençait à se faire aussi rare que les pommes de terre et le beurre pour aller avec, Adrienne réglait la chaudière au plus bas. Grâce à quoi l'atelier était devenu une sorte de Sibérie où les ébauches de binettes d'épiciers, boulangers et tripiers en terre glaise se fendillaient. Dans les couloirs, les pièces du haut, on gelait. Dans la salle à manger, en dépit des tapis, rideaux et doubles rideaux, c'était du pareil au même. Finette se serait bien réfugiée dans le lit de Monsieur Ponchardain ou sur la planche à repasser d'Adrienne. Mais Adrienne était de trop méchante humeur pour supporter même la présence de son amour de chatte et le lit de Monsieur Ponchardain sentait vraiment trop le tabac gris.

Finette crevait d'envie de se blottir contre le gros ventre tiède de Fantôme ou de jouer avec lui à quelque bon jeu bien réchauffant. Mais cet imbécile de chien n'avait d'yeux et de cœur que pour l'autre imbécile de chien.

A croire que personne ne voulait plus de Finette.

Et puis, ce jour-là — un jour férié pourtant —, on avait très peu et très mal déjeuné. Assaillis par une clientèle prête à payer n'importe quel prix n'importe quoi qui la change un peu de son maigre ordinaire, les commerçants modèles de Monsieur Ponchardain l'avaient bel et bien oublié et il avait fallu se contenter de ce qu'Adrienne avait trouvé au marché d'Aligre : des légumes, rien que des légumes, dont elle fit une ratatouille peut-être assez bonne pour des imbéciles de chiens, pour un vieil homme flemmardant dans son lit et pour une Adrienne à ne pas prendre avec des pincettes pour cause de sale humeur, mais sûrement pas pour une chatte aux papilles délicates.

Le ventre creux donc et les membres glacés, Finette s'en fut bouder à l'intérieur d'une grande armoire pleine d'édredons, de draps et de taies d'oreillers fleurant la lavande.

Dieu, qui sait tout et sur les hommes et sur les chats, sait si Finette pensa dans cette armoire. Moi, je ne le sais pas. Mais si elle pensa, ce fut à coup sûr à la dureté de la vie.

Elle pensa peut-être.

Elle dormit sûrement et longtemps.

Et ce fut une bête cent fois plus petite qu'elle qui la tira de son chaud et apaisant sommeil. Une souricette. Laquelle souricette échoua dans l'armoire fleurant la lavande après une longue et infructueuse quête de quelque chose à grignoter dans pas mal de coins et recoins de la maison de Monsieur Ponchardain.

C'était sa première équipée en solitaire à cette souricette qui devait bien peser le poids d'un haricot vert. Et Finette fut son premier chat.

Finette n'en savait guère plus en matière de souris que cette niaise de souris-là en matière de chat. Elle en avait vu quelques-unes danser la sarabande autour d'elle dans la cave du petit trafiquant gominé. Mais elle avait tant d'autres soucis ce jour-là qu'elle n'avait pas prêté grande attention à ces petites agitées. Finette ignorait tout des souris, des rats, de cette grouillante et rebutante vermine qui peuple les dessous des métropoles et des navires. Finette ne savait pas qu'il était écrit dans Le Grand Livre de la Vie que le chat était à la souris ce que l'Allemand était au Français : un ennemi redoutable et redouté. Elle ne savait pas que toute souris, si gracieuse si peu offensante soit-elle, était faite pour être malmenée, déchiquetée, saignée à vif. Et, si possible, croquée. Elle ne le savait pas et pourtant, ce fut plus fort qu'elle, sitôt l'œil entrouvert et la bestiole entrevue, elle lança une patte, toutes griffes dehors, et lui laboura l'échine. Et la souris, qui ne s'attendait pas à ça, couina de surprise et de douleur. Et Finette s'entendit pousser un cri terrible, un cri qui, sortant d'une autre gorge que la sienne, l'eut sûrement épouvantée. Et ce fut la souris qui trembla, qui sursauta et se débattit comme une folle, tentant de se dégager de ces griffes énormes qui la déchiraient. Et Finette avança l'autre patte. Lentement. Et elle planta d'autres griffes dans le dos de la souricette aux yeux écarquillés par la peur, suant de peur, sentant la peur. Une odeur forte. Et grisante pour Finette qui découvrait avec ravissement les plaisirs de la cruauté. C'était fou de se sentir si forte, si redoutable. C'était bon d'être teignarde, de faire mal. Sans panique, sans hâte, elle enfonça plus fort encore ses griffes. Et ces couinements ! Ces couinements déchirants, implorants, ces couinements d'horreur, de souffrance. Quelle belle et douce musique. Grisée, ne sachant plus très bien ce qu'elle faisait, Finette rapprocha la souricette moribonde de sa gueule et lui planta ses dents dans le crâne. Épatant, ça ! Bien plus divertissant que de faire des galipettes avec Fantôme. Et succulent : Finette happa gros comme un petit pois de cervelle. Rien à voir avec de la ratatouille de légumes. Du nanan. Et le plus intéressant, c'est que la souricette pas tout à fait mais presque morte remuait encore. Sa queue se tortillait comme un ver, barbouillant de sang rosâtre le blanc d'un drap. Finette qui avait bien faim l'aurait volontiers mangée tout entière, sa souris. Mais c'était si amusant de la regarder souffrir.

La souricette n'était plus qu'une infecte bouillie d'os et de tripaille quand Finette, très fière d'elle, vint la déposer aux pieds d'Adrienne.

— Dégoûtante ! C'est tout ce que tu as trouvé à m'offrir comme étrennes ?

Sale journée décidément. Adrienne n'avait fait que remuer des pensées désastreuses en repassant, raccommodant et rangeant, et Finette, la chère, l'adorable Finette qui débarquait, un répugnant petit cadavre dans sa gueule souillée de sang. Adrienne n'appréciait pas. Adrienne était outrée. Même poussée par la faim, une demoiselle de la classe de Finette n'avait pas le droit de se conduire aussi mal. La chasse à la souris, c'était bon pour les chats des rues, les sauvages. Pas pour sa Finette. Adrienne saisit ce qui restait de la souris avec des pincettes et le mit à brûler dans la cuisinière. Et elle se rendit compte qu'elle n'aimait pas plus les souris mortes que les vivantes. Vivantes, elles lui fichaient la trouille. Mortes, elles lui fichaient le cafard. Logique. Une souris morte, ça vous fait penser à la mort, et la mort, même si on sait que c'est le seul moyen de voir enfin des anges et Saint-Pierre et son fameux trousseau de clés et d'entendre la musique céleste et de se vautrer dans d'inimaginables gâteries, c'est quand même la mort avec cette chiennerie de dernier soupir qu'il faut absolument pousser, le cercueil sûrement très inconfortable dans lequel on vous enferme, le corbillard si triste, les fleurs et couronnes, les condoléances, le noir, et tous ces gens, toutes ces rues qu'on ne reverra plus, et bien d'autres avanies encore. En réalité, tout la rendait cafardeuse, Adrienne, depuis que Madame Bosquet lui avait parlé des braconniers du square Sainte-Marguerite. Si elle s'était écoutée, elle aurait recueilli tous les rescapés, tous les chats, tous les chiens qui avaient échappé au massacre.

Penser que Finette pouvait y passer elle aussi...

Adrienne eut envie de la serrer bien fort contre elle.

Pas question. Que cette tueuse de souris aille se faire pendre ailleurs.

Adrienne ouvrit la porte de la rue.

— Allez ! Va-t-en ! Tu es une voyoute, une malpropre ! Tu sens mauvais, tu sens le rat. Allez... dehors !

Finette sortit ; dans le froid. Tête basse.

Adrienne, était, bien sûr, plus furieuse d'elle-même que de sa chatte. Elle se fit chauffer une pleine casserole de « café national ». Une fameuse cochonnerie qui avait goût de tout ce qu'on voulait sauf de café. Elle le but jusqu'à la lie, ce simulacre de moka. Puis elle monta voir où en était la grippe de Monsieur Ponchardain. Il dormait, pipe éteinte au bec, la barbe en broussaille. Adrienne arrangea ses couvertures, qu'il ne prenne pas froid. C'est qu'elle s'était mise à l'aimer beaucoup, Monsieur Ponchardain. Depuis que sa muse d'épouse le laissait vivre à sa guise, il était devenu un si brave homme. Aimable avec elle, affectueux avec les bêtes. S'accommodant de tout.

C'était peut-être grave ce début de grippe ?

Adrienne se demanda s'il ne serait pas sage de faire venir un médecin. Bien sûr que ce serait sage. Elle partit donc au Café Snèffle téléphoner au docteur Pouillat. Elle partit en laissant la porte entrouverte pour que Finette, qui n'attendait sûrement que ça, puisse regagner ses pénates.

Mais elle était loin, Finette. Presqu'au bout du Passage. Et pas toute seule. Avec un chat rayé comme un tigre. Rayé comme un tigre et aussi galant que chat peut l'être.

Et — encore plus surprenant que l'affaire de la souris ! —, Finette ne l'eut pas plutôt aperçu, ce chat galant, qu'elle succomba à sa galanterie. Quelque chose comme un coup de foudre, si vous voyez ce que je veux dire.

Et il arriva ce qui devait arriver. Sur un tas de copeaux dans la scierie du passage Sainte-Delphine.

Et Finette ne rentra pas la nuit du premier janvier. Ni celle du deux.

Et Adrienne ne dormit point de deux nuits. Deux nuits pendant lesquelles, en dépit de l'aspirine, du sirop et des cataplasmes prescrits par le docteur Pouillat, Monsieur Ponchardain laissa sa grippe dégénérer en pleurésie. La catastrophe.

Le cher Paul-Émile avait des poussées de fièvre de quarante et plus, il était en eau, faisait pipi cent fois le jour, toussait à en perdre le souffle.

Il lui arriva de délirer, d'appeler Adrienne Juliette et de lui reprocher de n'être pas venue à un rendez-vous quai Voltaire le quatorze juillet mil neuf cent cinq. Il lui arriva aussi d'entonner, au cœur de la nuit, ce qui se chantait de plus salé du temps qu'il était aux Beaux-Arts.

Le docteur Pouillat était inquiet et formel : il fallait au malade, et de bons biftecks bien saignants, et le plus de chaleur possible.

De la chaleur et des biftecks ? Adrienne se fit envoyer paître par les bouchers « modèles ». Ils estimaient avoir payé leur prix les œuvres d'art de Monsieur Ponchardain, et puis maintenant que les tickets étaient entrés dans les mœurs, que des brigades de policiers avaient été créées spécialement pour empoisonner l'existence des honnêtes détaillants, c'est à peine si les honnêtes détaillants en question n'étaient pas forcés de sacrifier leurs propres rations pour satisfaire leur aimable clientèle qui, entre parenthèses, le devenaient de moins en moins, aimable.

A force de palabres, de supplications, Adrienne glana une entrecôte convenable chez l'un, une côtelette naine chez l'autre, un morceau de bœuf à bouillir qui, astucieusement poêlé, put faire office de bifteck chez un autre encore. Pour ce qui était de la chaleur, il fallait aller sur un quai. A Austerlitz. Chez Bernot. Là, après des trois, quatre ou cinq heures de queue, on avait de fortes chances de récolter un sac de boulets.

Qui n'a pas fait la queue pour avoir chaud, en janvier quarante et un, sur le quai, chez Bernot, ne sait pas ce que c'est qu'avoir froid.

Sur ce quai, on vit des vieilles dames tomber raides, frigorifiées à l'instant précis où elles allaient enfin le recevoir, ce sac de boulets si convoité et à peine plus conséquent qu'un cornet de dragées. On vit des mères de famille tout ce qu'il y avait de paisible et bien élevé se battre comme des chiffonnières pour se disputer un boulet traînant sur le pavé. On vit des gamins au nez bleui par le froid et aux genoux crevassés par les engelures, sécher la classe des semaines entières pour aller faire la queue sur ce maudit quai et en rapporter du charbon qu'ils troquaient contre du chocolat qui n'avait même pas le goût de chocolat.

La distribution de boulets commençait à huit heures précises. A six heures, parfois avant, Adrienne était à pied d'œuvre. Avec son tricot : une veste pour Monsieur Ponchardain quand il serait convalescent. Une veste bleu marine et jaune. Le bleu marine d'un gilet qui ne lui allait plus et le jaune de trois pelotes trouvées par chance chez une mercière du faubourg.

Souvent, Fantôme et Mathusalem accompagnaient Adrienne. Ils aimaient bien se promener avec elle et, une fois au bord de l'eau, regarder passer les péniches et surtout surtout escalader les montagnes de boulets. C'était d'un drôle. Après, bien sûr, ils se voyaient interdire l'entrée de la maison pour cause de saleté repoussante. Mais ils s'en moquaient bien. Ils allaient dormir dans des endroits connus d'eux seuls.

Finette, elle, ne vivait plus qu'à mi-temps à la maison. Et cela contrariait vivement Adrienne qui se demandait ce qui pouvait bien pousser une bête si frileuse à être si souvent en maraude alors que l'hiver se faisait chaque jour plus rude.

Adrienne était à cent lieues de soupçonner l'existence du chat rayé comme un tigre. Elle pensait, et ça ne lui plaisait point, que sa chatte avait tout simplement pris goût à la chasse aux souris.

C'est Monsieur Ponchardain qui y vit clair le premier. Comme Adrienne lui disait que « si il ne la laissait pas lui mettre les bonnes ventouses que le docteur lui avait ordonné, il finirait par se retrouver au cimetière », il eut un petit rire toussailleux.

— Quand c'est la saison des berceaux, il est temps pour les vieux d'aller au tombeau.

Ça voulait dire quoi, ce proverbe ? Monsieur Ponchardain fit le mystérieux et conseilla à Adrienne de palper le ventre de Finette. Ce voulait dire quoi, ça encore ? Pourquoi lui palper le ventre ? Est-ce que Monsieur repartait dans son délire ? Il avait l'air bien conscient, pourtant. Squelettique, les joues tout à fait creuses et de la même couleur que sa taie d'oreiller, mais conscient.

— Et il a quoi, selon Monsieur, son ventre, à Finette ?

— Il a que vous allez être grand-mère, Adrienne.

Grand-mère ? Elle ? On lui aurait annoncé comme ça, tout de go, que de Gaulle et cent millions d'Anglais venaient de choir, en parachute, place de la Concorde, que ça ne lui aurait pas fait plus d'effet.

— Ça lui serait arrivé comment, d'abord ?

— Vous dites vous-même qu'elle passe sa vie à traînailler.

— Finette est bien trop petite pour...

Une fois le ventre palpé, Adrienne dut se rendre à l'évidence. Cette mangeuse de souris était aussi une coureuse ! Une traînée !

Adrienne dut se retenir pour ne pas la rouer de coups. Et de vrais coups, cette fois.

C'était donc ça, qu'on ne la voyait pour ainsi dire plus, cette sale bête ! Aller se faire faire des petits par on ne savait quel matou galeux ! Eh bien, qu'elle aille le rejoindre, son coquin ! On n'allait sûrement pas continuer à nourrir et à dorloter une pareille débauchée ! Qu'elle s'en aille ! A la rue ! A la rue !

Finette écoutait Adrienne.

Finette avec son ventre plein de petits.

Adrienne sentit fondre son cœur.

Agenouillée sur le carreau de la cuisine, elle couvrit de baisers sa belle petite Finette.

— Tu veux que je te dise, vilaine ? Avec ton gros ventre, t'es encore plus mignonne.

10

Du lait. Il fallait du lait.

Une chatte au ventre plein de chatons a besoin de lait, c'est connu.

Mais pour le lait, alors, il y avait des tickets strictement réservés aux dames dans un état intéressant, aux poupons (dits J1) et aux vieillards ayant franchi les portes de leur seconde enfance. Des tickets que les crémiers découpaient sans faillir et collaient à la colle forte sur des feuilles conçues à cet effet par une Administration impitoyable.

Sans tickets de lait, pas de lait.

Et, sans lait...

Adrienne voyait sa Finette accouchant de bébés morts-nés ou contrainte de refuser ses mamelles arides à d'attendrissants nourrissons affamés.

Adrienne ne supportait pas l'idée que Finette n'ait pas droit à tous les égards dus à sa position, parce qu'un monstre abject nommé Adolf Hitler et une tripotée de salopiots jouant son jeu avaient réduit la France à l'esclavage ou presque.

Il fallait du lait à Finette.

Il lui fallait du lait coûte que coûte.

Adrienne courut les laiteries, prête à y dépenser tout ce qu'elle avait comme argent personnel, et même plus. Sans succès. Même « au noir », hélas, le lait était introuvable. Il y avait des possibilités d'œufs, de beurre, de camembert, de brie, de cancoillotte. Pas de lait.

Madame Marcelle (FLEURS ARTIFICIELLES ET ARTICLES DE DEUIL) avait des connaissances. C'est elle qui aiguilla Adrienne sur le père Truffard.

Pour le trouver, celui-là, il fallait aller à Bercy, loin derrière les entrepôts. Au numéro soixante et un d'une rue large comme un lacet de soulier, il y avait une blanchisserie très sale. Une fois dans la blanchisserie, il fallait dire à la patronne (à la patronne, pas à la souillon maigrichonne qui l'assistait) qu'on venait « de la part du cousin ». De quel cousin ? Mystère. Les mots de passe, c'est fait pour être connu, pas pour être compris. Donc on disait, comme ça, à la patronne de la blanchisserie, qu'on venait « de la part du cousin » et la patronne de la blanchisserie vous faisait traverser sa salle de lavage où cinq vieilles femmes s'usaient les mains et le tempérament à décrasser des montagnes de chemises, chemisettes, culottes, tricots de peau et autres hardes dans des océans d'eau savonneuse et des nuages de vapeurs suffocantes. Après quoi, il fallait longer un couloir étroit et jamais balayé, traverser une grande pièce sans meuble où des Marocains accroupis sur le sol confectionnaient des babouches en simili-cuir en chantant une chanson de chez eux, descendre une douzaine de marches et franchir une lourde porte nantie de plusieurs verrous sérieux comme des verrous de prison. Ceci fait, on aboutissait enfin au féerique domaine du père Truffard. Ce qui revient à dire qu'on se retrouvait à cent lieues de Paris. Là, aux confins du douzième arrondissement, derrière la façade douteuse d'une blanchisserie, derrière le gourbi des Marocains, derrière une lourde porte dûment verrouillée, il y avait un jardin. Un vrai jardin comme à la campagne. Pas grand. Vingt mètres sur trente, peut-être. Mais herbeux à souhait et avec des arbres fruitiers. Et du bétail.

Son métier, au père Truffard, c'était loueur d'animaux de promenade dans les jardins publics. Un plaisant métier que les Truffard exerçaient de père en fils depuis Napoléon III. Un métier que le père Truffard lui-même exerçait depuis bientôt quatre-vingts ans. Il faut dire qu'il avait commencé tout petit — déguisé en postillon et cornaquant un bourricot nain pour l'amusement de marmots encore plus petits que lui. Il avait commencé, le père Truffard, si jeune, qu'il se souvenait encore des Prussiens en France. Pas des Allemands. Des Prussiens de la guerre de soixante-dix. Même qu'il affirmait qu'à l'époque, il avait mangé du rat et de l'éléphant, de l'antilope et du gnou.

C'était peut-être faux, c'était peut-être vrai.

Ce qui était sûr et certain, c'est que le père Truffard était barbu et soiffard comme Noé en personne, qu'il s'y connaissait autant que lui en bestiaux de tout poil et que son lopin de Bercy était aussi peuplé, si pas plus, que l'Arche des Écritures.

L'hiver, en temps normal, le père Truffard n'avait rien d'autre à faire qu'attendre les beaux jours en s'imbibant de vin, tandis que son cheptel se refaisait une santé. Mais... cette année-là... Cette année-là, le père Truffard avait transformé ses écuries en ferme modèle ou presque. A ses douze ânes, ses trois mulets, ses quatre chèvres et ses deux chameaux — un mâle et une femelle — étaient venus s'ajouter une quarantaine de lapins qui ne faisaient que croître et multiplier, des oies, un dindon, dix poules, trois coqs et une vache.

Parfaitement : une vache !

Une laitière ramenée clandestinement du Calvados dans l'ambulance de l'ami d'un ami. Le père Truffard allongé et jouant les moribonds sur la civière sous laquelle était allongée, ficelée comme un saucisson et solidement bâillonnée, la laitière. Laquelle laitière était nourrie grâce à la complicité d'un contrôleur des wagons-lits qui ramenait de chacun de ses voyages des oreillers S.N.C.F. bourrés d'herbe tendre. Laquelle laitière ne suffisait pas aux besoins de la clientèle, chaque jour plus étendue, de l'industrieux père Truffard. Mais, émulées par la présence de la vache normande, deux ânesses et la chamelle s'étaient mises à avoir du lait elles aussi. Sans oublier les chèvres qui permettaient à leur propriétaire de vendre aux vrais amateurs un fromage presque aussi goûteux (et bien plus coûteux) que du chabichou d'origine.

Le père Truffard avait ses têtes. Celle d'Adrienne lui plut. Pas question de lui donner fut-ce un dé à coudre de lait de la vache. Mais Adrienne eut le choix : ou lait d'ânesse, ou lait de chamelle. Les deux se valant question calories, à en croire le vieil homme qui, lui, ne buvait, ni lait, ni eau, ni rien qui titre moins de douze degrés cinq.

Elle prit un échantillon de chaque.

Finette laissa les chiens régler son compte au lait d'ânesse et fit ses délices du lait de chamelle qui avait pourtant une odeur pas catholique du tout.

A la suite de quoi, chaque matin, en revenant de chez Bernot, où la chiche distribution de boulets à des hordes de ménagères transies et défaites continuait, et avant d'aller faire la queue rue d'Aligre pour glaner de quoi empêcher sa maisonnée de dépérir, Adrienne allait chercher son quart de litre de lait de chamelle à la ferme du père Truffard.

Et ses visites quotidiennes, à ce vieux fou de fermier clandestin, l'enchantaient. Jamais à court de vin grâce à son bon voisinage avec les pinardiers des Entrepôts, la langue toujours bien déliée donc, le père Truffard avait une foule de choses passionnantes à dire, et sur les bêtes, et sur le monde. Sur les guerres aussi. Il en était à sa troisième et savait de source sûre que « le Prussien finit toujours par s'en retourner chez lui la queue entre les jambes ».

Il était fort réconfortant, le père Truffard.

Et Adrienne en avait fichtrement besoin, de réconfort.

A cause de Monsieur Ponchardain, dont la pleurésie s'éternisait et qui, en dépit de modestes biftecks, pas quotidiens mais presque, et d'une chaleur relativement constante, devenait squelettique, n'ouvrait plus la bouche que pour tousser. A cause des événements : les nouvelles, même celles de Radio Londres, étaient du genre sinistre.

A cause de Finette surtout. Enceinte comme elle l'était, Adrienne aurait voulu qu'elle ne quitte plus le lit ou, au moins, la maison. Et cette inconsciente passait son temps à aller rôder dans le froid du Passage et elle sautait d'un meuble sur l'autre (une chatte enceinte, sauter !) et elle cherchait des querelles irraisonnées aux deux grands bêtas de chiens et elle montait l'escalier pour aller rendre visite à Monsieur Ponchardain. Adrienne tentait de la raisonner. Autant jouer du Mozart à un sourd. Grosse, Finette était plus capricieuse que jamais.

Et — ça, au moins, c'était positif — de plus en plus friande du lait de chamelle de la ferme du père Truffard.

En mars, une nuit, sans façon ni problème, elle accoucha, dans un tiroir du buffet de la cuisine aménagé à cet effet par Adrienne, de cinq petits diablotins aussi gouttiéreux qu'elle, qui firent l'admiration d'Adrienne, de Monsieur Ponchardain qui daigna se lever pour l'occasion, et de Fantôme et de Mathusalem.

Le papa — le chat rayé comme un tigre — ne vint pas voir ses rejetons, parce que ce n'est pas la coutume chez les papas chats de s'intéresser à leur progéniture.

Dire que Finette se montra fière de la chair de sa chair serait peu dire. Jamais accouchée ne fit autant l'importante. Jamais mère chatte ne lécha et pourlécha autant ses petits. Elle était tout à fait d'accord pour qu'on les contemple, même de très près, et qu'on chante leurs louanges. Mais pas question d'y toucher. Fantôme, qui tenta de les humer, eut droit à un sérieux coup de griffe sur la truffe.

Monsieur Ponchardain demanda à Adrienne combien elle comptait garder de chatons. A cette question, Adrienne explosa.

— Combien je compte en garder ? Mais cinq, Monsieur ! Et si Finette avait six ou dix ou quinze petits, c'est six ou dix ou quinze que j'en garderais ! Vous voudriez tuer les bébés de Finette ? Les assassiner ? Comme si on ne tuait déjà pas assez par les temps qui courent. Votre idée, ça serait peut-être de les tuer tous, ces petiots ? Et Finette avec, je suppose ? Et les chiens ? Et pourquoi pas moi aussi, pendant que vous y êtes ? Monsieur sait combien je respecte Monsieur et combien je lui suis attachée et combien je me fais du souci pour lui depuis qu'il traîne cette vilaine maladie qui n'en finit pas, mais... entendre Monsieur poser des questions pareilles ! Combien de petits chats je compte garder ! Ça alors...

Adrienne était rouge comme un coq. Hors d'elle.

— Si nous dérangeons, nous pouvons partir. Monsieur n'a qu'un mot à dire et nous débarrassons le plancher. Ça sera vite fait. Le temps de boucler ma valise et...

— Ne vous mettez pas dans cet état, Adrienne. C'est

ridicule. Ce que j'en disais, c'était seulement en pensant à Finette. Cinq mioches, c'est beaucoup pour une petite mère comme elle. Et puis ils grandiront et il faudra les nourrir et vous savez mieux que moi que...

— Je ne sais qu'une chose : c'est que ma Finette sait ce qu'elle fait. Si elle a eu cinq chats, c'est qu'elle se sent de taille à s'occuper de cinq chats. Et si Finette peut s'occuper de cinq chats, je ne vois pas pourquoi, moi, je ne pourrais pas m'en occuper aussi.

Monsieur Ponchardain regagna son lit. Il aimait beaucoup Adrienne et aussi Finette mais elles étaient bien bien fatigantes.

Fantôme et Mathusalem furent priés d'aller traîner leurs sales pattes ailleurs, pour ne pas troubler le sommeil des nouveau-nés. Et Adrienne confectionna un cocktail pour Finette. Un cocktail spécial dit « de la jeune accouchée » dont elle avait lu la recette dans le livre d'une certaine « Tante Jacqueline » qui s'était donné pour mission d'édifier les lectrices de *la Semaine de Suzette*. Un cocktail composé d'un œuf très frais de chez le père Truffard et d'une tasse de lait de chamelle (la recette parlait de lait de vache, mais c'était une recette d'avant les Allemands). Il fallait bien battre œuf et lait à la fourchette jusqu'à obtenir une sorte de mayonnaise qu'on pouvait légèrement sucrer et transvaser dans une soucoupe pour que la mère chatte puisse laper sans avoir à bousculer les poupards accrochés à ses tétons.

Finette adora ce cocktail.

Finette fut une nourrice parfaite.

Adrienne passa des heures à la contempler, épanouie et attentive, avec ses cinq rejetons aux yeux encore clos. C'était encore plus beau que la crèche de l'église Saint-Antoine.

Toute à ses séances de contemplation béate, à ses courses (le charbon, les biftecks, le lait, ce qu'on trouvait d'à peu près comestible au marché d'Aligre) et aux soins à donner à Monsieur Ponchardain, Adrienne n'avait plus une minute pour tenir la maison propre et ça se voyait. Plus une minute pour dormir non plus. Ou alors d'un seul œil et sans même se déshabiller ni ouvrir son lit. Elle était fatiguée, mais fatiguée... Et heureuse.

Oui. Dans ce monde ravagé par une guerre sans pitié, à cette époque où régnaient haine, souffrances, misères de toutes sortes, injustice, désespoir, il y avait quand même place pour un peu de bonheur : le bonheur d'Adrienne.

Les chatons ressemblaient tous si fort à leur mère qu'il était difficile de les distinguer. Adrienne s'ingénia quand même à leur trouver des noms. Celui d'entre eux qui avait les oreilles un soupçon plus longues que celles de ses frères devint Lapinos. Celui qui entrouvrit les yeux le premier fut baptisé Curieux. Un autre, qui n'avait vraiment rien entre les pattes, devint Mademoiselle. Un autre Glouton, parce qu'il continuait à téter même en dormant. Et le cinquième, ce fut Rinquinquin. Sans raison particulière. Juste parce que Rinquinquin ça sonnait bien.

Un jeudi, il était près de midi, revenant du marché où elle n'avait glané que des lentilles pleines de cailloux et une petite part de pieuvre gluante et rebaptisée pudiquement « encornet » par le poissonnier, Adrienne ne retrouva ni Finette ni aucun des chatons. L'horreur ! Que s'était-il passé ? Un rapt ? Une rafle de la Gestapo ?

Adrienne était sur le point de tomber évanouie quand Fantôme, la tirant par le bas de sa jupe, l'entraîna vers l'atelier où Finette s'était cachée avec sa grouillante marmaille sous le canapé de muse de Madame Ponchardain.

— C'est malin, Finette ! C'est malin vraiment !

Ce n'était pas malin. Mais il y a toujours un moment où les chattes éprouvent le besoin de mettre leurs petits en sûreté.

Et puis il y a le moment où, les yeux enfin ouverts et d'un bien joli bleu, et n'y voyant pas grand-chose, les chatons commencent à se traîner, à partir à la découverte de la planète Terre.

Le plus hardi des cinq, c'était Curieux. Il voulait tout voir, explorer chaque pièce, chaque dessous de meuble. Après, naturellement, pour retrouver le chemin qui menait à Finette, c'était très compliqué. Heureusement, Fantôme et Mathusalem veillaient. Et il fallait les voir glisser la patte sous un buffet, une commode, pour récupérer sans brusquerie le fugitif et le saisir par la peau du cou, du bout de leurs grandes dents, et venir déposer leur précieux fardeau devant une Finette partagée entre la reconnaissance et l'envie de punir ces brutes qui osaient toucher à ses enfants chéris.

Il arriva aussi que Finette fasse cinq voyages pour monter, un par un, ses petites merveilles de chatons dans la chambre de Monsieur Ponchardain, qu'il puisse voir combien ils étaient encore plus beaux et intéressants qu'à leur naissance.

Monsieur Ponchardain fut ravi de cette visite. D'autant plus ravi qu'il lui vint alors cette pensée : que si les chatons étaient bien vivants, lui n'était pas encore mort.

Une pensée poussant l'autre, il se dit qu'après tout, cette pleurésie (ou maladie dans ce goût-là), s'il la traînait depuis si longtemps, c'était peut-être parce que ça l'arrangeait de demeurer dans son lit à ne rien faire. Peut-être qu'elle lui était venue, cette maladie, parce que ça l'assommait de modeler et sculpter des binettes de crémiers, boulangers, charcutiers et autres.

En y réfléchissant bien...

C'était ça. C'était sûrement ça.

Caressant d'une main le ventre tendre et palpitant de Rinquinquin, Monsieur Ponchardain chercha de l'autre sa pipe sur sa table de nuit. Des semaines qu'il n'y avait pas touché. Elle était encore à demi bourrée. Monsieur Ponchardain se la planta dans la bouche et frotta une allumette soufrée sur le marbre de sa table de nuit. Il tira une bouffée. C'était bon.

Il aurait dû tousser.

Il ne toussa pas.

Il fuma en se disant que le tabac était une admirable invention.

Et la vie aussi.

Et, rejetant drap et couverture et envoyant dinguer Finette qui s'étalait voluptueusement sur la courtepointe en macramé, Monsieur Paul-Émile Ponchardain, prix de Rome de sculpture mil neuf cent deux et soixante neuf ans aux prunes, sortit de son lit. Et il prit les fioles de sirop du docteur Pouillat et les pilules et les comprimés et les gouttes à se mettre dans le nez et les oreilles et le thermomètre, et balança tout ça par la fenêtre. Après quoi, il enfila le plus culotté de ses pantalons de velours, dénicha dans le bas de sa penderie ses plus antiques brodequins (des brodequins éculés d'avant son mariage, des reliques, informes, du temps où il se croyait toujours sur le point de filer à Tahiti comme Gauguin) et les chaussa. Après quoi encore, il fonça dans la salle de bains et se rasa la barbiche. Et aussi les moustaches. Tout en baillant une marche altière et riche en mots si malsonnants qu'aucune plume honnête ne saurait les rapporter.

Et, suivi de Finette et de ses cinq petits qui déboulèrent l'escalier comme cinq pommes tombant d'un panier, il descendit surprendre Adrienne dans sa cuisine. Et, surprise, Adrienne le fut extrêmement.

— Mais qu'est-ce qui est arrivé à Monsieur ?

— Il est arrivé à Monsieur que Monsieur est guéri, Adrienne. Et pas que de cette fichue pleurésie. Guéri de ma bêtise, guéri de ma lâcheté, guéri de cette insondable bêtise et de cette pétrifiante lâcheté qui ont fait de moi ce que je suis : un vieux raté qui croyait qu'il suffisait d'avoir de la barbe au menton pour être un génie !

Était-ce le feu du rasoir ? Monsieur Ponchardain avait déjà les joues plus colorées. Ce qui était net en tout cas, c'est que, d'avoir la barbichette et les moustaches en moins, ça le rajeunissait beaucoup. Et, en plus, il avait faim.

— Une faim d'ogre, Adrienne.

— Si Monsieur a envie d'une petite omelette...

— J'aimerais mieux une grosse.

— C'est que je n'ai que quatre œufs.

— Va, pour la petite omelette !..

Comme les deux chiens et les six chats voulurent y goûter, à la petite omelette, il n'y en eut pas lourd pour chacun. Mais elle fut très bien arrosée. Avec du bordeaux vieux que Monsieur Ponchardain alla chercher lui-même à la cave. Des semaines qu'il n'avait pas bu de vin.

C'était bon. Et ça remontait.

C'est en sirotant son bordeaux vieux que Monsieur Ponchardain sentit naître en lui un beau et grand dessein.

— Grand, beau, et, j'ose le dire, Adrienne, d'intérêt national. Une sculpture que dans cent ans, dans deux cents ans, on admirera comme on admire le *Moïse* de Michel-Ange ou *le Penseur* de Rodin.

— Et ça sera quoi, Monsieur ?

— Du monumental. Mais pas du monumental sans âme, sans tripes comme ces dieux et ces déesses trop bien léchés que j'ai fignolés en bâillant pendant tant et tant d'années. Je sculptais comme un barbu, comme un foutu cochon de barbu. Terminé ! Je vais sculpter, Adrienne, quelque chose qui — à son heure — montrera au monde que les jours sombres que nous vivons furent aussi des jours d'espérance et que Paul-Émile Ponchardain en avait dans le ventre ! Je vais sculpter, Adrienne, la France attendant de Gaulle.

Le jour même, Monsieur Ponchardain s'y mettait. Esquissant à grands coups de ciseau, dans un bloc de granit d'une taille impressionnante, la silhouette altière d'un militaire (le général de Gaulle, dont il ignorait les traits) et la silhouette d'une femme agenouillée (la France), agenouillée mais pas prostrée, agenouillée les mains tendues en direction du sauveur, agenouillée mais suant l'espoir par tous les pores de sa peau de pierre.

Chats et chiens observaient le démiurge avec admiration.

Il était beau, dans l'inspiration et l'effort, le désormais glabre Monsieur Ponchardain.

Et exalté.

Il y travailla quatorze heures d'affilée, à sa « France attendant de Gaulle ». Chats et chiens dormaient depuis longtemps qu'il sculptait encore. Ce qui ne manqua pas d'inquiéter Adrienne.

— Monsieur n'est pas raisonnable. On ne se lance pas comme ça dans le travail après des semaines et des semaines de fièvre et de lit.

— Au lieu de dire des idioties, vous feriez mieux d'aller vous coucher vous aussi.

— Quand Monsieur va s'écrouler de fatigue, il sera bien content de me trouver pour filer chercher le docteur Pouillat.

— Si ce croquemort remet les pieds ici, je lui fend le crâne avec ce ciseau. Au fait... puisque vous tenez à rester là, vous allez vous rendre utile, Adrienne.

— En faisant quoi ?

— En faisant la France.

— Monsieur veut que je fasse le modèle ? Que je me mette à genoux ?

— C'est ça. C'est exactement ça. Et, en plus...

En plus... Là, ça devenait délicat. La France ne pouvait pas, c'était évident, être représentée en pantoufles, avec un tablier, un gros chandail...

— Monsieur voudrait que je...

— Oui, Adrienne. Pour bien faire, il faudrait.

Adrienne n'était pas particulièrement bégueule. Et elle savait que Monsieur Ponchardain ne poserait jamais sur elle qu'un regard d'artiste. Tout de même. Tout de même... Elle se retira derrière un paravent. Hésita un long moment. Pas qu'elle eut honte de son corps. Loin de là. Elle savait que ses formes étaient bien pleines, qu'elle était grande, que ses seins étaient bien ronds, son ventre bien plat. Plus d'une fois, en époussetant une Vénus, une Cybèle ou une naïade, elle s'était dit que ces beautés d'un autre âge n'avaient rien de plus ni rien de moins qu'elle.

Et puis, devenir la France, c'était plutôt plaisant comme idée.

Et puis Adrienne était bonne fille.

Quand il la vit, sans plus rien sur elle, rose et rougissante et si joliment tournée, Monsieur Ponchardain sut qu'il allait enfin faire un chef-d'œuvre. Un vrai.

Quinze jours durant, ne s'occupant plus du tout du ménage et faisant à peine la vaisselle, ne sortant que pour aller quérir de quoi grignoter un brin, Adrienne posa.

Quinze jours durant, nue comme la Vérité, les bras tendus vers un général au visage inconnu, Adrienne joua les modèles dans l'atelier qu'on tenait bien clos, pour ne pas laisser s'échapper la faible chaleur du petit poêle Godin.

C'était nettement plus fatigant que faire le nettoyage, même en grand. Mais c'était aussi très gratifiant. Adrienne avait l'impression d'être devenue quelqu'un.

Et ce fut le drame.

11

On sonnait énergiquement à la porte de la rue.

Redevenant Adrienne, la France baissa les bras et se rua sur une blouse qu'elle boutonna tant bien que mal en se précipitant dans l'entrée. Elle n'avait même pas pensé à enfiler ses pantoufles.

Et c'était Madame qui sonnait.

Madame Ponchardain qui, nantie d'un ausweis par l'obligeant colonel allemand qu'elle hébergeait, venait voir où en était la pleurésie de son époux.

Il ne l'avait pas seulement nantie d'un ausweis, le colonel von Schnapelprüff. Cet homme remarquable avait farci la tête de Madame Ponchardain d'idées tout à fait au goût du jour. C'est qu'il était très convaincant, cet exquis militaire qui jouait divinement Schubert, Chopin et Ravel au piano, ce fin lettré qui avait lu tout Lamartine, tout Vigny, tout Chateaubriand et, naturellement, tout Schiller et tout Goethe. En plus, c'était un ardent amoureux de la France, qui savait distinguer d'un seul coup de nez un clos-vougeot mil neuf cent vingt-sept d'un clos-vougeot mil neuf cent vingt-huit, qui pleurait d'émotion en évoquant la triste fin de Louis XVI et de Marie-Antoinette et faisait chaque année les châteaux de la Loire en compagnie de sa femme Greta et de ses filles Hilda, Frieda et Augusta. Il baisait la main des dames, il savait découper la volaille et connaissait les noms des neufs muses et des sept poètes de la Pleïade et était si fort au billard qu'il avait fait match nul avec le Führer en personne un soir de liesse à Berchtesgaden. Et sensible avec ça. Tellement sensible qu'il faisait dire une messe pour chaque terroriste que son devoir contraignait à faire passer par les armes.

Et Madame Ponchardain avait quitté la veille au soir cet homme tout bonnement admirable et elle avait avalé un nombre affolant de kilomètres au volant de sa Citroën. Et pour tomber sur quoi ?

Sur une souillon qui venait lui ouvrir — pieds nus ! — la porte d'une maison d'une saleté inconcevable, sur des chiens galeux, des chats teigneux et sur un Paul-Émile en guenilles et imberbe !

Madame Ponchardain n'en croyait pas ses yeux. Elle avait l'impression de faire un cauchemar.

— Dis-moi que je rêve, Paul-Émile. Par pitié, dis-moi que ce n'est pas notre maison que je retrouve en si piteux état, et pleine d'animaux dégoûtants !

— Ce ne sont pas des animaux dégoûtants, Émilie. Ce sont *nos* chats et *nos* chiens.

— Comment ça, « nos » ?

— La maman chatte appartient à Adrienne et les chatons appartiennent à la maman chatte. Quant aux chiens, Fantôme et Mathusalem, nous dirons qu'ils sont à moi.

— A toi ?

— Oui, Émilie. Et ce sont deux si bons toutous que...

L'un des deux si bons toutous — Mathusalem — ayant jugé opportun de venir faire un câlin à Madame Ponchardain, reçut d'elle une si belle tape sur le muffle qu'il poussa le cri du loup blessé. Ce qui eut pour effet de contrarier si fort l'autre si bon toutou — Fantôme — qu'il s'avança droit sur la méchante femme en grognant et montrant les dents.

— Des chiens enragés oui ! Il va me mordre, ce sauvage ! Mais empêchez-le ! Mais empêchez-le !

Adrienne attrapa Fantôme par la queue et le fit sortir, non sans peine, du salon où Madame Ponchardain était affalée sur la bergère Louis XV.

— Et ces chats... Ils doivent être couverts de puces !

Adrienne ne put s'empêcher de s'attendrir.

— Ça, des puces, pour en avoir, ils en ont ! Mais les chats, c'est un peu fait pour ça, non ?

— Et pour crotter et déchiqueter les tapisseries de mes fauteuils ? Adrienne, vous allez me faire le plaisir de me mettre toutes ces sales bêtes dehors.

— Dehors, une mère qui relève à peine de couches ? Dehors, des chats à peine sevrés ?

— J'ai dit : dehors.

Adrienne allait répliquer. Et vertement. Monsieur Ponchardain prit diplomatiquement les devants.

— Autant que tu le saches, Émilie : si les chats s'en

vont, Adrienne s'en ira aussi. Elle leur est très attachée.

— Et moi, je suis très attachée à ma maison et je n'ai pas envie de la voir transformée en ménagerie ou en fourrière. Alors, ma petite Adrienne, vous allez me ficher ces sacs à puces dehors et monter me faire couler un bain. Bien chaud. Après quoi nous parlerons, vous et moi. Nous parlerons de la poussière qu'il y a sur le marbre de cette cheminée, des moutons que je vois sous la commode, de votre tenue aussi. Mais... Qu'est-ce qu'il vous prend de vous traîner par terre ?

Il prenait à Adrienne qu'ayant déjà enfourné Curieux, Mademoiselle et Glouton dans les poches de sa blouse, elle tentait de récupérer Rinquinquin et Lapinos sous la bergère. Et les deux galopins ne voulaient pas se laisser cueillir. S'énervant très fort, Madame Ponchardain s'y mit elle aussi. S'agenouillant, du bout de son parapluie qu'elle n'avait pas posé depuis son arrivée, elle fourragea sous la bergère, donnant de grands coups, au jugé. Et Lapinos et Rinquinquin se mirent à pousser des cris d'effroi.

Et Finette s'en mêla à son tour. Bondissant, comme un diable farceur sort de sa boîte, elle vint atterrir sur le postérieur de Madame Ponchardain et y planta toutes ses griffes à la fois.

Hurlements de Madame Ponchardain ! Aboiements de Mathusalem qui était tapi derrière un fauteuil ! Miaulements divers et stridents !

La panique.

Toujours agenouillée et ivre de rage, Madame Ponchardain se mit à asséner des coups de parapluie sur tout ce qui était à sa portée. Si ni Rinquinquin, ni Lapinos, ni Mademoiselle ne furent écrabouillés par le parapluie, c'est seulement parce que le dieu des chats y veilla.

Adrienne finit par rameuter toute la troupe dans la cuisine dont elle ferma bien soigneusement la porte avant d'aller faire couler le bain chaud dont sa maîtresse avait de plus en plus besoin.

C'est qu'elle était au bord de la pâmoison, Madame Ponchardain.

Pour tenter de retrouver ses esprits, elle fit quelques pas. Quelques pas qui la menèrent à l'atelier, où l'attendait l'œuvre en cours : le général sans visage, debout, conquérant, et, à ses pieds, implorante et nue, la France.

— Adrienne !!!

La ressemblance était frappante. Pas moyen de s'y tromper. Cette créature, seins au vent, sans même une petite culotte, c'était Adrienne.

Les coups de parapluie se mirent à pleuvoir sur le dos, le crâne de Monsieur Ponchardain.

— Débauché ! Vieillard lubrique !

— Émilie... Émilie... Laisse-moi t'expliquer.

— Pas un mot, monstre de perversité ! Pas un mot !

De la salle de bains, Adrienne entendit les coups, les vociférations. Laissant la baignoire en plan, Adrienne dévala l'escalier quatre à quatre. Elle fit irruption dans l'atelier, vit que son maître était en danger, se rua sur sa maîtresse, lui arracha le parapluie des mains et — crac ! — le cassa, d'un seul coup d'un seul, sur sa cuisse.

Monsieur était sauvé. C'était le principal. Maintenant, Madame pouvait la traiter de « petite grue » si ça lui chantait. Ce qu'elle fit, évidemment.

Madame trépignait, Madame écumait.

Et le malheureux Paul-Émile tremblait, suffoquait.

— C'est une confusion, Émilie, une horrible confusion.

— La confusion, la regrettable confusion, elle a eu lieu le jour où je t'ai épousé, répugnant vicieux !

— Mais enfin, Émilie, je suis un artiste... J'avais besoin d'un modèle pour représenter la France implorant le général de Gaulle et...

— Le général quoi ???

Les yeux de Madame Ponchardain lui jaillirent de la tête. Elle en avait déjà beaucoup enduré, et de salement raides, depuis son arrivée. Mais ça, c'était la goutte, la fameuse goutte qui fait déborder le vase.

— Le général quoi ???

Non content d'avoir viré satyre, son mari était devenu gaulliste.

Gaulliste !

Et pourquoi pas bolchevique, franc-maçon, juif même, pendant qu'il y était ?

Le colonel von Schnapelprüff avait raison, qui disait que la France était hélas un pays fini, liquidé, perdu.

Paul-Émile sculptant leur bonniche cul nu et prosternée devant de Gaulle !!!

Madame Ponchardain en avait perdu la parole, le souffle. Et Paul-Émile la regardait avec surprise. Et aussi — pourquoi ne pas le dire ? — avec crainte. Et Adrienne regardait Madame et Monsieur, se demandant comment les choses allaient tourner.

On aurait pu entendre une mouche voler.

C'est une chatte, qu'on entendit. Une Finette. Une Finette qui était sortie — allez donc savoir comment ? — de la cuisine et qui venait signifier à Adrienne qu'il était l'heure de déjeuner.

Adrienne ne lui accordant pas la moindre attention, Finette fit tranquillement le tour de l'atelier et finit par échouer devant Madame Ponchardain. Et — les chats ont un sens pour ça — elle sentit que cette grosse femme lui gardait rancune de ses coups de griffes. Alors, c'était fatal, elle se raidit, toisa la grosse dame avec fureur et poussa un cri on ne pouvait plus inamical.

Et le message fut si clair pour Madame Ponchardain qu'elle lança un violent coup d'escarpin dans les côtes de Finette, en l'injuriant, qui plus est.

— Toi, ma petite salope !

— Salope vous-même !

Adrienne était déjà sur Madame Ponchardain. Et les gifles se mirent à pleuvoir. Drues, sonores. Des gifles de toute beauté.

Si jamais bonne à tout faire corrigea sa maîtresse de la bonne façon, ce fut ce jour-là, au numéro sept du passage Sainte-Delphine.

Une heure plus tard, Adrienne Guillemain, trente-trois ans, désormais sans emploi ni domicile, quittait le Passage avec une grosse valise, deux chiens et, dans un cabas, six chats dont une Finette fort endolorie.

12

D'abord et avant tout, Adrienne fit voir Finette à un pharmacien qui lui palpa les côtes, le ventre, le poitrail, le dos, les membres et dit qu'il ne s'y connaissait pas spécialement en animaux mais, qu'à son avis, il n'y avait rien de cassé.

Finette, qui adorait qu'on la palpe avec délicatesse, se mit d'ailleurs à ronronner. Conquis, le pharmacien fit cadeau à Adrienne d'un flacon-échantillon de liniment souverain contre les douleurs rhumatismales et autres.

Après la pharmacie, le café. Adrienne avait besoin de s'asseoir, de boire quelque chose de rude et de faire le point.

Le quelque chose de rude fut un dé à coudre d'eau-de-vie rhumée. Pas fameuse question goût, et si peu alcoolisée qu'un fût entier de cette bibine n'aurait pas enivré un poisson rouge.

Mais Adrienne n'avait besoin de rien pour être ivre. Ivre de colère.

La raclée qu'elle avait flanquée à Madame Ponchardain, Adrienne ne la regrettait pas. Loin de là. Ce qu'elle regrettait, c'était de ne pas l'avoir mise knock-out pour de bon, cette peste. Dieu savait combien Adrienne pouvait être patiente et endurer tout, Dieu savait combien Adrienne acceptait sans jamais broncher les ordres de cette maîtresse autoritaire et hautaine. Dieu savait que jamais Adrienne ne s'était plainte de sa condition et que, toujours, elle avait été dure à l'ouvrage et bien polie. Stylée même. Une perle — comme disaient les gens qui venaient en visite chez les Ponchardain.

Et la perle s'était transformée en furie. Pourquoi ?

Pour l'amour de Finette, bien sûr.

Et, sans doute, pour cent autres raisons qui remontaient à l'adolescence humiliée de cette jeune femme, ni sotte, ni dévergondée, ni lambine, ni malhonnête, qui, parce que née de parents pauvres et totalement démunie de diplômes, s'était retrouvée bonne à tout faire d'un ménage dont l'élément féminin était détestable.

Sans le savoir, Adrienne détestait Émilie Ponchardain. Et depuis belle lurette, sans doute. Et, pour finir, ça avait éclaté. Logique, tout ça. Absolument logique.

Le seul problème, c'était Monsieur Ponchardain, qu'elle aimait beaucoup et qu'elle ne reverrait plus.

Non. Ce n'était pas le seul problème. Il y en avait un autre. Et de taille. Adrienne se retrouvait à la rue. Avec deux gros gentils bêtas de chiens, une chatte adorable, adorée et endolorie, et cinq bébés chats.

Et, en plus, c'était l'Occupation. Et l'hiver.

Adrienne se commanda une autre eau-de-vie rhumée que le cafetier lui refusa.

— Vous n'avez droit qu'à une, ma petite dame. C'est le règlement. Mais si vous voulez un café national...

Vraiment infect, ce café. Et le fait d'y ajouter deux minuscules pilules de saccharine n'arrangea rien.

Adrienne l'avala comme on avale une purge en se disant que « ça lui donnerait des forces ». C'est qu'il allait lui en falloir, des forces.

D'abord celle de trouver un endroit où parquer sa petite troupe. Et sans trop tarder. Car si les chiens se tenaient sagement sous la table, dans le cabas, ça commençait à drôlement gigoter. Se retrouvant le nez sur le ventre de Finette, les cinq petits drôles crurent que le temps des tétées était revenu. Mais Finette n'était pas d'humeur à se laisser mordiller les tétins. D'où coups de pattes et miaulements.

Adrienne calma ce grouillant petit monde avec des caresses et des mots doux, régla ses consternantes consommations, et quitta le café.

Elle avait décidé d'aller demander conseil, et éventuellement asile au père Truffard.

Rue de Lyon, deux individus moustachés à la Hitler l'accostèrent.

— On peut voir ce qu'il y a dans le sac et dans la valise ?

Ils avaient des cartes avec une bande tricolore et leur photo. Pas des cartes de police. Des cartes d'un service de contrôle comme il se mit à y en avoir tant ces années-là.

Adrienne dut empêcher Fantôme et Mathusalem de mordre et laisser les deux individus inventorier. Le contenu de la valise — de la lingerie, des vêtements, de quoi se friser et se laver les dents, quelques romans de Gyp, Colette, Zénaïde Fleuriot et Pierre Louÿs — les laissèrent indifférents. Mais le contenu du cabas les captiva.

— C'est quoi ça ?

— Vous voyez bien. Une maman chatte et ses enfants.

— Ils sont à vous ?

— Bien sûr.

— Et vous les emmenez où ?

— Chez des amis.

— Des amis ou des clients ?

— Des clients ? Comment ça, des clients ?

— Ce que mon collègue vous demande, c'est si, par hasard, vos achats ne seraient pas des chats à vendre.

— Absolument pas.

— Vous en êtes sûre ?

— Bien sûr que j'en suis sûre.

— C'est pas une preuve ça.

— Une preuve de quoi ?

— Vous avez des gens qui se mettent à engraisser des chats comme on engraisse des oies. Ce qui fait que, les chats en question, ça devient comme qui dirait de la viande de boucherie. Et la viande de boucherie, évidemment, c'est contingenté.

Des passants s'attroupaient.

— Elle a quoi dans son sac ?

— Des chats. Des chats qu'elle vend. Et sûrement au prix fort.

— Si c'est pas malheureux, des chats !

— Ça doit encore être une de ces vendeuses de boîtes de pâté d'alouette dans lesquelles tu ne trouves ni cheval ni alouette mais des tas de saletés qui te détruisent les intérieurs.

— J'ai une voisine qui est morte d'avoir mangé des confitures sans fruits ni sucre achetées dans un couloir de métro.

— Tant qu'on n'enverra pas tous ces traficoteurs dans des camps...

Les contrôleurs demandèrent son adresse à Adrienne.

— J'en ai plus. Il y a seulement trois heures, j'en avais encore une. Mais maintenant, j'en ai plus. Et plus de métier non plus.

La question de l'asile pour sa petite troupe et pour elle fut aussitôt réglée. Elle allait passer la nuit au commissariat de la rue Traversière.

Les animaux furent jetés brutalement dans un cagibi sans lumière et pas fameusement aéré, et Adrienne bouclée dans une pièce trop chauffée et trop peuplée. Il y avait là un restaurateur chinois du passage Raguinot soupçonné d'avoir servi du rat laqué à ses clients, un évadé d'un stalag qui circulait en train sans billet et déguisé en prêtre, deux filles publiques, un homme qui avait volé un pain parce qu'il avait faim, un homme qui avait volé de l'argent parce qu'il était voleur de profession, une petite vieille rieuse qui avait craché dans la tasse d'un soldat allemand dans une brasserie, plusieurs ivrognes, un clochard qui n'arrêtait pas de débiter des grossièretés et un homme bien mis qui ne pouvait pas expliquer aux autres pourquoi il était là parce qu'il était sourd-muet.

De l'avis du voleur professionnel, ça devait être « un gros bonnet du marché noir ». Ce qu'il dit bien haut et bien fort puisque le monsieur ne pouvait pas l'entendre.

Adrienne non plus ne l'entendit pas.

Elle était trop occupée à pleurer.

Adrienne pleurait pour Finette. Les chiens, ils étaient assez costauds pour supporter d'être malmenés, enfermés. Les chatons, ils étaient trop petits pour se rendre compte.

Mais Finette, elle, elle ressentait tout, comprenait tout.

Tard dans la soirée, un agent vint aviser ces messieurs-dames qu'en échange de tickets de pain, ils pouvaient avoir un petit casse-croûte.

Adrienne n'avait pas la tête à manger.

C'est à peine si elle trempa ses lèvres dans le quart de café pure chicorée tiédasse qu'on lui tendit.

On lui tendit un mouchoir aussi. Pour sécher ses larmes. Ce fut le sourd-muet bien mis qui eut cette délicate attention. Adrienne le remercia d'un pauvre sourire.

Puis des agents en uniforme et des agents en civil vinrent le chercher, le sourd-muet.

Et bientôt on entendit des injures et des coups. Les coups que l'infirme encaissait sans pouvoir même crier sa douleur.

Quand on le ramena, il avait du sang et des bleus sur le visage et les mains, son imperméable était déchiré. Il s'écroula à côté d'Adrienne et Adrienne se servit du mouchoir qu'il lui avait laissé pour le moucher et éponger son sang. Une des filles publiques alla dénicher très loin sous sa jupe une cigarette et un briquet, alluma la cigarette et la glissa doucement entre les lèvres du malheureux. La petite vieille qui avait craché dans la tasse d'un Allemand enleva son manteau et le roula pour lui faire un oreiller. Il n'y eut que le voleur professionnel pour ricaner.

— Si ça se trouve, ce zigue, c'est la pire des crapules et vous êtes toutes là à le mignoter comme si c'était le p'tit Jésus.

La fille publique à la cigarette s'indigna.

— Crapule ou pas, quelqu'un qui s'est fait cogner dessus par les cognes, il est de notre côté. C'est automatique. Alors, si t'as pas envie de te retrouver plus décati que lui, tu changes de trottoir et de conversation. Vu ?

Le voleur professionnel se le tint pour dit et sombra dans le sommeil. Clochard, ivrognes et Chinois firent de même.

Le sourd-muet avait mal. Ça se voyait.

Et, pour Adrienne, ça se voyait aussi que ce n'était pas la pire des crapules. Il avait l'œil trop clair pour ça, malgré ses paupières qui noircissaient. Elle aurait voulu pouvoir lui nettoyer ses plaies à l'eau oxygénée, le panser, lui mettre du linge bien propre et le coucher dans un lit aux draps bien blancs et le dorloter. Elle lui prit la main, la caressa.

Il ferma les yeux. Digérant tant bien que mal son passage à tabac.

Adrienne le veilla toute la nuit. Se demandant qui il pouvait bien être et ce qu'il pouvait bien avoir fait pour mériter une pareille correction. Elle pensa à Finette aussi.

Finette qui devait avoir mal et peur.

Au petit jour, on libéra le clochard, les ivrognes et les filles publiques.

Puis on vint chercher les deux voleurs et le prisonnier évadé. A ceux-là, on mit des menottes.

Puis il y eut une nouvelle tournée de chicorée, ni chaude ni froide. Adrienne fit boire le sourd-muet qui avait la bouche déformée et tuméfiée.

Puis on fit sortir la petite vieille et le Chinois.

Ils étaient seuls, maintenant, Adrienne et le sourd-muet. Et Adrienne lui dit qu'il ne fallait pas qu'il s'en fasse, que ça allait sûrement s'arranger, que la police s'était sûrement trompée parce que, elle l'avait compris, elle, il n'était sûrement coupable de rien du tout.

Elle savait qu'il ne l'entendait pas. Mais, c'était plus fort qu'elle, il fallait qu'elle fasse tout son possible pour l'apaiser.

Et le sourd-muet l'écoutait.

Et, pour finir, il lui dit tout bas, tout bas :

— Si on savait que je peux parler, on finirait par me faire parler. Ces butors connaissent la méthode.

Adrienne fut pétrifiée.

On entendit des pas dans le couloir, il eut juste le temps de lui chuchoter quelques mots encore à l'oreille :

— Ils peuvent me taper dessus, allez... Ça n'y changera rien. Jonathan se cramponne, mademoiselle. Jonathan se cramponne.

Jonathan ?

C'est vrai qu'il avait un accent étranger.

La porte s'ouvrit. On venait chercher Adrienne Guillemain. Un monsieur âgé et aussi gracieux que représentant des forces de l'Ordre peut l'être, fit un bref sermon à Adrienne.

— J'espère, mademoiselle Guillemain, que cette nuit vous aura servi de leçon. Je vous dis ça parce que, logiquement, je devrais répercuter votre dossier en direction de services spécialisés qui vous feraient un tas de misères. Mais on va être brave. Votre dossier on va l'acheminer tranquillement direction la corbeille à papiers. Mais, attention : brave, on l'est une fois. Pas deux. Alors vos histoires de trafic d'animaux, va falloir m'arrêter ça. Parce que, du tintouin, on en a largement notre compte avec les terroristes, les saboteurs, les gros trafiquants, les trafiquants moyens, les mauvais Français et les mauvais tout court qui n'ont même pas l'excuse d'être français. Sans, en plus, avoir sur les bras des farceuses comme vous qui s'amusent à vendre leurs chats à la sauvette.

Adrienne se contint. Et elle fit bien. Elle ne se serait pas contenue, le radoteur qui radotait derrière son bureau recevait entre les deux yeux le contenu de son encrier, et Dieu seul sait où cette action d'éclat aurait pu la conduire. Elle dit oui à toutes les inepties que lui débita le commissaire. Grâce à quoi, on lui rendit ses papiers d'identité, son porte-monnaie, les épingles à cheveux, le bracelet-montre, la chaîne et la médaille de Première Communion dont on l'avait dépouillée. On lui rendit sa valise, ses chiens et le cabas duquel émergeait la tête de Finette. De Finette qui implorait un baiser sur le crâne et en reçut dix, vingt, cent.

Elle n'avait pas l'air trop défait, la Finette. Le reste de la troupe non plus. La plus déprimée, c'était encore Adrienne. Elle se serait écoutée, une fois sortie de ce sinistre commissariat, elle se serait assise sur le bord du trottoir et aurait attendu. Attendu quoi ?

Elle ne savait pas, elle ne savait plus. Oui, elle avait envie de capituler, de laisser tomber. Mais trop de regards étaient tournés vers elle. Trop de regards confiants. Adrienne respira un bon coup.

— Vous avez raison, les enfants. C'est pas le moment de flancher. Faut se cramponner, au contraire. Vous savez ce qu'on va faire ? On va aller s'offrir une tournée de bon lait chez le père Truffard. Et du lait de vache ! Ça coûtera ce que ça coûtera. Tant pis. Au point où on en est.

De la rue Traversière aux fins fonds de Bercy, la route était longue et la valise et le cabas aux chats très lourds. Mais Adrienne avait retrouvé sa foi, son allant. La blanchisserie n'était pas encore ouverte. Adrienne dut faire grand foin pour que la blanchisseuse daigne apparaître, en robe de chambre de satin pervenche, peut-être lavée mais sûrement pas repassée, et bigoudis. Elle s'inquiéta en voyant les deux chiens.

— J'espère que c'est pas encore des bêtes pour l'autre vieux fou ?

— Non. Je ne fais que passer.

Et Adrienne passa par la laverie où croupissaient des montagnes de linge sale, par le long couloir étroit où on n'y voyait goutte, par la grande pièce sans meubles où les Marocains dormaient comme des bienheureux sur leurs tas de babouches en simili-cuir et elle descendit les marches qui menaient à la grande porte de la ferme clandestine du père Truffard.

Là encore, il fallut tambouriner.

Ce fut le commis du père Truffard qui vint ouvrir. Il s'appelait Mustapha, il avait quinze ans, n'avait jamais mis les pieds dans une école, était très futé et pas méchant pour un sou.

— Si vous venez pour le patron, va falloir attendre. Il a bu assez hier soir pour dormir jusqu'à midi.

— Nous attendrons le temps qu'il faudra, Mustapha. Mais ce qu'on veut tout de suite, c'est du lait. De vache, si c'est possible.

— Vous avez votre bouteille, votre pot.

— C'est pour boire tout de suite, mes chats, mes chiens et moi.

— Ça va en faire beaucoup.

Adrienne, qui connaissait les habitudes de la maison, sortit son porte-monnaie. Chez le père Truffard, on payait toujours d'avance.

Après avoir effectué sans se presser et à haute voix d'extravagants calculs, Mustapha réclama dix-sept francs, les empocha et alla chercher deux grandes jattes de lait. Des jattes qui avaient perdu leurs oreilles.

Adrienne en posa une sur le sol pour les chats, qui, Finette la première, y plongèrent leur nez.

Les chiens attendirent qu'Adrienne ait bu son content pour plonger leurs grandes langues avides dans la seconde jatte.

Mustapha souriait.

— Vous aviez soif toute la bande.

— Ça...

Il y avait un banc, sur l'herbe, sous un cerisier. Adrienne s'assit. Enfin, elle respirait. Il faisait frisquet, mais ça n'avait pas d'importance.

C'était vraiment la campagne, chez le père Truffard. Par les portes entrouvertes des hangars, on apercevait la vache, les ânes, le couple de chameaux. Les coqs coqueriquaient, le dindon dindonnait.

C'était bon, de voir les chats, les chiens en tête à tête avec les jattes de bon lait pas coupé, pas trafiqué. Finette lapait avec une énergie exemplaire. Glouton aussi. Mademoiselle, Lapinos et Rinquinquin étaient tellement occupés à se bousculer, à tenter de s'évincer, qu'ils en oubliaient de boire.

Le plus tordant de tous, c'était le chaton roux. Il avait l'air d'une carotte à poils et à pattes.

— Il a quel âge votre chat ?

— Notre chat ? On n'a pas de chat, nous.

— Si : le petit rouquin, là.

— Il est pas à nous. Il est sorti de votre sac avec tous les autres, mademoiselle Adrienne.

De mieux en mieux : les agents du commissariat de police de la rue Traversière avaient rendu sept chats pour six à Adrienne ! Le bon sens commandait de rapporter au plus vite cet animal excédentaire dans ce maudit commissariat. Les agents — dont c'était peut-être l'enfant chéri, voire même la mascotte — devaient le chercher partout, cet adorable chat roux. Peut-être allaient-ils se lancer sur la piste de son ravisseur ? Adrienne ne se sentit pas le courage de retourner là-bas. Que la police la recherche. Tant pis. Ils n'avaient pas son adresse, puisqu'elle n'en avait plus. Alors, d'ici à ce qu'ils la trouvent...

Sept chats plus deux chiens, ça faisait neuf bouches à nourrir. Sans tickets, même en y consacrant tout l'argent de son porte-monnaie (ses économies et les gages que Madame Ponchardain lui avait littéralement jetés à la figure), combien de temps pourrait-elle tenir ?

Plutôt que de tenter de trouver sur l'instant une réponse à cette terrifique question, Adrienne décida de chercher un nom pour le nouveau venu. Aucune idée séduisante ne lui venant, elle demanda son avis à Mustapha.

— Comment tu l'appellerais, toi, ce chat tout rouge ?

— Moi, je l'appellerais Mustapha.

— C'est pas un nom de chat.

— C'est peut-être pas un nom de chat, mais c'est joli, Mustapha.

— Alors tu seras son parrain.

— Je veux bien.

Cela dit, Mustapha se remit au travail. C'est qu'il faisait de sacrées journées. Résolument allergique à toute innovation, surtout si elle allait contre ses intérêts, le père Truffard n'avait pas, au temps du Front populaire, sacrifié à la mode des quarante heures hebdomadaires. La journée de Mustapha commençait avant le chant du coq et s'achevait quand tout ce qui devait être fait était fait. C'est-à-dire à pas d'heure. Le père Truffard avait une théorie très intéressante qui disait que les patrons devaient dormir autant qu'ils le pouvaient sur la Terre, parce qu'une fois trépassés, ils iraient, à coup sûr, en Enfer, où il faisait trop chaud pour dormir, alors que les travailleurs, qui iraient, eux, à coup sûr au Paradis où ils ne feraient rien d'autre que se prélasser, n'avaient vraiment aucune raison de traînasser au lit. De lit, Mustapha n'en avait d'ailleurs pas. Il dormait dans la paille. Avec les chameaux.

Comme son père l'avait fait avant lui.

Son père, à Mustapha, un Berbère de bonne souche, était venu à Paris, en trente et un, avec ses deux épouses et quelques-uns de ses marmots, et un couple de chameaux, pour jouer son propre rôle dans une oasis reconstituée grandeur nature au bois de Vincennes pour l'Exposition coloniale. Rude équipée qui avait coûté la vie des deux épouses et de huit des neuf marmots du Berbère, le soleil pâle de Vincennes ne valant rien à ces créatures pourtant si robustes sous d'autres cieux. Anéanti par ces deuils, le Berbère s'était mis à boire sans retenue ces boissons que le Commandeur des croyants interdit : Suze-cassis, Picon-grenadine, Mandarin-citron, Pernod, Marie-Brizard. Quand l'Expo ferma ses portes, alcoolisé à mort, convaincu qu'il ne franchirait jamais le seuil du Jardin d'Allah, le Berbère se laissa mourir. Et le père Truffard, qui était venu à Vincennes pour y acquérir (dans le but d'en faire un animal de promenade) un éléphanteau des Indes, se retrouva possesseur d'un couple de chameaux en parfait état de marche et du bébé berbère y afférant.

Les chameaux étaient toujours en vie. Mustapha aussi.

Et Mustapha donnait à manger aux poules, aux lapins, au dindon. Et Mustapha étrillait les ânes, nettoyait les poulaillers, clapiers, écuries...

Adrienne s'y mit avec lui. L'inactivité n'était pas son fort.

Les chiens, eux, s'endormirent truffe contre truffe, sous le cerisier. Les petits chats, les six petits chats, se mirent à faire les zigotos sur l'herbe et c'était très amusant. Finette, qui ne manquait jamais de faire son métier de chatte, entreprit de visiter les lieux. Elle s'en fut voir la vache qu'elle trouva trop importante et assez malodorante ; elle considéra le chameau et la chamelle de loin, admirative mais pas rassurée ; les ânes lui parurent trop laids pour être fréquentables ; elle crut défaillir quand elle vit les poules ; elle cracha au nez du dindon qui lui tourna le dos avec mépris ; elle découvrit le modeste appentis que le père Truffard appelait sa fromagerie et goûta différents fromages ; elle trouva les lapins bizarres et bien agités.

En réalité, comme la plupart des animaux, Finette n'aimait pas les animaux. Ce qui l'intéressa vivement, ce fut la pièce où étaient remisées les petites carrioles que les ânes et les chèvres tiraient à la belle saison aux Tuileries et au Jardin des Plantes. Des carrioles dont les plus anciennes dataient du temps où il arrivait qu'un Truffard promène de vrais petits princes, de vraies petites duchesses. Des carrioles avec des harnais multicolores, des peintures dorées, des grelots. Passionnant, les grelots. Finette, qui était très musicienne, improvisa un petit concert qui réveilla le père Truffard qui dormait dans la remise aux carrioles, dans une calèche sans roues appartenant depuis toujours à sa famille. Une calèche dans laquelle le vieil ivrogne faisait chaque nuit de fabuleux voyages.

Quand il vit Finette, il la trouva bien grosse pour un rat, pour un de ces rats qui l'éveillaient si souvent en faisant tinter les grelots des carrioles. Rat ou pas, il jeta quand même un de ses godillots sur cet intrus pour le faire déguerpir.

Mais Finette ne déguerpit pas. Elle fit le tour de ce machin clouté et rapiécé qui l'avait manquée de peu. Les ficelles qui tenaient lieu de lacets l'intriguèrent, elle y mit la patte.

Barbe et cheveux en broussaille, ventre proéminent et dénudé, trois cache-col crasseux autour du cou, un béret décoloré sur la tête, le père Truffard émergea de sa couche pour se servir une pleine tasse de calva.

Au réveil, depuis toujours, il lui fallait son café arrosé. C'était vital pour lui. Mais le café national lui donnant des brûlures d'estomac, il en était arrivé à prendre son café arrosé *sans* café.

La tasse vidée d'un trait, il s'approcha de ce rat qui n'était pas un rat.

— Qu'est-ce que tu fais là, toi, hein ?

Les animaux aimaient la voix du père Truffard. Tous les animaux. Même les vipères, les cancrelats ou les crocodiles du Zoo. Finette aussi aima la voix du père Truffard.

La preuve : elle se laissa choir, toute molle, toute offerte et roula sur le dos, fermant à demi ses yeux.

— Toi, t'es une bonne chatoune. Ça se voit tout de suite.

Tendant une jambe aux poils blancs, il enfonça un gros orteil dans le bedon de Finette. Quel bonheur ! C'était exquis ce qu'on lui faisait là.

— Je te fais du bien, hein, la minette ? Il sait comment y faire, papa Truffard, hein ?

Finette ronronnait pire qu'une bouilloire oubliée sur le feu. Tout en continuant à lui agacer le ventre avec son doigt de pied pas bien net, le père Truffard s'octroya une petite rallonge de calva. Puis, abandonnant la chatte, il alla prendre son béret à un clou et se trempa la tête dans un seau d'eau glacée, s'ébroua en soufflant comme un phoque et s'essuya avec le pan d'un de ses cache-col.

Après quoi, il se mit à brailler. Les braillements du réveil, c'était un rite, comme la tasse de calva avec ou sans café et la tête dans le seau d'eau froide. Ces braillements rituels disaient toujours la même chose, ils disaient que « ce bougre de gredin de moricaud de Mustapha était sûrement en train de flemmasser au lieu de faire ce qu'il avait à faire ».

Et, immanquablement, Mustapha survenait pour prouver à son maître qu'il se trompait.

— Vous pouvez pas dire ça, patron. Vous pouvez pas le dire parce que toutes les bêtes ont déjà mangé et que j'ai presque déjà fini de tout nettoyer. Même que ça a été plus vite aujourd'hui parce qu'on a été deux à faire le travail.

— Tu t'es embauché un moricaud encore plus moricaud que toi pour lui apprendre le métier ?

— C'est pas un moricaud, c'est mademoiselle Adrienne.

— Mademoiselle Adrienne ?

Le père Truffard récupéra son pantalon, sa flanelle, par terre, là où il les avait laissés choir et se précipita dans la cour herbeuse où Adrienne s'activait.

— J'avais de la visite et je ne le savais pas. Si cet Africain borné m'avait prévenu...

— Il n'allait pas vous réveiller pour moi.

— Il vous a offert une bonne tasse de lait, au moins ?

— Pas une tasse. C'est que je suis une famille nombreuse.

Le père Truffard vit les chats, les chiens.

— Alors la petite coquine là-bas, elle est aussi à vous ? Elle est bien mignonne, celle-là. Bien bien mignonne.

— C'est elle, ma Finette qui attendait des petits.

— C'est plaisant, les chats. Surtout quand c'est des chattes. Mais, chez les Truffard, on n'en a jamais eu. On n'en a jamais eu parce que c'est le seul animal qui veuille jamais rien faire pour se rendre utile. Et où vous comptez aller, comme ça, avec votre smala ?

Adrienne raconta par le menu au père Truffard ce qui s'était passé depuis l'arrivée inopinée de Madame Ponchardain. Elle lui dit bien tout. Sauf une chose : que le sourd-muet du commissariat savait entendre et parler et qu'il se nommait Jonathan. Ça, c'était un secret. Son secret.

Ça l'obsédait, l'image de ce malheureux que des salopards avaient tellement battu et qui encaissait sans rien dire par crainte d'être contraint d'en dire plus. Lui aussi, il avait un secret. Et sûrement terrible. Et il tenait bon. Il était brave.

« Jonathan se cramponne ».

Savoir s'ils n'étaient pas encore en train de le battre, de le torturer ? Savoir s'ils ne parviendraient pas à lui faire lâcher prise ? Mentalement, Adrienne expédia une petite prière au Bon Dieu, une prière concise comme un télégramme : « Prière aider Jonathan à se cramponner. STOP. Cierge suit. STOP. Adrienne. »

Le père Truffard avait fait le tour de ses terres et le tour du problème. Ce qui ne lui avait pas pris énormément de temps. Il but un bon coup de douze degrés cinq pour s'éclaircir la voix, s'assit sur le banc et parla.

— Alors voilà, Adrienne : en attendant que vous ayez trouvé mieux, je vous nourris, vous, votre mignonne chatte et tous vos chiens et vos chats, et vous me faites mes livraisons en ville, ça vous va ?

— Ça me va bien sûr. Mais reste la question du logement.

— Le logement... Le logement... On va en parler à Yvonne. Elle est pas seulement propriétaire de la blanchisserie, Yvonne. C'est tout l'immeuble qui lui appartient. Elle va nous dire qu'elle a rien. Mais elle finira par vous trouver un coin. Parce que cette vieille toquée est persuadée que, si elle ne me rend pas les petits services que je lui demande, je suis capable de lui foutre le feu à sa bicoque. Voyez, Adrienne, l'avantage, quand on est comme moi un vieux soûlaud, c'est qu'on fait peur aux gens.

Comme prévu par le père Truffard, la blanchisseuse commença par dire qu'elle n'avait pas le moindre coin où loger Adrienne. Puis, en y réfléchissant bien, elle se souvint d'une petite chambre, au sixième étage, sans eau, sans vécés, sans gaz, mais avec un lit, une armoirette et même une pendulette en parfait état de marche sur la table de nuit qui, hélas, n'avait que trois pieds.

Adrienne n'en demandait pas plus.

Elle trouva cette chambre pas belle et glaciale, mais après une première et harassante journée de travail au service du père Truffard, elle s'y endormit avec Finette contre son cœur et les six chatons et les deux chiens là où ils purent se caser sur le lit à une place.

13

Faire la bonne à tout faire passage Sainte-Delphine, c'était un dur métier.

Se charger des livraisons du père Truffard, c'était au moins aussi dur et salement plus éprouvant. Parce que, sitôt quittée la cour herbeuse et ses braves bestiaux, c'était Paris. Le Paris d'alors avec ses drapeaux allemands, ses inscriptions allemandes à tous les carrefours. Le Paris d'alors avec ses Parisiens tristes, défaits, de plus en plus mal vêtus, chaussés de bois, perchés sur des bécanes déglinguées ou se pavanant dans de rares voitures surmontées de gazogènes inquiétants et puants. Le Paris d'alors avec flics boches, pas boches, S.S., gestapistes, vendus, malpropres tombant n'importe quand n'importe où sur n'importe qui et en faisant en deux temps trois mouvements un suspect qui devenait vite un coupable et plus vite encore un condamné. Condamné à être assassiné bien souvent. Comme au coin d'un bois. Parce que les Allemands et la foule de ceux qui trouvaient chic (ou payant) de leur lécher les bottes tuaient énormément. Quand on ne tuait pas, on emprisonnait, on déportait. On s'en prit même à ceux qui n'avaient absolument rien fait parce qu'ils n'avaient rien fait : les oisifs qui furent l'objet de battues souvent tragiques. En plus des policiers de toutes appartenances, il y avait aussi les faux policiers qui étaient purement et simplement de vrais malfaiteurs. Il y avait des maigrichons qui trimballaient des obèses dans leurs vélos-taxis. Il y avait des alcooliques que le manque d'alcool rendait mauvais ou fous. Il y avait des femmes qui se vendaient à l'occupant pour un dîner avec entrée, plat principal, fromage et dessert. Il y avait des académiciens qui écrivaient des Vies de Pétain plus belles encore que des Vies de Jeanne d'Arc. Il y avait des zazous qui, passé l'heure du couvre-feu, traversaient Paris par les égouts pour aller écouter de la musique swing dans des boîtes souterraines où l'on vendait à prix d'or des cigarettes Camel venues d'on ne savait où. Il y avait des vieillards très dignes qui mangeaient exactement ce à quoi leurs cartes de rationnement leur donnait droit et qu'on retrouvait raides morts dans leurs lits. Il y avait des biscuits vitaminés pour les écoliers et des concours de poèmes en vers de douze pieds à la gloire du Maréchal. Il y avait des vicieux, des malveillants, des haineux, des arrogants, des sournois, des lâches que la peur, la faim, le froid rendaient encore plus vicieux, malveillants, haineux, arrogants, sournois, et lâches.

C'était un peu comme la peste, les Allemands chez nous.

Et la peste, qu'on le veuille ou pas, ça finit toujours par pourrir l'ambiance.

Adrienne devait monter un nombre incroyable d'étages, pénétrer dans un nombre effarant d'appartements, de logements, de loges de concierges, d'arrière-boutiques vraiment pas catholiques pour livrer lait, œufs et fromages. Du lait qu'elle transportait dans une outre cousue sous la doublure de son manteau, des fromages, des œufs qu'elle logeait à l'intérieur d'un phonographe-valise aménagé à cet effet. Les fouinards des Services de Surveillance pouvaient bien l'arrêter quand elle allait livrer chez Madame Crevat rue Abel, chez Madame Bricasse rue Hector-Malot, au café Pelissier, à la boulangerie Beignard, au restaurant *Le Fier Gourmet*, elle était parée, imprenable.

Chaque jour, Adrienne visitait une soixantaine de clients fidèles. Des gens assez nantis pour ne pas rompre avec la tradition du petit crème ou de l'île flottante dominicale, et qui payaient comptant avec de vraies pièces pour emplir les lessiveuses du père Truffard. Des combinards aussi qui, en échange d'un litre de lait, donnaient à Adrienne dix tickets de pain ou un petit sac de riz ou une ampoule électrique, une boîte de cirage, des lames de rasoir, une livre de cuivre ou de plomb, une poignée de clous — car, c'était arrivé : on manquait de tout — et le plomb, le cuivre, les clous, le cirage, le riz, les tickets de ci ou ça, le père Truffard avait des clients pour. Et pas seulement du côté de Bercy. A l'autre bout de Paris souvent. Et Adrienne repartait livrer les clous, le plomb, le cuivre à un artisan du Sentier ou de Pigalle, le riz à une marchande de journaux qui ne vendait pas que des journaux, l'ampoule électrique à un revendeur de n'importe quoi. C'était d'une complication. Mais lucratif. Très lucratif.

Très vite Adrienne se rendit compte que le père Truffard, ce sympathique vieux tout sale vêtu comme un gueux, gagnait un argent monstre.

Ils étaient légion à monnayer la faim des autres. Mais tous n'étaient pas sympathiques. Loin de là. Le patron du *Fier Gourmet* qui cachait les entrecôtes de ses clients friqués sous un épais lit de purée de betteraves les jours sans viande et faisait six litres des deux litres de lait qu'Adrienne lui livrait journellement était un authentique fripouillard. La concierge du neuf rue Paul-Trenquin, une affameuse qui menaçait ses locataires de les dénoncer comme résistants s'ils ne lui achetaient pas au prix fort toutes les bonnes choses qui échouaient dans sa loge. Beignard le boulanger était un forban. Et Madame Bricasse itou. Et itou aussi tous ces bonshommes suant la graisse quand on avait toutes les raisons d'être maigre, qui s'achetaient et se revendaient à voix basse du chocolat par kilos, des anchois par caisses, du beurre par camions et des wagons, des trains entiers de biscuits secs, de bas de soie, de canadiennes en vraie peau de mouton.

Autant Adrienne avait le cœur léger en montant sept étages pour aller porter à une grand-mère édentée un huitième de litre de lait de bique pour tremper le pain gris de sa soupette, autant elle devait se forcer pour franchir le seuil de la loge de la concierge du neuf rue Paul-Trenquin ou celui des cuisines du *Fier Gourmet.*

La morale d'Adrienne, qui lui venait tout droit du catéchisme et de ses père et mère et oncles et tantes et grands-pères et grands-mères, tous travailleurs et pauvres et honnêtes et satisfaits de leur sort, était faite d'évidences du genre « Tu ne tueras point, tu ne convoiteras ni ne déroberas le bien d'autrui, tu gagneras ton pain à la sueur de ton front, tu ne feras tort d'un sou à personne, tu ne remettras pas à demain... » et le moindre manquement à ces sages préceptes avait tôt fait de la tarabuster, de lui « manger la tête », comme on disait dans sa Seine-et-Oise natale.

Travailler, pour le père Truffard et toutes les louches personnes avec qui il commerçait, c'était faire du marché noir.

Et faire, si peu que ce fût, du marché noir, Adrienne, ça la chiffonnait, ça la défrisait, ça lui mangeait la tête.

Bien sûr, ça lui valait une chambre où dormir et de solides repas, bien sûr ça valait à Finette et aux autres de fameuses jattes de lait et des pâtées de premier choix. Mais ça ne lui plaisait pas.

Finette et les chats et les chiens, eux, ça leur allait à merveille la vie qu'ils menaient dans la ferme cachée des fins fonds de Bercy. Les cinq chatons de Finette et le chaton Mustapha se bagarraient à longueur de journée. De vrais petits fauves. Ils n'étaient que plaies et bosses et ça les enchantait. Curieux perdit une oreille au cours d'un pugilat et on dut lui entortiller une bande Velpeau autour de la tête. Il avait l'air d'un sultan, le nigaud. Mademoiselle faillit se faire crever les yeux par un coq. Glouton perdit toutes ses griffes on ne sut jamais comment. Mais, pour eux, les horions, les coups de becs, les écorchures, c'était tant pis tant mieux. Ils étaient de vaillants petits chats toujours à faire les sots, toujours à faire le mal et c'était ça, seulement ça qui comptait. La nuit, ils ne voulaient même plus aller dormir dans la chambre mansardée d'Adrienne. Ils dormaient à la belle étoile, tellement serrés les uns contre les autres que le froid de l'hiver ne les gênait pas.

Fantôme et Mathusalem ne faisaient qu'agacer les ânes, les chèvres, et enterrer et déterrer des os. Le bonheur !

Finette, elle, cherchait surtout à se faire câliner. Quand Adrienne était en ville, elle dormait sur le ventre rebondi du père Truffard qui faisait bien quatre ou cinq siestes par jour. Ou elle jouait à cache-cache avec Mustapha, ou elle allait cracher, de loin, sur les poules, ou elle allait se faire peur, très peur, en risquant un œil et les pointes de ses moustaches dans le hangar où les chameaux attendaient le printemps en grelottant. Elle pouvait aussi passer des heures entières à tenter d'attraper la queue de la vache. Passe-temps fascinant mais des plus dangereux. Et puis elle volait. Du lait de vache, d'ânesse, de chèvre, du fromage et tout ce qui traînait de mangeable dans les différents hangars, appentis, remises, réduits, ateliers désaffectés et cahutes branlantes qui constituaient la ferme du père Truffard.

La nuit, Finette couchait avec Adrienne. Elles avaient la petite chambre et le petit lit pour elles deux toutes seules. Et Adrienne lui faisait la conversation en la caressant. Elle lui racontait ses randonnées dans Paris, elle lui décrivait les gens qu'elle avait vus, les pauvres bouilles des affamés et les sales trognes des affameurs. C'est qu'elle en avait des choses à dire à sa Finette. Adrienne parlait aussi avec le maître des lieux et avec Mustapha. Mais le père Truffard était toujours entre deux vins — celui de la rigolade et celui de la colère — et Mustapha ne savait de la vie que ce qui concernait les humeurs et le bétail de son patron et ses plants de radis, de tomates, de laitues. Avec Finette, Adrienne pouvait parler de tout.

Elle écoutait si bien.

Quand Adrienne cessait de la caresser, parce qu'elle avait glissé, sans bien sûr s'en rendre compte, de la parlotte dans le sommeil, Finette entrait dans le lit, sous les draps, et elle rampait le long du corps d'Adrienne, jusqu'à l'extrême bout de ses doigts de pieds. Il faisait si bon, si chaud, au fond du lit. Bon et chaud à en étouffer. Et, au réveil, Adrienne s'inquiétait. Où était passée Finette ? Et Adrienne soulevait brusquement les couvertures, les draps, et découvrait, loin très loin, lovée et brûlante et toute sommeilleuse encore, la plus vilaine des chattes. Et Adrienne la tâtait pour sentir si elle respirait encore.

Oui, elle respirait.

Alors, en guise de bonjour, Adrienne lui disait les pires insultes, à cette idiote qui finirait par mourir asphyxiée ! Et elle la serrait contre elle, l'embrassait, lui mordillait les oreilles, lui soufflait sur le nez et Finette détournait la tête, parce que, si elle adorait baisers et mordillements, elle ne supportait pas qu'on lui souffle au nez.

Et Adrienne riait.

Et Finette riait aussi. Enfin... peut-être...

Après les agaceries et les rires du réveil, on passait à la toilette. Tandis que Finette se contorsionnait pour effacer à coups de langue méticuleux toute trace de sommeil sur son corps qu'elle allongeait autant qu'elle pouvait, Adrienne allait se laver à grande eau bien froide au robinet du palier. Robinet et palier dont elle partageait la jouissance avec deux sœurs dont la cadette avait au moins cent ans. Des voisines pas du tout gênantes qui ne manquaient jamais, quand elles voyaient Finette dans les bras d'Adrienne, de complimenter cette dernière pour son « vraiment très mignon petit toutou ».

Une fois Finette et Adrienne bien propres, et Adrienne chaudement vêtue, on descendait partager le copieux, le colossal déjeuner du matin avec Mustapha et tous les animaux petit-déjeunant de pain et de lait.

Puis Adrienne emplissait son outre, son phono truqué, et elle attrapait Finette, l'approchait de son visage et lui soufflait encore sur le nez. Pour la faire enrager.

Et Finette se laissait faire sans se rebiffer parce

qu'elle savait qu'elle ne verrait plus Adrienne pendant tout le temps que dureraient ses livraisons.

Et Finette accompagnait Adrienne jusqu'à la lourde porte si bien verrouillée. Et Adrienne lui disait, tout en lui faisant la révérence :

— Mademoiselle Finette, je vous salue bien.

Finette était heureuse.

Pas Adrienne.

Quelque chose la tourmentait chaque jour un peu plus.

Et les jours passaient. Pas trop vite. Mais suffisamment pour que le printemps arrive exactement à la même heure que tous les ans.

Ce fut donc le printemps.

Un dimanche après-midi que le père Truffard était fin soûl comme tous les dimanches après-midi, et qu'il dormait le front sur la table où l'on avait déjeuné d'un succulent pot-au-feu, Adrienne éprouva un vif besoin de se distraire. Elle proposa à Mustapha de lui offrir le cinéma. Au Novelty, où on donnait un Fernandel. Mustapha adorait Fernandel. Il y avait aussi Raimu et Josette Day dans le film. Un film qui racontait l'histoire d'un homme du Midi qui creusait des puits et avait une tripotée de filles dont l'aînée était follement amoureuse d'un vraiment très bel aviateur qui lui faisait un bébé avant d'aller mourir à la guerre et qui, quand tout le monde était tout à fait en deuil, revenait. Un drame poignant qui emballa Adrienne et déçut Mustapha qui préférait quand Fernandel faisait l'andouille comme dans « *Les cinq sous de Lavarède* ou *les Rois du sport* ». A un moment, dans le film, Fernandel et Raimu écoutaient le maréchal Pétain à la T.S.F., ce qui provoqua des mouvements divers chez les spectateurs du Novelty. Il y eut des bravos. Beaucoup. L'émotion de Fernandel et Raimu était contagieuse et la cote de l'homme de Verdun était à son zénith. Une voix fêlée de bonhomme qui avait fait Quatorze cria « Vive le Maréchal ! » Des voix plus jeunes crièrent « Vive l'Europe nouvelle ! » Il y eut aussi quelques sifflets et un « hou hou » qui engendra un tonitruant « ta gueule, mauvais Français ! »

Mustapha fut du nombre des applaudisseurs. Pas Adrienne.

Le Maréchal, dont on voyait de plus en plus la tête sur les murs, les journaux, les timbres, dans les vitrines, dans bon nombre de cafés, ne lui plaisait pas. Pour plusieurs excellentes raisons. Elle lui reprochait d'avoir serré la main d'Hitler à Montoire. Elle lui reprochait d'être le chéri de Madame Ponchardain et autres collaborationnistes. Elle lui reprochait, surtout, surtout, de ressembler comme un frère à Monsieur Massepain le châtelain-maire de son village de Seine-et-Oise quand elle était petite fille.

Parfait gentleman, bienfaiteur patenté se dépensant sans compter pour les nécessiteux de tous âges, les indigents de toutes confessions, pour la veuve, l'orphelin et qui que ce soit d'autre encore qui pouvait lui permettre de faire montre de sa grandeur d'âme, Monsieur Massepain était particulièrement réputé pour les grandes et belles chasses à courre auxquelles il conviait tout le gratin du département.

Une année, un cerf aux abois avait cherché refuge dans le jardin des parents d'Adrienne. Il était trempé de sang, de sueur. Il tremblait. Il avait le regard tout chamboulé. Et Adrienne avait vomi tout son quatre heures et eu un tel accès de fièvre qu'il avait fallu faire venir le docteur.

Eh bien, quand elle voyait la tête du Maréchal, Adrienne ne pouvait s'empêcher de penser à Monsieur Massepain et au cerf.

Pour elle, le Maréchal Pétain avait une tête à organiser les chasses à courre. Rédhibitoire, ça. Absolument.

Et voir qu'on pouvait applaudir la voix d'une tête de chasseur à courre, Adrienne, ça l'inquiétait rudement. Même ce gentil benêt de Mustapha l'avait applaudie. Pourquoi ?

— Pourquoi tu l'as applaudi, toi, ce vieux perroquet ?

Une demoiselle aussi intelligente qu'Adrienne, traiter le Chef des Français de vieux perroquet, Mustapha n'en croyait pas ses oreilles.

— C'est pas un vieux perroquet, le maréchal Pétain.

— C'est quoi ?

— C'est le plus grand homme de toute la France.

— Et Hitler, alors ? Il est fürher. C'est encore mieux que maréchal de France, fürher, tu ne crois pas ?

— Oui, c'est mieux.

— Tous les gens qu'il fait tuer, Hitler, tu trouves ça bien ?

— Il est forcé de faire tuer des gens, parce que c'est lui le chef et que c'est la guerre.

— Et si, demain, il te mobilise, Hitler, ça te fera plaisir d'aller tuer des gens ?

— Il mobilise pas les Arabes, Hitler.

— Ça c'est vrai. J'ai même entendu dire qu'il voulait les faire tous disparaître de la surface de la terre parce que les Arabes, les Nègres, c'est des êtres inférieurs. Ça te plairait de mourir parce que t'es un être inférieur ?

— Non, ça me plairait pas. C'est quoi un être inférieur ?

Tant bien que mal, Adrienne tenta de faire comprendre à Mustapha ce que Monsieur Ponchardain avait tenté de lui faire apprendre, à elle, un soir qu'ils écoutaient Radio Londres. En cherchant ses mots pour éclairer la lanterne de Mustapha, Adrienne éclaira un peu mieux la sienne.

— Un raciste, tu sais ce que c'est, Mustapha ?

— Oui. C'est quelqu'un qui me dit que je suis un bicot et qui me le dit pas pour rigoler.

— Hitler c'est le plus raciste des racistes. Et le maréchal Pétain qu'est son ami, forcément...

Ils étaient arrivés. Yvonne, la blanchisseuse, était sur le pas de sa porte. L'air ni franc ni bon. Comme d'habitude.

— Vous voilà, vous deux. J'aime autant vous prévenir que vous allez être reçus en fanfare.

Le père Truffard ne dormait plus la tête dans les reliefs du pot-au-feu. Il était debout. Et colère. Colère parce que le « grand flemmard de moricaud » avait filé sans même lui en demander la permission, colère parce qu'il y avait des lapins à livrer d'urgence au *Fier*

Gourmet et qu'Adrienne n'était ni là ni dans sa chambre.

— J'ai offert le cinéma à Mustapha.

— Le cinéma à Mustapha ! Le cinéma à ce pygmée monté en graine qui ne sait même pas lire son nom et encore moins l'écrire ! Je t'en ficherais, moi, du cinéma !

Une assiette vola qui atteignit Mustapha sur le menton.

— Me lancez pas des assiettes, monsieur Truffard. On peut tuer quelqu'un en lui lançant des assiettes.

— Je vais me gêner de te tuer, animal !

Une autre assiette s'écrasa sur le mur, Mustapha s'étant baissé à temps. Le père Truffard allait saisir une troisième assiette, Adrienne s'en saisit avant lui.

— Ça suffit, père Truffard.

— Comment ça, ça suffit ?

Adrienne tenait l'assiette avec ses deux mains bien serrées.

— Je vous ai raconté comment j'ai boxé ma patronne Madame Ponchardain ? Si vous continuez à martyriser ce garçon, c'est vous que je boxe.

Jamais personne ne lui avait parlé comme ça, au père Truffard. Personne et surtout pas une femelle qui aurait pu être sa fille et même la fille de sa fille. Et devant Mustapha qui plus est.

— Toi, Sidi ben la flemme, tu remontes sur ton cocotier et tu te fais oublier. Compris ?

Mustapha fila retrouver ses amis les chameaux.

Adrienne était plantée face au vieil homme colère, les mains crispées sur l'assiette rescapée.

— Quant à vous, la teignarde...

— Quant à moi, rien, monsieur Truffard.

— Monsieur Truffard !

Alors là, c'était le bouquet. Monsieur Truffard ! Personne jamais ne l'appelait Monsieur Truffard ou alors des flics qui lui cherchaient pouille parce que ses ânons et ses biquettes traversaient en dehors des clous quand il les conduisait aux Tuileries ou au Luxembourg. Monsieur Truffard ! Elle y allait un peu fort l'Adrienne.

— Je ne suis pas « Monsieur Truffard ». C'est le père Truffard qu'on m'appelle.

— On vous appelle comme on veut. Moi, je ne vous appellerai plus parce que je m'en vais.

— Vous vous en allez ? Comment ça, vous vous en allez ?

Sa colère était en train de lui passer. Il se servit un verre de vin. Il emplit un autre verre qu'il poussa en direction d'Adrienne. Adrienne posa l'assiette sur la table mais ne toucha pas au verre. Le père Truffard, lui, vida le sien d'un seul coup d'un seul. Après quoi, il fit un bruit dégoûtant avec sa bouche et il entreprit de se rouler une cigarette. Calmement.

— Je pousse des cris parce ce que je suis un vieux criard. Mais vous le savez aussi bien que moi que je suis pas méchant.

— Je le sais, père Truffard.

— Mustapha, je passe mon temps à lui dire que je vais lui arracher les oreilles ou que je vais le tuer. Mais je lui arrache jamais rien et je le tue jamais.

— Je le sais.

— Je braille, je gueule ! C'est logique : un ivrogne, c'est fait pour ça. Mais dans le fond... Tenez, allez donc chercher le livre.

Aller chercher le livre, c'était facile. Il y en avait un seul, de livre, chez le père Truffard : l'Almanach mil neuf cent vingt-sept de la Manufacture d'armes et cycles de Saint-Étienne. Il avait été beaucoup feuilleté mais il tenait encore le coup.

Adrienne prit le livre sur le buffet et le tendit au père Truffard qui en sortit une enveloppe sur laquelle était écrit de sa main : « *Testament de Jérôme François Truffard. A prendre connaissance en temps voulu.* »

— Tout est inscrit là-dedans. Bien en clair. Tout ce qu'il y a ici, les bêtes, les voitures, les harnachements, les fouets, les outils, les meubles, toute la vaisselle que je lui aurai pas cassée sur le crâne et, forcément, l'argent, tout ira à ce bon à rien de Mustapha. Pas qu'il le mérite. Ça non. Mais c'est mon idée et ça sera comme ça.

La cigarette était roulée. Adrienne tendit une boîte d'allumettes de ménage au père Truffard qui en sortit une qu'il frotta sur son pantalon de velours à côtes. Il tira une bonne bouffée de tabac gris et laissa s'échapper par ses narines deux nuages de fumée bleuâtre.

— C'est pas tout ça. On est là à bavasser mais faut que vous ressortiez, Adrienne. Faut aller livrer trois lapins au *Fier Gourmet*. Demain, ils ont un banquet.

— Je ne vais pas y aller, père Truffard.

— Ça recommence ! Pourquoi vous n'allez pas y aller ?

— Parce que c'est fini. J'arrête.

— Qu'est-ce qui est fini ? Qu'est-ce que vous arrêtez ?

— Les livraisons. Votre lait, vos fromages, vos œufs, vos lapins, il y a des millers et des milliers de Parisiens qu'en ont plus besoin que les clients à cinq cents francs le repas du *Fier Gourmet* et de tous ces repaires de brigands !... Et puis, les lapins... Élever des bêtes pour qu'elles aillent finir dans des assiettes, c'est pas supportable.

— Le pot-au-feu à midi, vous l'avez bien supporté. Et votre petite Finette en sucre rose, vous savez ce qu'elle a fait, une fois que je les ai eu bien matraqués et dépouillés, les lapins ? Elle a léché le sang sur le carreau. Vous pouvez regarder : c'est tout propre par terre. Et attendez un peu. Dans pas bien longtemps, quand ça va être la saison des oiseaux, vous la verrez, votre Finette, si elle grimpe pas dans le cerisier pour leur sauter dessus et les croquer tout crus. Et elle aura bien raison. Parce que, aussi vrai qu'il leur a donné une queue et des moustaches, le Bon Dieu a donné aux chats le goût du sang. Et aux hommes aussi. Je tue des lapins, vous mangez du bœuf. Et après ? Et alors ? Tout le monde passe son temps à manger tout le monde. Trois guerres que ça me fait. Trois. Et, à part les casques allemands qu'ont cessé d'être pointus, qu'est-ce qui a changé, hein ? Rien. C'est toujours partout tout le temps vacherie, vacherie et revacherie.

— Justement quoi ?

— C'est difficile à expliquer. Même des gens comme

nous qui n'avons pas d'idées, on en a quand même deux trois petites. Vous, vos petites idées, c'est de vous occuper de vos bêtes, c'est de boire le plus possible, d'accumuler le plus d'argent possible pour Mustapha. Moi, c'est de ne pas faire ce que j'ai pas envie de faire. Et me dire que je gagne ma soupe en profitant du fait que les autres en ont pas, ça me coupe l'appétit. Vous voyez ce que je veux dire ?

— Bien sûr que je vois. Je suis pas gâteux.

— Alors vous comprenez qu'il faut que je parte ?

— Avec vos trente-six chats et vos trente-six chiens ?

— Avec Finette et ses petits et les chiens, oui.

— Si, comme vous dites, c'est votre idée... Mais à la mienne, d'idée, vous mettrez pas longtemps à vous manger les uns les autres, vos bestioles et vous.

14

Pour ce qui fut de faire entrer Finette dans le cabas, bernique !

Elle avait tout de suite flairé qu'il y avait du départ dans l'air, la Finette. Et quitter la ferme, même compte tenu de ses abominables poules et de cette monstruosité à cornes de vache qui ne voulait jamais se laisser attraper la queue, c'était comme dire adieu au Paradis terrestre.

Évidemment, Finette ne se tint pas ce raisonnement-là parce que les chat ne raisonnent pas. Enfin, pas comme ça. Pas comme nous.

Ce qui est certain, c'est qu'elle ne se laissa pas fourrer dans le cabas. D'ailleurs il était plein, il débordait de chatons, le cabas. Et quand je dis de chatons... C'est qu'ils avaient rudement profité durant ces semaines passées chez le père Truffard, les enfants de Finette et le chat rouquin du commissariat. Eux non plus n'étaient pas d'humeur à voyager en cabas. Ils étaient si remuants, si énervés, qu'Adrienne dut distribuer quelques tapes et accepter que Mustapha lui donne un coup de main pour descendre de sa chambre le pesant et gigotant cabas, sa valise et Finette.

Elle traversa la pièce sans meubles où les fabricants de babouches sirotaient une décoction marronnasse qui faisait semblant d'être du thé à la menthe, elle traversa la sordide laverie de Madame Yvonne et dans laquelle ladite Madame Yvonne était occupée à dire du mal des Juifs en général et des Juifs polonais en particulier avec une grosse dame de sa connaissance.

Elle salua le départ d'Adrienne d'un grand ouf. Elle allait pouvoir récupérer sa vilaine chambrette.

C'était fait : Adrienne était dans la rue avec Finette sous un bras, le cabas pendant au bout de l'autre et la valise à ses pieds et Fantôme et Mathusalem qui tournaient autour bien énervés eux aussi. Mustapha ne savait que dire ni que faire.

— Ça peut pas coller comme ça, mademoiselle Adrienne, il vous faudrait un bras en plus. Ce qu'on va faire c'est que je vais vous accompagner là où vous allez.

Adrienne ne le savait pas où elle allait.

Elle s'en allait. C'est tout.

Elle remercia Mustapha de sa gentillesse, l'embrassa deux fois sur chaque joue et lui conseilla de rentrer bien vite sous peine de recevoir une nouvelle bordée d'assiettes. Mustapha rendit ses baisers à Adrienne, embrassa aussi chiens et chats et s'éclipsa le cœur gros.

C'était dimanche, c'était presque le printemps et

les aiguilles de l'horloge de la gare de Lyon disaient qu'il était largement l'heure de la soupe.

Adrienne posa Finette sur le trottoir.

— Maintenant, ma grande, tu fais comme Fantôme et Mathusalem, tu suis le mouvement.

Quand cette curieuse troupe passa devant chez Moustachon, le bougnat de la rue de Bercy, un buveur d'ersatz de pastis s'esclaffa.

— Parole, v'là l'Exode qui recommence.

Arrivée au bas de la rue de Bercy, Adrienne se demanda si elle devait prendre à droite ou à gauche. A droite, c'était la rue de Lyon, la rue Michel-Chasles, la rue Abel, des rues qui la mèneraient fatalement vers le passage Sainte-Delphine où elle n'avait plus rien à faire.

Elle prit donc à gauche, direction la Seine, maintenant à grand-peine la paix dans le cabas aux chats et s'arrêtant tous les dix mètres pour attendre Finette qui traînait volontairement la patte.

Arrivée au quai de la Rapée, là où il y a un petit square et la morgue, Adrienne s'assit sur un banc. Pas pour souffler, elle avait le souffle large, pour réfléchir.

Elle eût mieux fait de s'abstenir. Car si, d'abord, elle s'émerveilla elle-même d'avoir eu le courage de prendre ses cliques et ses claques et de mettre un point final à une vie qui ne lui paraissait pas convenable, ses réflexions devinrent très vite très sombres. Peut-être à cause de la morgue qui était là et faisait penser à des morts morts ailleurs que dans leurs lits, à des morts morts dramatiquement que des vivants venaient regarder sous toutes les coutures pour voir si, des fois, l'un de ces morts-là n'était pas leur mort à eux. Au bout d'un grand quart d'heure de ruminations de plus en plus lugubres, ayant bien considéré sous tous ses aspects le pétrin dans lequel elle et sa horde se trouvaient, elle se dit que le mieux serait de profiter de la proximité du pont d'Austerlitz pour exécuter un grand et définitif plongeon, le cabas à la main et Finette serrée tendrement contre sa poitrine.

C'était horrible d'en arriver à se dire ça. Mais, être noyés, il y a des foules de chats qui ne naissent que pour ça. C'est même devenu une sorte de loi, à la longue.

Les chiens sachant nager d'instinct, ils se débrouilleraient de leur côté.

Adrienne aussi savait nager. Mais elle ne nagerait pas. Elle ne lâcherait ni Finette ni le cabas. Elle ferait le voyage avec eux.

Le voyage.

Adrienne en frissonna. Ce qui dérangea Finette qui s'était confortablement installée sur les cuisses de sa maîtresse. Elle se recala et regarda Adrienne. Fixement. Ce regard qu'elle avait, Finette, à certains moments.

— Tu veux savoir quoi, avec tes yeux grands comme des soucoupes ? Hein, tu veux savoir quoi ?

La voix était douce et c'était la voix de sa chère Adrienne. Lentement, Finette ferma les yeux. Et Adrienne perçut un lointain ronronnement. Elle saisit une des longues oreilles entre le pouce et l'index et la froissa tendrement, comme un pétale de fleur qu'on voudrait surtout ne pas écraser. Le ronronnement enfla.

Des têtes, des pattes, une queue émergeaient du cabas. De ce côté-là aussi ça ronronnait sec. Et les deux chiens faisaient les doux yeux à Adrienne.

Allez donc vous jeter dans la Seine quand il y a autant de tendresse dans l'air.

Une main continuant à chiffonner l'oreille, l'autre fourrageant dans la revigorante marée de poils, de chaleur et de ronrons du cabas, Adrienne se remit à réfléchir quand une petite femme survint. Petite, jeunette, élégante. Elle se planta devant Adrienne.

— Alors vous aussi.

— Moi aussi quoi ?

La petite femme renifla. Très fort. Mais dignement. Elle avait le nez rouge, presque autant que ses lèvres artistement dessinées. Elle portait un chapeau à la mode de cette saison-là — c'est-à-dire d'une coquinerie parfaitement déplacée eu égard à la conflagration mondiale. Elle était perchée sur des machins en bois comme on en portait au temps de Sophocle pour jouer la tragédie. Elle était pathétique. Et ridicule.

Elle regarda les chats. Une larmichette perla au coin d'un de ses faux cils.

— Le mien s'appelait Pouchka. Six ans qu'on l'avait. Un amour. Même ma mère qui est le contraire de quelqu'un d'aimable lui passait tout. Et puis sont arrivées ces histoires de restrictions. Et Pouchka n'a pas supporté. Il lui fallait sa tranche de foie à peine cuite et rien d'autre. Même du cœur, même des rognons, il n'en voulait pas. Ces états où ça nous mettait, mon mari et moi. Même des sardines à l'huile que mon mari peut avoir par un collègue. On lui écrasait à la fourchette. C'est bon pour un chat des sardines à l'huile écrasées à la fourchette. Rien à faire. Alors un collègue de mon mari lui a dit que la meilleure solution c'était d'aller le perdre. Parce qu'un chat d'appartement, tant qu'il reste dans un appartement, il ne peut pas se dépêtrer de ses habitudes de chat d'appartement, mais que, s'il se retrouve dans la nature, il redevient un animal sauvage et il oublie ses habitudes de chat d'appartement.

La petite dame avait le nez de plus en plus rouge. Et ce qu'elle pouvait renifler.

— Mon mari pensait qu'il fallait aller le perdre dans un bois. Moi je me suis dit que, sur les quais, ça serait mieux. Que, sitôt redevenu sauvage, sur les quais il trouverait des rats autant qu'il en voudrait.

Elle se moucha dans un très beau mouchoir brodé.

— C'est terrible d'aimer une bête comme on l'a aimé notre Pouchka.

Elle plia soigneusement son mouchoir, le rangea dans le sac en croco qu'elle portait en bandoulière et s'en retourna chez son mari qui était sûrement un aussi beau spécimen qu'elle.

Adrienne l'aurait étranglée, cette pétasse !

Adrienne était hors d'elle.

La mère indigne de Pouchka n'avait pas traversé la place Mazas qu'Adrienne était déjà sur le quai à rechercher le malheureux.

Il était un peu persan, bleuté, légèrement louchon

et au moins deux fois plus volumineux que Finette.

Non contente de l'avoir lâchement abandonné, sa garce de maîtresse l'avait attaché avec une ficelle à une bitte d'amarrage. Et il miaulait. Et il miaulait.

Il était terrifié, le gros Pouchka.

Et vexé.

Pas question de l'aborder sans y mettre les formes.

Adrienne s'agenouilla sur le pavé humide du quai. Elle lui parla comme on doit parler à un chat (et à toute autre créature du Bon Dieu). Elle lui dit des amabilités d'une voix égale. Elle lui dit qu'elle était d'accord avec lui, qu'elle trouvait, elle aussi, que nouer une ficelle autour du cou d'un chat de qualité était de la saloperie pure et simple, que le laisser tout seul et attaché sur un quai c'était bel et bien un crime. Elle lui dit qu'il était la merveille des chats. Elle répéta au moins cent fois son nom. Pouchka. Pouchka. Pouchka. Gentil Pouchka. Beau Pouchka. Superbe Pouchka.

La nuit tombait et on ne voyait pour ainsi dire que le feu de ses yeux, à Pouchka.

Des yeux de chat au comble du mécontentement.

Quand Adrienne voulut l'attraper, il la griffa. Bien méchamment.

Et, au lieu de le gronder, Adrienne maudit une fois de plus la pétasse au chapeau coquin, la salope ! L'ordure ! La damnée connasse ! Jamais la tête d'Adrienne n'avait été envahie par de si vilains mots. Elle avait des excuses : elle ne supportait pas qu'on puisse être aussi cruelle avec un bel animal comme ce Pouchka. Et avec aucun autre animal non plus.

Le père Truffard était dans le vrai quand il évoquait « la vacherie, vacherie et revacherie » ambiante. Mais Adrienne se sentait de plus en plus disposée à ne pas se laisser contaminer, à ne pas céder. Elle se souvint du faux sourd-muet au commissariat.

« Jonathan se cramponne », il avait dit.

Elle allait se cramponner, elle aussi.

Elle resta agenouillée sur le pavé humide autant qu'il le fallut, elle parla doucement, sans s'impatienter, autant qu'il le fallut, au gros Pouchka. Et il finit par se laisser détacher et frotta de lui-même son beau crâne rond contre la main d'Adrienne. La main qu'il avait griffée.

Adrienne avait un chat de plus

C'était intelligent !

15

Adrienne avait sonné à la porte de la morgue et un employé lui avait demandé « si elle venait pour amener un mort ou pour en chercher un ». Adrienne lui expliqua qu'elle venait simplement demander si on accepterait de lui garder une valise jusqu'au lendemain.

Une valise ?

L'employé eut l'air ennuyé. C'était une morgue, pas une consigne. Si encore ç'avait été une valise contenant une femme coupée en morceaux comme on leur en amenait parfois. Mais une valise toute bête... Elle contenait quoi, d'abord, cette valise ? Adrienne l'ouvrit et l'employé put constater qu'elle ne renfermait que des nippes, un fer à friser, de l'eau de Cologne, quelques bouquins, rien d'inquiétant, de prohibé comme des jambons, des saucissons, de la conserve, des tracts subversifs, des faux papiers ou des armes.

Alors ?

L'employé voulut bien garder la valise. Mais seulement jusqu'au lendemain. Adrienne le remercia vivement et elle entreprit de traverser le pont d'Austerlitz avec son étonnante petite troupe augmentée d'un gros Pouchka que Finette lorgnait en coin, méfiante.

Il faisait nuit. Le pont était désert. Il n'y avait qu'Adrienne et ses chats et chiens qui la suivaient comme, dans la vieille légende, les rats suivaient le joueur de flûte.

Adrienne savait moins que jamais où elle allait. Mais elle était bien heureuse de se sentir différente du commun des mortels qui s'enfonçait de plus en plus dans la férocité et elle marchait d'un pas léger. Arrivée au milieu du pont, elle rit haut et fort en se souvenant qu'elle avait songé, il n'y avait pas si longtemps de ça, à se noyer avec ses chats.

Ses chats, ses huit chats maintenant, qui trouvaient que le pont était vraiment bien grand et que les deux chiens talonnaient à grand renfort de ouah-ouahs, comme des chiens de berger talonnent les bêtes de leur troupeau.

Un fameux troupeau que celui d'Adrienne !

Au bout du pont, c'était la place Valhubert avec, d'un côté la gare d'Austerlitz et des voyageurs qui avaient manqué le dernier train et le dernier métro et qui auguraient bien mal de ce qui allait suivre, de l'autre le quai Saint-Bernard qui longe le Jardin des Plantes jusqu'à la rue Cuvier.

Adrienne fit entrer, sans trop de ménagements, autant de chats qu'elle put dans le cabas, puis, Finette sous un bras, Pouchka sous l'autre et les deux chiens sur ses talons, elle traversa la place, optant pour le quai Saint-Bernard.

Rien ne la pressait.

Elle longea les grilles du Jardin des Plantes. Ça sentait bon les arbres, le printemps. On entendait de drôles de bruits, de cris — bramements, barissements, hurlements, rauquements, coassements, cacabements, chuintements, ululements, rugissements. Finette et Pouchka s'agrippèrent au manteau d'Adrienne. Dans le cabas, on faisait silence. On tremblait. Il y eut même un des chats — lequel ? — qui, d'émotion, fit un petit pipi dans le cabas. Fantôme et Mathusalem, serrés l'un contre l'autre au point de s'emmêler les pattes, remuaient leur queue et laissaient échapper des grognements inquiets. Adrienne n'était pas inquiète, elle était ravie de sentir tout son petit monde se raccrochant à elle, lui demandant aide et protection.

— Alors, les petites bêtes, on a peur des grosses bêtes ?

Avant les Allemands, aux beaux jours, elle venait souvent s'y promener, le dimanche, au jardin des Plantes. Avec Suzanne. Ou même toute seule. Elle donnait des cacahuètes aux singes, partageait une gaufre avec les zébus ou les pélicans, s'attendrissait devant les bébés lions, s'extasiait devant les makis de Madagascar, passait des heures devant les tortues éléphantines si grosses et pataudes qu'on ne pouvait pas s'empêcher de rire en les regardant, attrapait la chair de poule à la vue des pythons, cobras, molures, iguanes et autres modèles réduits de monstres. Les balades au jardin des Plantes, ça lui rappelait ses lectures de gamine quand le fils Tolut lui prêtait des albums reliés de *Pierrot* ou de *L'Intrépide.*

A onze ans, elle avait sérieusement songé à devenir Chère Sœur ou infirmière pour aller soigner d'adorables négrillons ou des petits Chinois lépreux dans des forêts peuplées de tigres aux dents de sabre, de jabirus, de casoars, de guibs d'eau, de potamochères et de scarabées sacrés. Sans oublier les terrifiques scorpions longs de vingt centimètres et plus qui ne manquaient jamais de pulluler dans ces endroits-là.

Le fils Tolut, lui, envisageait de devenir Père blanc ou trafiquant d'ivoire.

La dernière fois qu'elle l'avait vu, Nano Tolut, il remplaçait son père (que l'abus des boissons anisées avait rendu tout bavotant et tremblotant) au comptoir de l'épicerie-buvette familiale.

On ne fait toujours que ce qu'on veut dans la vie.

En plus des coassements, chuintements, rauquements qui venaient des ténèbres du jardin des Plantes, on entendit soudain des coups de sifflets et les échos d'une galopade.

D'une galopade qui se rapprochait.

Des garçons, beaucoup de garçons arrivaient en courant de la place Valhubert.

— Restez pas là, madame ! Suivez-nous ! S'ils vous piquent, vous êtes cuite.

Ils avaient l'air vraiment paniqués, ces garçons. Si paniqués qu'Adrienne se mit à courir avec eux. Et les chiens suivirent.

Arrivée rue Cuvier, la nuée des garçons, échevelés, essoufflés, s'y engouffra. Adrienne aussi. Quelle course ! Finette se raccrochait aux cheveux d'Adrienne, Pouchka miaulait comme un dingue. Les chiens aboyaient. Et les garçons, tous ces garçons qui trottaient, trottaient. Et, pas très loin derrière, des Allemands. Pas beaucoup. Quatre, ou cinq, ou six. Mais brandissant des pistolets. Et vociférant.

Un garçon saisit Adrienne par le bras.

— Faut se planquer dans le jardin. Là. Grouillez-vous.

Un des garçons escaladait déjà la grille. Un autre arracha Pouchka et Finette des bras d'Adrienne et les fit passer à travers les barreaux à un garçon qui était déjà de l'autre côté. Un autre encore fit la courte échelle à Adrienne qui, Dieu merci, était de taille et de force à escalader toutes les grilles qu'on voudrait. Elle se laissa choir dans un massif. Dans du buis ou du laurier. Peu importe. Des bras lui tendaient le cabas aux chats par-dessus la grille. Elle le rattrapa comme elle put. Elle vit Mathusalem — lancé par elle ne savait qui — choir à côté d'elle. Puis Fantôme chut à son tour, tout héberlué, le pauvre vieux.

Les cœurs des animaux battaient la chamade. Celui d'Adrienne aussi. On entendait courir ceux des garçons qui n'étaient pas entrés dans le jardin. On entendait les cris des Allemands, le bruit de leurs bottes.

Comme Fantôme allait aboyer, un des garçons lui cloua la gueule des deux mains. Finette griffait le bras d'Adrienne à travers le tissu de sa manche. Pouchka tremblait comme une feuille. Adrienne se fit toute petite. Les garçons étaient accroupis à côté d'elle. Pas rassurés. Trois garçons.

De l'autre côté de la grille, ça continuait à galoper. On entendit des motos. Une sorte de sirène aussi. Puis on entendit crier quelque chose en allemand puis en français. Il y eut trois coups de feu. Puis de drôles de bruits. Puis des palabres.

Puis plus rien.

Après un long, très long moment de silence et d'immobilité, un des garçons, celui qui était tapi tout contre Adrienne, osa enfin chuchoter qu'ils « avaient eu chaud ».

— Moi, je me voyais déjà héros, avec douze balles de mauser dans les fesses.

— Tu crois qu'il y a des morts ?

— Sûrement qu'il y en a.

— Pourvu qu'ils aient pas eu Lunettes.

— Non, pas Lunettes. Ils peuvent pas avoir fait ça.

— Tu les as entendus comme nous, les coups de feu.

— Pourquoi il s'est cavalé devant ? Pourquoi il est pas venu ici avec nous ? Il est con ce type. Il est trop con.

— On savait ce qu'on risquait, non ?

— On le savait. Mais je ne voudrais pas que Lunettes soit mort. Pas lui.

Adrienne les écoutait. Fort intriguée. Ils étaient bien jeunes ces garçons pour se faire courser dans la nuit par des Allemands, bien jeunes pour se faire tirer dessus et parler de la mort. Ils pouvaient avoir quoi ? Quinze ans ? Seize ? Ils n'avaient pas l'air du tout de voyous.

Ça n'en était pas. C'étaient des élèves du lycée

Charles-Cros, dans le cinquième. Et les raisons de leur galopade étaient, hélas, de bonnes, d'excellentes raisons. La veille, on avait arrêté l'Amiral. Pas un vrai Amiral. Leur Amiral à eux. Le concierge de leur lycée. Un ancien marin qui avait pris l'habitude de chiquer du temps qu'il faisait Bordeaux-Fort-de France sur un bananier. Le tabac à chiquer s'étant mis à être hors de prix, l'Amiral s'était mis à fabriquer des croix de Lorraine avec des vieux tubes d'aspirine, des croix de Lorraine que se disputaient les garçons de Charles-Cros que le port de la francisque rebutait. Et le Surgé — un enragé vichysiste — avait découvert la « honteuse industrie » de l'Amiral et il l'avait dénoncé à la Kommandantur et on l'avait embarqué en direction d'un de ces camps d'où, si l'on en croyait certaines rumeurs, l'on ne ressortait jamais vivant.

Alors les lycéens porteurs de croix de Lorraine avaient conspué le Surgé et décidé de tuer un Allemand.

Ils expliquèrent tout ça à Adrienne dans la rotonde aux éléphants où ils s'étaient réfugiés une fois les bruits de bottes bien évanouis.

Un curieux asile, cette rotonde avec ses éléphants dormant debout, éclairés par un chiche rayon de lune et son hippopotame qui avait l'air de mâcher du chewing-gum en rêvant à son Afrique.

Celui des garçons coiffé d'une casquette de joueur de golf sortit un paquet de cigarettes de sa poche. Un paquet de dix cigarettes qui n'en contenait plus que quatre. La quatrième — sûrement celle destinée à Lunettes — fut pour Adrienne. A la première bouffée, le plus jeune des garçons, un blond un peu freluquet, se leva pour aller vomir dans un coin.

Peut-être parce que c'était sa première cigarette. Peut-être parce que c'était son premier attentat.

Adrienne repensa au cerf de la chasse à courre de Monsieur Massepain. Elle embrassa très très fort sa Finette.

Quand le petit blond revint, on voyait qu'il crevait de honte. Les deux autres fumaient sans rien dire.

Adrienne les regardait. Trois morveux à peine en âge de sortir avec des filles. L'un des trois avait un soupçon de moustache. Les deux autres même pas. Et convenables avec ça. Sûrement de bons élèves. Sûrement de bons fils. Des garçons à mettre le couvert sans même qu'on leur demande de le faire.

Et ça partait en bande, dans la nuit, pour aller tuer ! Mais au fait...

— Vous l'avez tué comment, votre Allemand ?

— On l'a pas tué. On l'a loupé.

Adrienne respira.

— On a même pas été fichus de le venger l'Amiral. Des nullards, voilà ce qu'on est.

Adrienne préférait ça. Savoir que ces trois gosses avaient du sang sur les mains, ça ne lui allait pas du tout.

— On était en train de le balancer dans la Seine, un gros salaud d'officier, et la patrouille nous est tombée dessus. Mais celui-là ou un autre, on l'aura notre Fritz.

— Un peu qu'on l'aura

— En attendant, plus question de retourner au lycée. Ça va être une vraie souricière maintenant.

— On va même plus pouvoir retourner chez nous. Le Surgé va leur filer nos noms, nos adresses.

— C'est pas possible qu'on retourne plus chez nous. Mes parents vont paniquer.

Le petit blond était effondré. Celui à la casquette se fâcha.

— Et alors ? Tu préférerais être mort à la place de Lunettes ?

Le petit blond attrapa un chat et se mit à le caresser machinalement. C'était Mustapha.

Adrienne voulut savoir qui c'était, ce Lunettes.

— Le type le plus fondu du lycée. Un vrai schpountz. Myope à pas pouvoir lire l'heure à sa montre-bracelet et nul en tout. En maths, en français, en histoire. Si ça se trouve, son bac, il l'aurait jamais eu.

— En plus du Fritz pour l'Amiral, faudra en tuer un pour lui.

— De toute façon, on va plus avoir que ça à faire, tuer des Fritz.

Perspective qui n'enchantait visiblement pas le petit blond. Il était inquiet, déboussolé, ça se voyait et ses deux copains aussi. Ça se voyait un peu moins parce qu'ils crânaient. Mais dans le fond... Adrienne les aurait volontiers giflés, ces gamins, giflés pour leur apprendre à vouloir tuer. Elle les aurait aussi volontiers cajolés comme elle cajolait Finette ou les autres quand ils avaient besoin de réconfort.

— Qu'est-ce que vous allez faire si vous ne pouvez plus rentrer chez vous ?

— D'abord tâcher de sortir de ce jardin en espérant que des gardiens vont pas nous tomber dessus ou que les Fritz nous attendent pas à la sortie. Après, on se débrouillera. On connaît une cache. Et vous ?

— Moi ?

— Oui. Vous faisiez quoi avec toutes ces bêtes ? Vous alliez les donner à manger aux lions ?

Adrienne pouffa. Ce fut plus fort qu'elle.

— Moi, je n'ai personne à venger, personne à tuer. Moi, je suis une mère-à-chats, voilà tout. A chats et à chiens.

Histoire de leur changer les idées, qui étaient loin d'être roses, Adrienne leur raconta tout par le menu, aux trois lycéens, elle leur raconta comment elle avait trouvé Finette, elle leur raconta Monsieur Ponchardain et ses bustes de commerçants, la bagarre avec Madame Ponchardain, le commissariat, la ferme du père Truffard et le marché noir, et, pour finir, Pouchka.

Le lycéen à casquette la complimenta. A sa manière.

— En gros, vous êtes une sorte de piquée. Mais vous êtes sympa.

— Vous aussi vous êtes sympathiques. Si vous n'aviez pas tellement envie d'assassiner des gens, vous seriez même très sympathiques.

— C'est pas des gens qu'on veut tuer. C'est des Allemands. Vous êtes pas pour eux, quand même ?

— Sûrement pas. Mais je suis pas non plus pour qu'on tue.

— C'est la guerre.
— Alors disons que je suis pas non plus pour les guerres.
La lumière de la lune était de plus en plus chiche. On ne s'y voyait pour ainsi dire plus dans la rotonde aux éléphants. La plupart des chats dormaient. Le seul à être vraiment éveillé, c'était Curieux, qui s'aventura si près des éléphants qu'il eut droit à un barrissement grand format qui lui fit friser l'arrêt cardiaque et sortit Adrienne et les lycéens de leur torpeur.
— Si les babars commencent à chahuter, va falloir partir.
Le garçon à casquette prit la direction des opérations.
— On va s'éparpiller. Moi, je vais tenter une sortie côté rue Buffon. Vous deux, essayez de filer côté quai. Et vous...
Vous, c'était Adrienne.
— Vous tracassez pas pour moi. Je vais rester ici avec ma marmaille. Et quand ils ouvriront les grilles, je sortirai bien tranquillement.
— Et si des gardiens vous tombent dessus d'ici là ?
— Eh bien, ils me tomberont dessus. En admettant qu'ils vous recherchent, vous, j'ai pas une tête de lycéenne.
— Non, C'est trop risqué. Vous allez venir avec moi. Je vous aiderai à porter vos chats.
— Je ne voudrais pas vous compliquer la vie.
— Venez. On y va.
Ils traversèrent le jardin et sortirent, sans autre

problème qu'une petite escalade de grille, rue Buffon. Il faisait encore nuit. La rue était déserte. On apercevait, par une des vastes baies de la Galerie de paléontologie, le petit crâne chafouin du diplodocus au bout de son long cou rien qu'en os. Il faisait froid et un café — même abominablement national — aurait été le bienvenu.

Adrienne avait un chat sous chaque bras. Le garçon à casquette portait le cabas. Les chiens se demandaient quand ça allait finir ces pérégrinations sans queue ni tête.

— Bon... ben... on va se dire au revoir.

— Vous allez où ?

— Je vais voir.

— Je peux pas vous laisser comme ça. Je vous emmène à la cache.

16

C'est comme ça qu'Adrienne se retrouva dans l'invraisemblable labyrinthe de la Halle aux cuirs.

Si vous n'avez pas connu, vous ne connaîtrez pas. Comme le Concert Pacra, le bal Bullier et le Vel d'Hiv', ça a disparu, la Halle aux cuirs.

C'était à deux pas du jardin des Plantes. Là où musardent aujourd'hui les étudiants du Centre universitaire Paris III, entre les rues Censier, Santeuil, de la Clef et du Fer-à-Moulin. Ça avait été construit — de bric et de broc — du temps où Paris comptait encore une rivière nommée la Bièvre. C'était le rendez-vous des mégissiers qui traitaient, tannaient et vendaient du cuir. Le rendez-vous des mégissiers, des rats et de très repoussantes odeurs.

Sous l'Occupation, le cuir manquant, comme tout, nombreux étaient les mégissiers qui avaient été contraints de mettre leur clef sous la porte de leurs ateliers et bien des squatters (le mot n'était pas encore à la mode mais il existait déjà) avaient élu domicile dans cet endroit peu fréquentable.

La cache des lycéens, c'était un ancien atelier crasseux au possible, aux planchers défoncés, aux murs de traviole. L'atelier du père d'un élève du lycée Charles-Cros qui avait dû quitter la capitale parce qu'il se nommait Aaron Arabikilian et que ce nom-là sonnait mal à trop d'oreilles dans Paris occupé.

Une cache idéale, une planque de rêve où un professeur d'histoire de Charles-Cros recherché pour avoir fait un cours pas du tout orthodoxe sur l'irrésistible ascension d'Adolphe Hitler avait vécu trois mois au secret.

Fiers comme des poux d'être devenus des proscrits, les trois lycéens prirent possession de la cache avec ravissement.

— Ici, on ne risque rien, déclara Thierry.

Thierry, c'était le lycéen à casquette. Le petit blond, c'était Manuel. Le troisième Laurent.

Et le quatrième, David.

Car il y eut un quatrième. Il arriva sur le coup de midi. A bout de souffle et avec seulement une chaussure. L'autre, il l'avait perdue en échappant à un schupo qui l'avait sauvagement ceinturé. Il avait presque tout vu, David, et il pouvait garantir que Lunettes n'était pas mort, qu'il ne s'était même pas fait prendre.

— Je l'ai vu filer droit devant lui. Je l'aurais jamais cru capable de courir aussi vite.

— Où il peut être, ce plouc ?

— Truffe et myope comme il est, il sera même pas fichu de trouver le chemin pour venir ici.

Pas mort, l'illustre Lunettes redevenait la risée de ses camarades.

Tout en disant pis que pendre de Lunettes et des Allemands et du Surgé de Charles-Cros qui était pire que le pire des Allemands puisque pas né, comme eux, au pays d'Hitler, on s'organisa.

Ce qui revient à dire qu'Adrienne prit, insidieusement mais fermement, les choses en main.

— Si vous devez vraiment rester dans ce cloaque, faut vous activer un peu, les garçons. Que ça devienne vivable. Pour commencer, on va se débarrasser de tout ça.

Tout ça, c'était un amas de vieilles peaux desséchées ou moisies, un monceau de vieux emballages, des déchets d'on ne savait pas bien quoi. Thierry, Manuel, Laurent et David — pas fâchés de se sentir chapeautés par quelqu'un qui savait comment on tient une maison — s'employèrent à faire disparaître le maximum de vieuseries offensantes pour l'œil. Lesquelles vieuseries allèrent grossir une montagne d'ordures qui s'élevait dans une courette intérieure sur laquelle s'ouvraient les fenêtres d'ateliers et logements (la plupart provisoires) aussi peu attrayants que leur cache.

Une fois le plus sale évacué, restait pour tout mobilier : un canapé Chesterfield en cuir naturel constellé de taches, deux tables bancales, plusieurs bancs, des chaises dépareillées, des placards pleins d'outils pas faciles à identifier, une grosse machine (destinée à quel usage ?) impossible à déplacer parce que pesant bien une tonne, et l'apport du prof d'histoire. A savoir, un réchaud à bois, une glace à trois pans pour se raser, une cuvette émaillée, deux casseroles, plusieurs couvertures, une grande marmite, des assiettes, une poêle à frire toute petite, un portrait de Lénine sous verre, une photo de De Gaulle découpée dans un journal et punaisée au mur, quelques livres d'Histoire, de quoi écrire et, caché sous une pile de peaux de lapins, un fusil de chasse et une honnête provision de cartouches.

Il y avait aussi un trou par lequel entra un robuste rat gris qui terrorisa Finette et les autres chats et rendit comme fous Fantôme et Mathusalem. Surtout Mathusalem qui le mit hors d'état de nuire d'un seul coup de gueule. Mathusalem qui faillit faire subir à Adrienne le même sort qu'au rat quand elle voulut l'empêcher de « manger cette dégoûtation ».

Il alla, le sale, le manger tout entier, dans un couloir obscur, son rat. Et dire que Mathusalem était à la fête serait peu dire.

Avec tout ça, il était près de quatre heures et les garçons, les chats, Fantôme et Adrienne mouraient de faim. David avait des tickets de pain sur lui et Adrienne des tickets de tout — sa carte d'alimentation était intacte, car chez le père Truffard on mangeait sans tickets. Adrienne, qui avait toute sa fortune dans son porte-monnaie, partit donc faire les courses.

La rue Mouffetard, c'était comme la rue d'Aligre. Plaisant, très fréquenté, et on y faisait aussi beaucoup la queue. Grâce à ses tickets et à ceux de David, Adrienne put acquérir cent grammes de beurre, deux livres de févettes, une tranchette de bœuf à rôtir, un fromage maigre, un paquet de figues sèches et trois livres de pain. Elle trouva aussi — sans tickets mais avec une bonne heure d'attente — un assez gros morceau de poisson qui était peut-être bien du requin, peut-être bien de la baleine et un plein sac de topinambours.

On déjeuna à six heures de l'après-midi. On déjeuna peu car, en additionnant chats et garçons et en y ajoutant un chien et Adrienne, ça faisait un nombre impressionnant d'estomacs à contenter. On déjeuna peu mais plutôt gaiement.

Les garçons firent des niches aux chats et les chats firent des niches aux garçons. Il y eut des fous rires.

Seule Finette les snoba, les garçons. Ça ne lui plaisait pas, à Finette, cette cache sentant la vieille peau de bique et on ne sait trop quels produits chimiques. Ça ne lui plaisait pas, cette bruyante jeunesse. Ça ne lui plaisait pas ce trou d'où pouvait surgir, n'importe quand, un rat ou quelque autre nuisible. Elle restait collée à Adrienne. Elle avait peur.

Adrienne le vit tout de suite que sa Finette n'était pas dans son assiette. Et ça la contraria.

Quand elle partit chercher sa valise à la morgue, elle emmena Finette avec elle. Dans ses bras. L'air était doux. Ça leur fit du bien à l'une comme à l'autre, cette promenade. Et ça leur permit, l'une écoutant l'autre de toutes ses oreilles, de faire le point.

Un point pas fameux fameux.

— Et même moins que fameux que ça encore, si on va au fond des choses, ma Finette. Parce que, une fille de mon âge ne sachant rien faire d'autre que de la propreté et de la bonne cuisine, à une époque où t'as plus rien à cuisiner et dans un endroit que t'arriverais pas à rendre propre même en le briquant pendant cent ans, à quoi ça peut servir ? A rien de rien, ma Finette. Et puis tous ces gamins. Tu crois que c'est bon pour eux de se retrouver à jouer à cache-cache avec des Allemands qui tuent pour de bon ? Et tout ce qui nous attend encore, ma belle. Tout ce qui nous attend. Parce que, parti comme c'est parti, ça ne peut déboucher que sur du moins bon encore. Alors quoi faire ? Retourner passage Sainte-Delphine et demander pardon à genoux à l'arrogante Madame Ponchardain ? Retourner fricoter avec le père Truffard et les gens du marché noir ? Je suis déjà sûrement remplacée d'un côté comme de l'autre. Et puis...

Et puis, et puis quelque chose disait à Adrienne qu'elle allait avoir un rôle à jouer dans la faramineuse tragi-comédie qui avait alors pour théâtre Paris, la France et leurs banlieues.

Quel rôle ?

Le Destin lui fournirait à coup sûr toutes précisions utiles en temps voulu.

Quand elle revint avec sa valise, Adrienne ne trouva que trois garçons sur quatre. Manuel, le petit blond, avait flanché. Il était parti chez sa tante à Bobigny. Autre surprise : il y avait de quoi faire un, et même plusieurs bons repas. Thierry avait été téléphoner à sa mère qui était venue l'embrasser aussi secrètement que possible dans un café de la place Monge et lui avait apporté deux pleins filets de provisions. Et aussi des chemises propres, du savon parfumé, une paire de draps et un flacon de fortifiant.

Thierry insista pour que les draps et le canapé Chesterfield reviennent à Adrienne qui eut droit à être isolée par un rempart de vieilles caisses.

Les garçons dormirent à même le plancher défoncé, enroulés dans des couvertures. Les chats et les chiens étant également répartis entre les dormeurs auxquels ils tinrent lieu de bouillottes.

Finette dormit entre les jambes d'Adrienne. Pas d'un trait. Au cœur de la nuit, elle s'éveilla et poussa ces petits cris si attendrissants que poussent les chats qui émergent d'un mauvais rêve.

Un rêve de rat, ça tombait sous le sens, sans doute provoqué par de bien réels trottinements de rats aux alentours de la cache.

Adrienne dut la mignoter et lui susurrer un interminable chapelet de mots doux à entendre et la laisser se glisser sous sa chemise de nuit, contre la peau de son ventre, pour qu'elle consente à se rendormir.

C'est David qui réveilla tout le monde, à pas même six heures du matin, en poussant un cri de terreur. Il était en nage et demanda humblement à Laurent et Thierry de ne pas se moquer de lui. Ni l'un ni l'autre n'avait le cœur à se moquer de qui que ce soit. Laurent était profondément démoralisé et Thierry avait les « côtes en long », ce qui était, à l'en croire, très désagréable.

Il y avait du café, du vrai, dans les filets de la maman de Thierry. Adrienne en fit une pleine marmite qu'on but bien chaud, bien fort, et sans le moindre soupçon de sucre. Après quoi on se lava, peu, dans la cuvette émaillée. Et même pas du tout pour ce qui fut de Thierry. Et les garçons se demandèrent ce qu'ils allaient faire de cette journée sans lycée.

Tout bien considéré, le mieux, c'était encore d'aller tuer « le fritz de l'Amiral ». Un jeu d'enfant avec la carabine abandonnée sous les peaux de lapins par le prof d'histoire. Une belle carabine, ma foi.

Mais où étaient passées les cartouches ?

En lieu sûr. Adrienne les avait mises en lieu sûr, les cartouches. Pourquoi ?

— Parce que, mes petits enfants, moi vivante, vous ne ferez mourir personne.

— Mais enfin, madame...

— Soyez gentils, appelez-moi Adrienne. Je ne pourrais peut-être pas être votre mère. Mais je pourrais facilement être votre grande sœur. Et, permettez-moi de vous le dire, je serais la grande sœur de petits péteux comme vous, je ne les laisserais sûrement pas s'amuser avec des cartouches. D'abord, je ne laisserais personne s'amuser avec des cartouches.

— Les Allemands, ils n'en ont pas, eux ?

— Les Allemands sont des bandits. Ça vous démange tant que ça de les imiter ?

— On veut venger l'Amiral. On a juré.

— Et alors... Vengez-le autrement. Un Allemand tué, ça sera jamais qu'un Allemand mort. Et si ça se trouve, il le saura même pas, qu'il est mort. Tandis que, si vous trouviez le moyen de lui empoisonner la vie à votre Allemand... Et pas qu'à un seul, tant que vous y seriez. Un Allemand tué, ça fera quoi ? Une veuve et des orphelins. Tandis que si vous arriviez à en flanquer cinquante ou cent dans la crotte, des Allemands...

Il était évident que si on pouvait s'épargner un cadavre et les remords (vraisemblablement tenaces, pesants, indigestes) y afférant... Mais comment flanquer des Allemands, le plus possible d'Allemands dans la crotte ?..

On y réfléchit. Et on trouva l'idée grandiose.

Ce fut Laurent qui suggéra d'emplir une fois de plus le cabas d'Adrienne. Pas avec des chats. Avec des rats. Il y en avait des milliers à la Halle aux cuirs, qui ne demandaient qu'à venir visiter les locataires de la cache. Alors...

L'idée de Laurent était cruelle, mais elle ôterait du crâne des garçons leurs envies de tuer. C'était déjà ça.

Retrouvant son ingéniosité du temps où elle piégeait des taupes avec le fils Tolut, Adrienne appâta avec du fromage maigre, métamorphosa les filets à provisions de la maman de Thierry en nasses et, à midi tapant, trente-deux beaux vilains gros rats étaient pris. Des rats que les trois garçons se partagèrent équitablement.

Après quoi ils partirent « en mission ».

C'était risqué. C'était exaltant. Et rigolo comme tout.

Thierry fit une grande trotte pour aller lâcher douze rats d'un coup dans le hall de la Kommandantur rue de Rivoli, semant une somptueuse panique dans ce haut-lieu du nazisme.

Laurent fit aussi une grande trotte et un joli lâcher de rats. Dans un cinéma de l'avenue de Wagram réservé aux troupes d'Occupation où l'on projetait une comédie musicale avec la pulpeuse Marika Rock. Lâcher qui provoqua une interruption de séance, l'évacuation de la salle et l'évanouissement de plusieurs redoutables soldates allergiques aux rats en dépit de leur surnom de « souris grises ». Mais Laurent faillit se faire pincer.

Prenant le maximum de risques, David réussit le plus beau coup en sautant sur le marchepied d'un camion militaire et en vidant le contenu de son sac sur les genoux du chauffeur qui perdit le contrôle de son véhicule, renversa le motocycliste qui le précédait et télescopa une voiture pleine d'officiers supérieurs qui se contusionnèrent violemment les uns les autres.

Le lendemain, nouvelle sortie et nouvelle tactique. Le transport de sacs pleins de rats en colère s'avérant problématique, on emballa chaque rat séparément dans des boîtes trouvées sur la montagne d'ordures de la courette. Grâce à quoi les garçons abandonnèrent le lâcher au profit du lancer.

C'était nettement plus spectaculaire et offensif.

On prenait un rat par la queue, on faisait force moulinets avec et on le lâchait pour qu'il vole jusqu'aux fenêtres de locaux occupés par l'Occupant, pénètre dans lesdits locaux tel un diabolique météore et, le sang et les esprits échauffés par cette traumatisante projection, attaque, morde et griffe l'Allemand.

Une fois le rat expédié, le lanceur se sauvait à toutes jambes alors que, dans les bureaux, les mess, les popotes, les Q.G., c'était l'effroi. On vit des combattants d'élite défaillir, on vit des SS, qui avaient pourtant ce qui leur tenait lieu d'âme chevillé au corps, céder à la crise de nerfs. Il y eut des yeux crevés, des joues lacérées, des nez arrachés, des crânes scalpés. Il y eut des rats tués au pistolet par des militaires qui, ne sachant plus où ils en étaient, tuèrent ou blessèrent gravement du même coup leurs camarades. Nombreuses furent les hospitalisations. Et plusieurs câbles, en allemand, furent expédiés en Allemagne, pour signaler que « l'armée clandestine française venait de déclencher une opération d'une perversité difficilement imaginable ».

Au soir du cinquième jour de « l'opération rats », dans un bunker, à des milliers de kilomètres de la Halle aux cuirs, Goering en personne couvrit d'insultes le général Tlemfung qui s'empressa d'aller couvrir d'insultes le colonel Vass Sturngel qui chargea un certain commandant Zunderfunk de filer sur l'heure à Paris pour mettre un point final à « cette insupportable action des terroristes à la solde de Londres ».

Au soir du cinquième jour, dans la cache, la situation était désespérée : le pouce mordu par un rat qui avait la voltige en aversion, Laurent avait si mal et si peur de se retrouver pestiféré qu'Adrienne dut l'accompagner à l'hôpital Cochin où on lui fit pansement et piqûres.

Ajoutons à cela qu'à dix heures passées, Thierry n'était toujours pas rentré.

17

Laurent hérita du canapé Chesterfield et des draps. Il avait un peu de fièvre et soif de citronnade chaude ou de quelque chose dans ce goût-là. Il eut du bouillon de topinambours. C'était tout ce qu'Adrienne pouvait lui offrir.

Il y avait des topinambours bouillis, un peu de pain. Et de la tétine. C'est-à-dire de la mamelle de vache qu'Adrienne avait obtenue, en lui faisant mille politesses et en lui donnant pas loin de mille francs, d'un tripier de la rue Mouffetard.

C'était immangeable, la tétine. Même cuit le mieux et le plus longtemps possible. Même salé à mort. C'était mollasson et ça vous adhérait aux dents comme du pneu. Et ça écœurait. David y toucha à peine. Adrienne n'y toucha que pour vite recracher cette infection caoutchouteuse. Finette et Pouchka humèrent avec une stupeur douloureuse ce mets inconnu et en restèrent là. Les autres chats, trop lourdauds et en appétit pour jouer les fines bouches, s'en gavèrent. Fantôme fit comme Mathusalem, il alla manger du rat dans le couloir.

Et il fut onze heures, puis minuit et toujours pas de nouvelles de Thierry.

Laurent s'endormit et grognochant, la plupart des chiens et chats en firent autant.

Adrienne fit chauffer ce qui restait de café. Pour David et pour elle.

Un peu grassouillet, la joue rose et l'œil clair comme ses Polonais de parents, chaussé de charentaises trop grandes miraculeusement trouvées dans un bazar du coin pour remplacer sa chaussure abandonnée au schupo qui voulait sa peau, David était celui des garçons avec qui Adrienne se sentait le plus à son aise.

Thierry, Laurent, avaient des bonnes chez leurs parents. Pas David. C'était sa mère qui faisait le ménage et le dîner en rentrant du magasin. Une chapellerie. David ne serait pas chapelier mais médecin. Si Dieu le voulait.

Le Dieu de David n'était pas tout à fait le même que celui d'Adrienne. Celui de David n'avait pas eu de fils à Bethléem et il ne fréquentait pas les églises mais les synagogues.

David était le premier Juif avec qui Adrienne avait une vraie conversation. Une conversation partie pour durer jusqu'au retour de Thierry. Ça la passionna, cette conversation, Adrienne. David lui expliqua le shabbat, le kaddish, le kippour, la carpe farcie. Il lui dit aussi ce que disait son père les soirs où il avait le cafard : que, fatalement, un jour ou l'autre, les Allemands se mettraient à faire des misères aux Juifs de

France comme ils en avaient fait aux Juifs d'Allemagne.

Le père de David avait un cousin, à Cologne, dont on avait brûlé la chapellerie et tué le fils à coups de bâton et lui, le cousin, malgré sa maladie de cœur, on l'avait emmené en train personne ne savait où.

— Ils ne feront pas ça ici. C'est pas possible.

— Papa dit qu'ils feront ça partout où il y a des Juifs.

Adrienne s'apprêtait à dire à David que les Français ne laisseraient pas les Allemands brûler les magasins des Juifs et les tuer à coups de bâton. Mais elle pensa à Madame Ponchardain, au ton qu'elle avait quand elle parlait de Salomon le tailleur du passage Sainte-Delphine ou d'un sculpteur qui venait parfois à la maison et qui s'appelait Lévy. Madame Ponchardain les laisserait sûrement faire, les Allemands. Et pas qu'elle.

— Tu as peut-être raison, après tout.

C'était la première fois qu'Adrienne tutoyait un des lycéens.

— Je viens de te dire tu. Ça te contrarie pas au moins ?

— Pourquoi ça me contrarierait ?

— Ça fait si longtemps que j'ai l'habitude de dire vous à tous les gens et d'entendre certaines gens me dire tu que je ne sais plus très bien quoi dire à qui. C'est peut-être un peu pour ça que je me suis mise à tant aimer les animaux. Ils s'en fichent, eux, des tu et des vous.

— Ils sont chouettes vos animaux. Surtout Finette.

— Ah ! ça, Finette...

Elle les écoutait, Finette.

Elle avait perdu quelques centaines de grammes depuis qu'elle n'était plus chez le père Truffard à boire le bon lait qu'on lui donnait et à manger du fromage qu'elle chapardait. Et ça se voyait, ces quelques centaines de grammes en moins, petite comme elle était. Elle détestait toujours autant la cache et les bruyants garçons et les rats, ces rats qu'au lieu de chasser, on attirait pour les mettre dans des sacs.

Adrienne la cueillit par la peau du cou et la prit sur elle. Mais Finette ne ronronna pas. Le ventre vide, dans certains lieux, on ne ronronne pas.

— Finette, c'est comme si je l'avais depuis toujours. Je m'y suis tellement attachée à ce petit paquet de poils que je ne pourrais plus m'en passer.

— Les autres aussi vous les aimez bien.

— Pas tant que Finette. Mais je les aime bien mes animaux. Les miens et les autres aussi. Là où j'ai passé un bout de temps, dans cette espèce de ferme, j'avais pas le temps, mais je l'aurais eu, je serais devenue l'amie de chaque âne, de chaque biquette. Même des chameaux. Et pourtant ils étaient pas du genre à copiner. Tu veux que je te dise, David, si j'y pense vraiment, et bien... même les rats...

— Vous voudriez être copine avec des rats ?

— Copine, non. Mais... Ce qu'on leur fait, ce qu'on leur fait faire... Ça me plaît qu'à moitié. Et même encore moins que ça.

— C'est vrai, que c'est un peu dégueulasse, que ça doit pas être le rêve, pour eux, de se retrouver attrapés par le bout de la queue et de faire du vol plané.

— Les rats c'est aussi des enfants du Bon Dieu.

— Le jour où il les a créés, il a quand même eu une idée vachement biscornue.

— Va falloir trouver autre chose, David.

— Autre chose que quoi ?

— Que les rats. De toute façon, Laurent qui se fait mordre, Thierry qui ne rentre pas, c'est des avertissements, ça. Faut leur ficher la paix, aux rats.

La paix ils allaient l'avoir. Et vite, même.

En effet, soudainement, comme tombe la foudre, de violents coups de bottes firent voler en éclats la porte de la cache et des hommes vêtus de bleu marine — blousons, pantalons de coupe militaire, bérets façon chasseurs alpins — firent irruption dans la pièce, des gourdins à la main.

Adrienne n'eut que le temps d'ouvrir la fenêtre et de crier à David de sauter. Et il se laissa choir dans la courette sur la montagne de vieuseries et déchets de toute nature.

— Le petit saligaud !

— Reste la cheftaine, chef. Et l'autre zozo qui fait semblant de dormir.

Ces hommes, ces brutes, étaient des Français. Et celui qu'ils appelaient chef c'était — mais oui — c'était Monsieur Brevet, le tout premier collaborateur du passage Sainte-Delphine.

Quand les plus infâmes journaux avaient suggéré aux plus racailleux des Français de se liguer pour aider le Maréchal à bouter hors de France les bolchéviques, métèques, israélites, francs-maçons et autres ennemis du genre humain, Monsieur Brevet avait été un des premiers à répondre présent. Il avait créé de toutes pièces une vaillante petite milice composée de fiers imbéciles de sa trempe, de crétins sanguinaires, de repris de justice en quête d'un job si possible malhonnête et d'exaltés qui voyaient en Hitler un second Christ plus valable que le précédent parce que moins coulant et à la tête d'un nombre imposant de tanks et de bombardiers.

Bénie par Vichy, financée par la Gestapo, la petite milice de Monsieur Brevet ne chômait guère. En un mois seulement d'existence, elle avait déjà livré à l'Occupant cent soixante-neuf coupables. Coupables d'avoir été applaudir Blum et Thorez place de la Bastille au temps du Front populaire, coupables d'avoir raconté au bistrot une histoire drôle dans laquelle Pétain n'avait pas le beau rôle, coupables d'avoir reçu à dîner un prisonnier évadé, coupables d'avoir un père né dans le ghetto de Varsovie. Ils étaient très doués pour trouver des coupables, le chef Brevet et ses miliciens. Et pas fainéants. Chaque nuit que Dieu faisait, ils étaient en chasse.

Et, cette nuit-là, ils avaient décidé de passer la Halle aux cuirs au peigne fin parce qu'ils avaient eu vent — par le truchement d'une lettre parfaitement ignoble et parfaitement anonyme — des choses louches qui s'y tramaient.

La chasse avait été bonne. Avant d'investir la cache des lycéens, ils avaient mis la main sur un type qui dormait sur un lit de peaux de zibelines et prétendait se nommer Martin alors qu'il se nommait manifestement Isaac ou Samuel, sur deux nègres qui n'avaient pas de papiers d'identité, sur une vieille femme qui était en train de polycopier un tract gaulliste et sur trois clochards avinés, sous la crasse et les guenilles de qui l'œil infaillible du chef Brevet décela immédiatement trois agents de l'Intelligence Service.

Et, pour finir, Adrienne ! Adrienne et deux jeunes voyous dont l'un venait de sauter par la fenêtre.

— Pourquoi il a sauté par la fenêtre, celui-là ?

— Pourquoi ? Cette question. Il a sauté parce que vous lui avez fait peur en débarquant ici comme des voleurs.

— Attention à ce que vous dites. A partir de maintenant, toutes vos déclarations peuvent être retenues contre vous.

— Vous êtes qui ? La police ?

— Nous sommes des soldats de l'Ordre.

— Si démolir les portes c'est faire de l'ordre...

— C'est quoi ici ?

— Vous le voyez bien. Un taudis où je me suis retrouvée après avoir perdu ma place. Vous savez bien qui je suis et d'où je viens, non ?

— Non. Je ne sais pas.

— Enfin, Monsieur Brevet, vous n'allez pas dire que vous vous souvenez pas de...

— Appelez-moi Chef et contentez-vous de répondre à mes questions. C'est qui ce grand veau qui fait semblant de dormir ?

— Il ne fait pas semblant. Il a de la fièvre. Voyez son doigt. Il a été mordu. Par un rat.

— Réveillez-moi ça.

— Avec plaisir, Chef.

On se bouscula pour sortir Thierry de son sommeil, à coups de gourdin. Comme Adrienne et Fantôme voulaient s'interposer, ils tâtèrent du gourdin, eux aussi.

Thierry finit par se dresser, par entrouvrir les yeux.

— Qu'est-ce qui se passe ? C'est quoi ? C'est les Fritz ?

Un mot que le chef Brevet n'appréciait pas « Fritz ».

— Ce sont les glorieux soldats de la Wermarcht que tu traites de Fritz, petite crapule ?

Thierry ouvrit l'autre œil, vit de quoi il retournait et se montra crâne. Très crâne.

— Pigé ! Vous n'êtes même pas des Fritz. Vous êtes les larbins des Fritz.

Le chef Brevet fonça sur la petite crapule pour la massacrer, mais la petite crapule pirouetta de manière à faire basculer le pesant canapé Chesterfield qui heurta les tibias du chef Brevet et le fit choir ainsi que deux de ses vaillants miliciens. Au même instant, Adrienne décochait un violent coup de genou au bas ventre d'un troisième vaillant milicien qui, en reculant, heurta vivement Fantôme qui lui mordit le jarret, tandis que Mathusalem et pas mal de chats s'attaquaient à un quatrième vaillant milicien.

Avant de tomber raide estourbie pour avoir reçu un coup de gourdin derrière l'oreille gauche,

Adrienne eut le temps de faire signe à Thierry de sauter par la fenêtre comme l'avait fait David.

Et Thierry sauta.

Quand Adrienne retrouva ses esprits, elle était allongée à même le parquet ciré d'une pièce sans aucun meuble mais aux murs lambrissés et avec, au plafond, très joliment peints, des angelots, des oisillons et des guirlandes de roses.

Adrienne saignait du nez et était endolorie de partout. Elle regarda l'heure à sa montre. Pas de chance : sa montre était aussi mal en point qu'elle. Il n'y avait plus de verre et il ne restait plus qu'une aiguille. La grande.

18

Mathusalem ne mangerait plus jamais de rats.

Ils avaient tué Mathusalem à coups de gourdin.

Et Fantôme ne comprenait pas pourquoi il était là, tout mou, les pattes écartées, son Mathusalem. Fantôme lui posa, sans rudesse, sa patte sur le flanc. Fantôme lui toucha le flanc avec sa truffe. Mathusalem dormait, d'un sommeil pas ordinaire. Mathusalem était devenu plus froid que la truffe de Fantôme. Et il s'était mis à sentir une odeur qui n'était pas son odeur. Fantôme aboya. En pure perte. Mathusalem ne faisait plus attention à lui. Mathusalem était ailleurs.

Fantôme s'éloigna. Tout déconfit.

Il n'y avait plus de porte. Il s'engagea dans le long couloir. Il descendit l'escalier de fer avec ses marches branlantes. Il traversa une cour. Une autre cour. Il se retrouva dans la rue.

Il avait soif et but de l'eau de ruisseau.

C'était pas fameux.

La rue était longue. Il marcha. Il savait où il allait.

Finette avait vu Fantôme prendre la porte.

Finette avait tout vu.

En tombant, Adrienne avait failli l'écraser.

Et tout le monde était parti en criant trop fort.

Finette s'était cachée derrière le canapé renversé. Finette avait peur, Finette avait froid, Finette avait faim. Elle vit les chats, tous les chats se disputer ce qui restait de tétine dans la poêle à frire. Ils étaient presque tous ses enfants à elle. Mais elle ne le savait plus. Les chattes n'ont pas de mémoire de mère. C'étaient juste des chats, de sales chats qui se disputaient du manger détestable. D'abord ils étaient trop gros. Tous plus gros qu'elle qui semblait destinée à demeurer ce que le père Truffard appelait une chatounette quand ils étaient en tête à tête.

Une fois Fantôme parti, Finette alla elle aussi rôder autour du pauvre Mathusalem. Il avait les yeux ouverts, la gueule ouverte et, pour la première fois, il ne faisait pas peur à Finette. Elle regarda un bon moment ses grandes dents qui ne mordraient jamais plus. Sa langue violacée qui pendait.

Les chats continuaient à se bagarrer autour de la poêle à frire. Même Pouchka se bagarrait. Quand il vit que Finette s'approchait, il s'immobilisa et la fixa avec des yeux terribles, persuadé qu'elle allait en crever de peur. Non contente de ne pas en crever de peur sur l'instant, elle lui cracha si hargneusement au visage qu'il prit la fuite sans demander son reste.

Empruntant lui aussi l'escalier de fer aux marches branlantes.

Pouchka était parti. Bon vent !

Restaient les six énervés autour de la poêle qui bataillaient et batailleraient toujours. Pour ne plus les voir, Finette finit par sortir à son tour.

Elle rôda dans les couloirs, visita un ou deux ateliers dont les portes n'étaient pas fermées et n'y vit que piles de peaux, baquets d'eaux sales et de liquides plus douteux encore. Elle pataugea dans des rigoles bourbeuses. Elle croisa un homme, en bleu de travail, qui lui posa une question tout à fait déplacée :

— Alors, le civet, ça te dirait de venir faire un tour dans ma gamelle ?

Il eut droit à un fameux crachement, celui-là.

Finette finit par échouer dans la rue.

Effrayant, la rue. Grâce au Ciel, il n'y avait presque pas de voitures. Mais il y avait des cyclistes et des marcheurs. Des dames qui laissaient tomber un regard sur la petite chatte de gouttière et la trouvaient drôlette, des messieurs pressés qui ne lui marchaient pas sur les pattes mais il s'en fallait de peu. Du monde, quoi !

Et pas d'Adrienne dans tout ce monde.

Pas d'Adrienne mais un moineau qui picorait des miettes sur le trottoir. Des miettes de quoi ? Peu importe. Les miettes s'étaient mises à courir si peu les rues que les moineaux ne s'avisaient pas de faire les difficiles. Les autres oiseaux non plus. Donc le moineau picorait et, tout à son affaire, il ne vit pas la chatte s'approcher. Il ne vit pas la patte glisser lentement lentement sur le trottoir. Il n'entendit même pas, l'inconscient, ce raclement mouillé, ce grincement rouillé qui venait du fond de la gorge de Finette.

Il mourut sur le coup, cinq griffes plantées dans le corps.

Finette s'amusa peu de temps de cette boule de plumes tiède. Elle la tourna, la retourna. La flaira. Ce n'était sûrement pas mangeable, ça. Si Adrienne avait été là, Finette aurait déposé l'oiseau défunt à ses pieds. Mais où était Adrienne ? Dans cette rue avec des marchandes des quatre-saisons maussades qui contenaient à grand-peine des hordes de dames avides de rutabagas et de betteraves à vaches ? Dans cette boucherie aux grilles fermées ? Dans cette épicerie sur la vitrine de laquelle on pouvait lire au blanc d'Espagne : PAS DE SUCRE, PAS DE RIZ, PAS DE NOUILLES, 100 GR DE CHOCOLAT AVEC LE TICKET ZK DE FÉVRIER ? Dans cette poissonnerie ?

Quand la poissonnière vit la chatte sauter sur le comptoir et prendre une sardine dans sa gueule, quel cri d'angoisse. Elle l'aurait tuée, cette vérole de chatte, tuée, tuée, tuée !

Mais allez donc attraper une chatte qui vient de chiper une sardine.

Elle dévora sa proie sous un porche, deux rues plus loin. Arêtes comprises.

A peu près rassasiée, Finette fit un somme dans une cour où un ébéniste transformait, avec mélancolie, une armoire de style en bois à brûler.

Plus tard, Finette retourna dans la rue de la poissonnerie où elle glana quelques têtes de sardines nes dans le ruisseau. Elle n'eut pas le loisir de les manger toutes car un chat noir s'avisa de la prendre en chasse. Un chat noir borgne. Un chat des rues, des barrières, qui la fit courir. Il voulait sa peau, c'était sûr, et il l'aurait eue si un roquet aussi mal embouché et malpropre que le chat borgne ne s'était pas interposé. Il n'aimait pas les chats noirs, ce roquet.

Finette n'aimait aucun animal. Ce qu'elle aimait, c'était manger, dormir, se faire cajoler, user ses griffes en massacrant des fauteuils, des coussins. Ce qu'elle aimait, c'était la voix d'Adrienne, sa chaleur, ses mains fortes qui la soulevaient comme une plume. Finette aimait qu'Adrienne lui chiffonne les oreilles. Finette aimait dormir sur un chandail d'Adrienne, sur son châle.

Débarrassée du chat borgne, Finette trouva un petit square pour y dormir. Mais il y eut encore des chats. Des chats pelés, faméliques. Des chats qui sentaient le chat malade et miaulaient comme on geint.

Finette se sauva une fois encore.

Elle était si fatiguée que ses pattes ne la portaient plus, qu'elle trébuchait.

Il faisait nuit noire et pas chaud.

Elle descendit des marches et se retrouva sur un quai où il y avait des bonshommes presque aussi poilus qu'elle, qui se chamaillaient durement à propos d'une bouteille vide qui aurait dû être pleine.

Puis elle vit des rats se courser. Des rats blancs.

Puis elle dormit sur un carré d'herbe pas plus grand qu'un mouchoir. Pas longtemps. Elle se réveilla et se mit à miauler.

A miauler de désespoir.
Adrienne était partie, perdue.
Finette était toute seule.
Plus maigrichonne que jamais et toute seule.

19

Le chef Brevet l'aurait volontiers piétinée, cette tête de mule qui, depuis trois jours, refusait de desserrer les dents. C'était horripilant. On l'avait très bien rouée de coups. On ne lui avait rien donné à manger, rien donné à boire. C'est à peine si on l'avait autorisée à faire pipi. On l'avait empêchée de dormir en se relayant vingt-quatre heures sur vingt-quatre pour lui poser des questions.

Et Adrienne ne répondait rien à aucune question. Elle ne criait même pas quand on la frappait.

Adrienne pensait au faux sourd-muet du commissariat de la rue Traversière. Et, comme Jonathan, Adrienne se cramponnait.

L'officier allemand qui fumait cigarette sur cigarette en regardant opérer le chef Brevet et ses sbires, en avait plus qu'assez. Il commençait à se faire tard et il avait dans sa poche un billet pour les Folies Bergères et dans sa tête plein de cholies matemoiselles avec des talons très hauts, des jupettes très courtes et rien au-dessus de la ceinture à l'exception de canotiers coquins à la Maurize Jefallier.

— Za zuffit, Préfet.

— Mais herr commandant, elle va parler. On y passera le temps qu'il faudra, mais elle parlera.

— Za zuffit !!!

Le chef Brevet claqua les talons avec servilité. Un herr commandant, surtout si, comme ce herr commandant-ci il avait une croix de fer sur sa poitrine et une photo dédicacée du Fürher sur son bureau, c'était fait pour être obéi.

Sitôt le chef Brevet et ses miliciens hors de son bureau, le commandant tendit à Adrienne une cigarette qu'elle ne prit pas et il lui dit (avec son accent à couper au couteau) combien il méprisait les Français assez vils pour pactiser avec leurs ennemis et exécuter d'aussi basses besognes que « ce grogotile de Préfet ». Il était presque aussi porté sur l'honneur que sur les cholies matemoiselles, ce commandant, et il tint à faire savoir à Adrienne combien il admirait sa fermeté de caractère. Fermeté de caractère qu'il allait d'ailleurs récompenser en expédiant Adrienne dans un camp d'internement particulièrement sévère où, il n'en doutait pas, bonne et courageuse patriote comme elle l'était, elle ferait tant et si bien qu'elle mériterait très vite l'honneur insigne de passer devant un peloton d'exécution. Ce dont il la félicitait à l'avance. Car « mourir bour la Badrie », n'est-ce pas...

Le plus navrant de l'histoire, c'est que ce Teuton borné croyait à ce qu'il disait et qu'il était ravi de pouvoir faire profiter de ses belles et nobles envolées spirituelles une femme vouée aux délices d'une mort glorieuse.

Mais Adrienne n'accordait pas plus d'attention aux imbécillités du commandant qu'elle n'en avait accordé aux injures, menaces et questions de l'infâme Brevet et de ses sous-ordres.

Adrienne se cramponnait.

Ils pouvaient bien lui corner ce qu'ils voulaient dans les oreilles, elle était ailleurs. Avec Finette. Avec les chiens, les chats. Mais avec Finette surtout. Finette qui devait avoir faim, soif. Finette qui devait se demander ce que sa maîtresse était devenue.

Finette qui était peut-être malade, blessée.

Adrienne ne se faisait pas de souci pour elle qu'on avait battue, pour elle qui était promise à bien des avanies, c'est pour Finette qu'elle tremblait.

Il fallait qu'elle aille la retrouver au plus vite.

Les garçons, même Thierry qui n'était pas rentré à la cache, s'en tireraient toujours. Les autres chats, les chiens aussi. Mais Finette...

Trois jours que ces brutes la tenaient, Adrienne. A six, à sept, à dix, avec leurs gourdins et leurs poings, leurs pieds.

Trois jours qu'elle était coincée et, enfin, elle se retrouvait seule avec un nabot grassouillet et galonné qui disait des sottises et s'écoutait les dire avec ravissement.

C'était le moment.

Adrienne tendit son bras en direction du paquet

de cigarettes que le herr commandant avait négligemment jeté sur son bureau.

— Je peux ?

Le commandant sourit à Adrienne. Elle avait retrouvé sa langue. Bravo. Bien sûr qu'elle pouvait prendre une cigarette.

Adrienne se souleva du tabouret sur lequel elle était assise depuis des heures. Avec peine, elle était tout ankylosée. Elle ne prit pas le paquet de cigarettes mais l'aigle de bronze qui servait de presse-papier au commandant, au commandant qui le reçut sur le crâne avec surprise et douleur.

C'est à peine s'il laissa échapper un petit cri en s'affalant sur la moquette.

Adrienne se serait écoutée, bonne fille comme elle l'était, elle se serait empressée de porter secours à cet homme étendu à ses pieds. Mais l'heure n'était pas à la compassion. Elle s'agenouilla pourtant et posa son oreille sur la poitrine médaillée. Il respirait encore. Très bien.

Maintenant, il s'agissait de vider les lieux au plus vite.

Il y avait trois portes. Derrière celle par laquelle étaient sortis le chef Brevet et son équipe de cogneurs, Adrienne entendit des voix. La seconde porte, qu'Adrienne entrebâilla, donnait sur un bureau dans lequel il y avait deux militaires. Un qui lisait le *Pariser Zeitung*, l'autre qui se faisait les ongles en bâillant. Restait la troisième porte, la plus petite. Elle donnait sur les commodités. Dans la glace du lavabo, Adrienne vit un visage qu'elle n'avait pas vu depuis trois jours et trois nuits : le sien. Ou, plus exactement, un visage sale, ensanglanté, boursouflé, avec des bleus, qui ressemblait encore un peu à son visage à elle. Il y avait du savon, une serviette. Adrienne se fit le plus propre possible. Elle se recoiffa, avec ses doigts faute de peigne, et tenta de rendre à ses vêtements un peu de tenue. Dans le couloir attenant aux commodités, il y avait une porte basse qui donnait — ô merveille — sur un réduit plein de balais, brosses, plumeaux et autres ustensiles de ménage. Il y avait même des blouses grises. Adrienne en enfila une, se fit comme un turban avec un torchon, prit un balai, un seau, une brosse, une serpillière. Elle emplit son seau d'eau au lavabo, jeta un coup d'œil dans la glace. Ça devait pouvoir aller comme ça.

D'un pas décidé, elle traversa le bureau où les deux militaires étaient toujours très absorbés, l'un par ses ongles, l'autre par son quotidien. Celui aux ongles lui balança en riant une longue phrase qui devait sûrement être une gauloiserie. Mais une gauloiserie en allemand. Une germanerie donc.

Adrienne y répondit par un « yaya » furtif et s'éclipsa en franchissant la première porte venue qui donnait sur un couloir au bout duquel il y avait un escalier en colimaçon qu'Adrienne descendit quatre à quatre pour se retrouver bientôt dans les communs de ce qui était un très bel hôtel particulier Régence, un des innombrables très beaux hôtels particuliers parisiens que les occupants avaient réquisitionnés et transformés sans vergogne en casernements, officines de police, prisons, cabinets de torture et autres mauvais lieux.

Adrienne chercha une issue. Elle en trouva une. Un portillon qui donnait sur une petite allée avec des arbres. Mais, entre le portillon et elle il y avait, dans un jardinet, un vieux militaire sans vareuse et sans calot qui arrosait des rhododendrons. Il avait dû faire quatorze-dix-huit celui-là. Adrienne le prit « à revers » et l'assomma avec son balai. Ça ne lui convenait pas plus que de donner un coup d'aigle de bronze sur un crâne de commandant, mais que faire d'autre ?

Elle ne sut jamais précisément où elle avait été bouclée, questionnée, tabassée. Elle comprit juste que c'était dans le septième puisque la petite allée aux arbres débouchait rue de Grenelle.

Toujours nantie de son balai et de son seau d'eau, sans presser le pas surtout pour ne pas attirer l'attention sur elle, Adrienne gagna la Halle aux cuirs. Comme une femme de service se rendant paisiblement au travail. Tenir balais et seaux avec naturel, Adrienne savait le faire.

Une sacrée balade, rue de Grenelle — rue Censier, pour une femme qui n'avait rien pris depuis trois jours si ce n'était des coups. Ses membres la tiraillaient et son estomac encore plus. Peu importait. Ça ne comptait pas tout ça. Ce qui comptait, c'était qu'elle allait retrouver Finette.

Ça sentait toujours aussi mauvais dès qu'on s'approchait de la Halle. Mais Adrienne aurait respiré avec joie toutes les puanteurs de l'Enfer pour revoir sa chatte bien-aimée.

Sitôt rendue, Adrienne abandonna seau et balai et gravit l'escalier de fer en courant.

Dans la cache — désormais sans porte — il n'y avait ni chats ni chiens. Il n'y avait qu'un garçon qui paressait, vautré sur le canapé Chesterfield et à qui l'intrusion d'Adrienne fit grand-peur. Un garçon qu'Adrienne identifia sur l'instant.

— Vous, vous êtes Lunettes.

— Comment vous le savez ?

— Où sont les chats, les chiens ?

Lunettes aurait bien aimé savoir qui était cette femme si piteusement vêtue et avec autant de traces de gnons, qui connaissait et son nom et la cache (secrète !) des lycéens de Charles-Cros. Mais elle ne lui laissa pas le temps de lui demander quoi que ce soit. Elle voulait savoir, elle, où étaient les chats et les chiens. Lunettes dit à Adrienne qu'en arrivant dans cette cache où il comptait bien retrouver des amis à lui, il n'avait trouvé qu'un chien mort.

— Un chien mort ? C'est pas vrai ?

Il en était sûr. Un chien mort que Lunettes avait fait disparaître. Il dit comment il était, ce chien.

— Mathusalem. Le pauvre vieux gentil Mathusalem. Mais l'autre chien ? Et les chats ? Et la petite chatte ? La petite chatte, vous ne l'avez pas vue ? C'est pas possible que vous n'ayez pas vu la petite chatte.

— Non. Il n'y avait que ce chien mort.

Adrienne s'était cramponnée. De toutes ses forces. C'était fini.

Des larmes jaillirent de ses yeux.

Elle était là, debout, et elle pleura, pleura.

Lunettes fit chauffer un peu de café ersatz. Il en emplit un bol, le tendit à Adrienne.

— Ça va vous faire du bien.

— Du bien ! Vous êtes encore plus idiot que vos amis le disaient ! Il y avait deux chiens ici. Et sept chats. Et ma Finette. Ils ont disparu et vous croyez que vous allez me faire du bien avec un café !

Lunettes posa le bol sur une des tables.

— Je savais pas, moi, qu'il aurait dû y avoir des chats et des chiens ici. Moi, je faisais partie d'un commando, on allait tuer un Fritz et ça a mal tourné et je me suis caché dans une station de métro fermée et je suis arrivé ici où j'ai pas retrouvé mes copains. Pour vos chats, vos chiens, je pouvais pas savoir. Mais... je vais vous les récupérer vos chats et chiens. Vous allez voir.

Laissant cette femme vraiment bizarre à ses larmes, le brave Lunettes sillonna la Halle aux cuirs en tous sens, il frappa à toutes les portes, interrogea autant de gens qu'il le put. Et il apprit que les chats avaient toutes les chances d'avoir été ramassés par Tiquetaille, un tanneur qui était en affaires avec un fabricant de pantoufles en peaux de lapins « et autres ».

Il en retrouva quand même deux, de chats, Lunettes. Curieux et Mustapha. Chez une concierge de la rue de la Clef qui les avait recueillis et les trouvait « trognons comme tout, mais vraiment trop bonnes fourchettes », et qui les restitua bien volontiers à Lunettes.

Curieux et Mustapha.

Adrienne les serra contre elle. Elle était heureuse de les revoir, ces deux fripons-là, qui lui manifestèrent leur joie de la retrouver avec force ronrons. Mais les autres ? Mais Fantôme ?

Mais Finette ?

Lunettes avait dû mal chercher. Avalant quand même le bol de soi-disant café devenu froid, comme si pareille tisane pouvait lui donner du ressort, Adrienne refit le parcours que venait de faire Lunettes. Elle chercha partout, questionna tout le monde. Y compris le fameux Tiquetaille qui reconnut sans problème que si un chat ou n'importe quel autre animal à poils passait à sa portée, il le dépiautait.

— Faut bien faire son métier, ma petite dame. Si je vous disais qu'en Allemagne, les chats, on leur arrache les poils tout vivants. Pour en faire des tissus synthétiques. Avec moi, au moins, ils souffrent pas. Je tue en douceur, moi.

Encore un qu'Adrienne aurait bien assommé. Mais elle ne pouvait pas mettre knock-out tous les salauds qu'elle rencontrait. Ça aurait fait vraiment trop de monde.

Mais *un* salaud allait payer.

Lunettes le myope, le nul en maths, le nul en tout, Lunettes le pitre en titre du lycée Charles-Cros n'avait pas connu l'Adrienne maternelle et pacifique qui avait tout fait pour empêcher ses amis Laurent, David et Thierry de faire couler du sang.

Lunettes eut le privilège d'être le premier à connaître l'autre Adrienne. Celle qui décloua rageusement la lame de plancher sous laquelle elle avait caché la provision de cartouches, celle qui chargea la carabine que, dans leur furie imbécile, les charognards du chef Brevet avaient oubliée derrière sa pile de peaux de lapins.

Elle était belle malgré ses écorchures, ses contusions, son torchon noué n'importe comment sur la tête, sa blouse grise de bonniche allemande. Belle et effrayante. Comme la Calamity Jane d'un film (admirable) que Lunettes avait vu un jeudi d'avant-guerre au Royal Variétés.

Lunettes, qui ne savait toujours pas qui était cette étonnante personne, éprouva pour la première fois de sa vie quelque chose de tout à fait bouleversant, de tout à fait exquis. Lunettes eut ce qui s'appelle le coup de foudre pour Adrienne dont il ignorait le prénom. C'est en bafouillant d'émotion qu'il lui demanda ce qu'elle allait faire avec le fusil qu'elle venait de charger.

Et Adrienne qui ne pleurait plus, qui avait les yeux absolument secs, lui répondit qu'elle allait tuer un salaud.

— Un salaud allemand ?

— Un salaud tout court.

— Je peux venir avec vous ?

— Non. Mais si tu veux me faire plaisir...

— Je ferai tout ce que vous voudrez, Madame.

— Alors tu t'occuperas de ces deux chats. Celui-ci c'est Curieux, celui-là Mustapha. Faudra être gentil avec eux. Le plus gentil possible.

— Je m'occuperai bien d'eux. Promis. Vous viendrez les chercher quand ?

— Je ne sais pas. Peut-être jamais.

— Oh ! non !

Lunettes ne put s'empêcher de laisser s'échapper ce cri du cœur. C'était la première fois de sa vie qu'il était amoureux et, déjà...

La vie a de ces cruautés.

Lunettes vit Adrienne passer un manteau qu'elle sortit d'une valise qui traînait dans la cache, il la vit cacher le fusil sous son manteau, il la vit embrasser Mustapha et Curieux. Longuement.

— Faudra être très très gentil avec eux.

— Juré, Madame. Oh !.. Je peux vous demander.. ?

— Oui ? Quoi ?

— C'est comment votre nom ?

— Adrienne.

— C'est beau.

20

Pour ne pas passer devant la maison des Ponchardain, Adrienne avait fait un grand détour et elle pénétra dans le passage Sainte-Delphine côté église Sainte-Marguerite.

Les cloches de l'église sonnèrent le quart. Le quart de quelle heure ? L'heure qu'il était, quelle qu'elle soit, serait la dernière de Brevet l'assassin. L'assassin de Mathusalem et des chats pas retrouvés et de Fantôme et de Finette, qui étaient tous, les malheureux, sûrement morts.

Les cloches de Sainte-Marguerite ne rappelèrent point à Adrienne le « tu ne tueras point » de son missel. La seule phrase des Saintes Écritures qui lui vint à l'esprit fut le terrible « œil pour œil, dent pour dent ».

Et peau pour peau !

Et une peau de Brevet contre une peau de Finette, c'était vraiment pas cher payé.

Adrienne alla se cacher dans un hangar attenant à la scierie. De là, sans être vue, elle pouvait voir les fenêtres de l'appartement des Brevet. Elle sortit son fusil de sous son manteau, le braqua en direction d'une des fenêtres, cligna un œil comme elle l'avait vu faire à des hommes qui voulaient gagner la poupée géante à la Foire du Trône.

Elle n'avait plus qu'à attendre.

Elle était comme purgée de sa fatigue, de son immense chagrin. Elle était là pour faire ce qu'elle avait à faire et elle le ferait. Et pas seulement par esprit de vengeance. Pour débarrasser la terre d'un monstre qui méritait cent fois la mort.

Et le monstre en question apparut. En gilet de corps, coiffé de son béret de chasseur alpin, une cigarette au bec, un verre de vin blanc à la main, il venait prendre un petit coup d'air à sa fenêtre.

Et il prit un bon coup de fusil. En plein cœur. Et il leva comiquement son verre, comme s'il portait un toast, ouvrit la bouche pour ne rien dire, vacilla, se ratatina, s'effondra.

Le chef Brevet n'était plus. Une balle avait suffi pour tuer ce révoltant fantoche.

Une balle avait abattu l'assassin de Finette et Adrienne n'avait pas appuyé sur la gâchette de son fusil.

Un homme à veste de cuir et à casquette surgit de l'ombre derrière elle. Il cacha un antique pistolet sous sa veste de cuir râpé.

— Désolé de t'avoir doublée, camarade. Mais ce fumier me revenait de droit. Avec ses miliciens, ils ont torturé à mort un type de mon atelier chez Mouret. Fallait qu'il paye.

Dans le Passage, des têtes apparaissaient à toutes les fenêtres.

— Faut pas rester dans le coin. Tire-toi. Tire-toi vite.

L'homme enfourcha la bicyclette rouge qu'il avait appuyée contre le mur. Avant de filer, il fit un grand sourire à Adrienne.

— On finira par les avoir tous. C'est gagné d'avance. Moi, je suis communiste. Communiste et gonflé à bloc !

Et l'homme qui avait tué le chef Brevet se mit à pédaler. Adrienne lui murmura « bonne chance », mais il ne l'entendait déjà plus.

Ce qui venait de se passer était tout simplement... tout simplement...

Adrienne ne savait pas quoi penser.

Elle se rendit compte qu'elle avait les deux mains crispées sur un fusil. Elle alla le jeter au fond de la cour de la scierie et le recouvrit avec de la sciure du bout du pied.

Le chef Brevet était mort, comme elle l'avait décidé, et elle n'avait pas tué. Quel bonheur !

Elle aurait voulu courir à l'église Sainte-Marguerite et allumer cent cierges à la fois pour remercier le Bon Dieu et tous ses saints d'avoir si bien guidé les pas de ce communiste qui tirait si juste.

Madame Brevet, la sœur de Monsieur Brevet, son chien Werther, tous les Brevet s'étaient mis à pousser des glapissements et le Passage s'emplissait de gens qui voulaient savoir, qui voulaient voir ; deux sergents de ville arrivaient aussi, sans trop hâter le pas, pressentant du mauvais, du très mauvais qui allait provoquer des embrouilles à la pelle.

Adrienne sentit une main se poser timidement sur son bras.

— Faut pas rester là, madame Adrienne.

C'était Lunettes. Lunettes qui n'avait pu se résoudre à laisser cette femme fascinante lui échapper peut-être à tout jamais et qui l'avait suivie à distance. Et les chats sur qui elle lui avait demandé de veiller ?

Renouant avec une solide tradition, dont pourtant il ignorait tout, Lunettes les avait fourrés dans le cabas et embarqués avec lui.

— Qu'est-ce que tu fais ici, toi ? Tu es fou ?

— Oui, Madame.

C'est tout ce que Lunettes trouva à répondre. En devenant rouge comme une tomate.

Lunettes, qui était à vingt bons pas de son idole au moment du coup de feu, ne savait pas que Dieu avait expédié un communiste passage Sainte-Delphine pour éviter à Adrienne de faire couler du sang.

— Ce que vous venez de faire, madame Adrienne, ce que vous venez de faire... C'est... C'est...

Sa phrase, Adrienne ne lui laissa pas le temps de la finir. Une volée de charognards de la milice du chef Brevet arrivait par un bout du Passage, une volée de schupos par l'autre.

— Tes âneries, tu me les diras plus tard. Viens.

Il n'y avait qu'un refuge possible. Tant pis ! Lunettes sur ses talons, Adrienne traversa le Passage, et alla sonner à la porte de la maison des Ponchardain. Et on lui ouvrit. Et Paul-Émile Ponchardain lui ouvrit. Il était vêtu d'une robe de chambre pas nette, coiffé de son bonnet d'artiste, pas rasé de plusieurs jours et il attira Adrienne contre sa poitrine et l'embrassa avec fougue.

— Adrienne ! Ma petite Adrienne !

Adrienne lui rendit ses baisers.

Lunettes, qui était entré aussi sans que le maître des lieux lui accorde la moindre attention, referma la porte derrière lui.

Le cher Paul-Émile exultait.

— Ce que c'est bon de vous revoir, Adrienne. Ce que c'est bon. Va falloir me raconter ce que vous êtes devenue depuis le temps.

— Ce que je suis devenue... Ce que je suis devenue...

Adrienne n'en dit pas plus. Brutalement, l'humiliation, les sévices, la peur, le chagrin... tout lui remonta à la gorge, elle fondit en larmes, se laissa choir sur la banquette de l'entrée. Elle était épuisée, à bout de forces, à bout de nerfs. Elle n'en pouvait plus. Trop de choses s'étaient passées, trop de choses insupportables et en si peu de temps. Monsieur Ponchardain s'agenouilla près d'elle, lui prit les mains. Il était bouleversé de la voir dans cet état, cette Adrienne qu'il regrettait tant depuis que sa stupide et déplaisante épouse l'avait ignominieusement chassée.

— Allons, ma petite fille... allons... il ne faut pas... allons... allons... Vous voilà de retour et c'est le principal. Madame Ponchardain est repartie pour sa campagne. Tout va recommencer comme avant. Comme avant.

— Si vous saviez, Monsieur. Si vous saviez.

Peu de gens ont dû verser autant de larmes. Et si amères.

— Finette, Monsieur... La jolie Finette...

Finette ?

Mais elle était là, Finette. Oui. Elle était là. Et elle sauta sur les genoux d'Adrienne.

Une Finette tout à fait vivante, toujours aussi petiote et drôlette. Une Finette bien contente de revoir sa maîtresse.

Adrienne partit d'un grand rire, tout en continuant à pleurer d'abondance.

— Mais c'est pas vrai... C'est pas vrai... C'est pas possible.

C'était possible. C'était vrai. Que les scientifiques, que ceux qui savent, que les félinologues, que les docteurs en chatologie l'expliquent s'ils le peuvent : perdue, toute seule, au comble de l'épuisement et de la terreur, la petite Finette avait traversé le pont d'Austerlitz et la place Mazas et erré dans l'avenue Ledru-Rollin, les rues Charles-Baudelaire, Emilio-Castelar, de Cotte, d'Aligre et Crozatier et elle avait fini par dénicher le passage Sainte-Delphine et la porte de Monsieur Ponchardain qui l'avait trouvée — à demi morte sur son paillasson — alors qu'il revenait d'acheter le petit peu de viande et le petit peu de tabac dont il faisait son ordinaire depuis qu'Adrienne avait été congédiée et que son intraitable moitié avait regagné ses terres.

Et Finette avait mangé tout le petit peu de viande et Monsieur Ponchardain avait fumé le petit peu de tabac à très petites bouffées — en se demandant pourquoi Finette était rentrée au bercail sans Adrienne, et il avait redouté le pire.

Et Adrienne était là, à étouffer sa Finette de baisers. Et la Finette se pâmait de bonheur.

Il y avait aussi un garçon à lunettes avec deux chats dans un cabas. Le chat Curieux qui était devenu un imposant morceau de chat et un chat rougeaud que Monsieur Ponchardain n'avait jamais vu. Le garçon à lunettes avait l'air heureux, Curieux et le chat rutilant aussi.

Tout allait pour le mieux, donc. Mais il y avait encore bien des complications à venir pour cet aimable monde et ces aimables chats car, ne l'oublions pas, Adrienne était devenue une autre Adrienne.

21

Du temps passa.

Du temps agréable — météorologiquement parlant —, du temps de saison, avec du soleil, des soirées dont la douceur franchissait avec allégresse le cap du couvre-feu, avec énormément de concerts allemands dans les squares, avec des Parisiennes plus mignonnes que jamais avec leurs faux bas peints sur des jambes que les jupes cachaient de moins en moins pour cause de pénurie d'étoffe, avec des chansons de Trénet, de Tino, avec des défilés de gamins et de gamines en l'honneur du Maréchal qui jouait de plus en plus les grands-papas gâteaux et des défilés de vieux boy-scouts ou assimilés en l'honneur de Jeanne d'Arc, Napoléon et autres symboles de la séculaire inimitié franco-anglaise.

Du temps détestable, dur à avaler, pour ceux qui attendaient un prisonnier qui ne revenait pas, pour ceux qui n'arrivaient pas à se faire à l'idée que le soja chanté par le poète Paul Claudel valait largement le poulet pommes sautées, pour ceux qu'on avait secoués un peu trop violemment au cours d'une rafle, pour ceux dont le frère, le fils avait été arrêté, pour ceux qui sentaient que ça allait être bientôt leur tour, pour ceux qui avaient dix, vingt, cent bonnes raisons de vouloir que prenne fin cette chiennerie d'Occupation.

Les Juifs étaient de ceux-là. Les Juifs qu'on commença par asticoter fielleusement avant de les humilier avec des étoiles jaunes, de les arrêter et de les expédier dans les camps spécialement conçus pour les assassiner méthodiquement.

Passage Sainte-Delphine, le tailleur Salomon fut le premier Juif à trinquer. Parce que leur chef avait été occis et qu'il fallait bien que des gens payent la casse, coupables ou pas, les miliciens de Brevet vinrent visiter Salomon un soir à la fraîche. Ils étaient six. Ils commencèrent par le gifler pour se mettre en train et ils allèrent vider dans la cuvette des cabinets l'espèce de goulasch que Madame Salomon avait préparée pour le dîner. Cette odeur de « cuisine youpine », ils ne la supportaient pas, les vaillants miliciens. Ils ne supportaient pas non plus les « gueules de youtres ». Alors ils décrochèrent les portraits de famille qui pendaient aux murs du logement de Salomon et les bouzillèrent à coups de talons de bottes. Comme Salomon voulait empêcher qu'on détruise la seule photographie qu'il avait de sa mère, il eut deux dents de cassées. Sur le devant. Puis, pour finir en beauté, les disciples émérites du chef Brevet découpèrent en petits morceaux tous les vêtements en cours d'exécution dans l'atelier du tailleur.

Une fois ces vandales partis, Salomon eut grand-peine à empêcher sa Rachel bien-aimée de se jeter par la fenêtre.

Des flics de métier auraient peut-être fini par le retrouver, celui qui avait tué le chef Brevet. Mais les flics de métier avaient d'autres chats à fouetter que de courir après le coupable du meurtre d'un homme aussi méprisable que ce collabo parmi les collabos.

Même le herr commandant qui l'employait pour ses basses besognes ne le pleura point, Brevet.

Ce qu'il déplora vivement, le herr commandant, c'est que ses crétins de sous-ordres aient laissé filer la fille qui lui avait fêlé le crâne avec son presse-papier. Celle-là, il aurait donné cher pour qu'on la retrouve, le herr commandant.

Mais ses chances de la retrouver étaient des plus minces. Et pour cause : Adrienne ne mettait plus le nez dehors depuis son retour chez Monsieur Ponchardain. Le bon Paul-Émile s'y opposant formellement. Les courses, c'était Lunettes qui allait les faire. Lunettes que le vieux sculpteur avait adopté sans problème puisqu'il était interdit à ce garçon de retourner dans sa famille où (Monsieur Ponchardain s'en assura personnellement et téléphoniquement) des policiers tant français qu'allemands venaient périodiquement demander de ses nouvelles. Grâce à une série de coups de téléphone donnés avec des ruses de conspirateurs depuis différents cafés de la place de la Bastille, Monsieur Ponchardain parvint à apprendre que Laurent était en Touraine chez des vignerons amis de ses parents et qu'il se portait bien, que David était en sûreté quelque part de l'autre côté de la ligne de démarcation et que Thierry — ça, c'était le plus époustouflant — se retrouvait (comment ? à l'issue de quel périple ?) dans une cambrousse pas très éloignée de Londres où il faisait ses classes pour devenir aviateur.

Les garçons s'en étaient tiré. Mais pas Mathusalem, pas Lapinos, pas Mademoiselle, pas Rinquinquin, pas Glouton, pas Pouchka, pas Fantôme.

La nuit, dans son bon lit, Adrienne en parlait à Finette, des chats et des chiens qu'ils ne reverraient plus.

La nuit, Adrienne disait une foule de choses à Finette.

Elle lui disait, par exemple, qu'elle n'était pas instruite, ça non, et qu'elle n'en n'avait, dans sa tête, sûrement pas plus gros qu'un petit pois et que c'était une bénédiction de se retrouver là chez le cher Monsieur Ponchardain à refaire le ménage et la cuisine comme si rien ne s'était passé, mais que...

— Tu vois, Finette, plus ça va et plus je me dis que Dieu n'a pas créé l'homme, même si cet homme est une femme et s'appelle Adrienne, uniquement pour faire la guerre à la poussière.

Et quand je pense à Thierry qui est en Angleterre à apprendre le métier d'aviateur pour venir un jour nous libérer, quand je pense à ce brave communiste avec son pistolet et sa bécane rouge, quand je pense à tous ces gens qui font la guerre, pas à la poussière mais aux Allemands, aux Brevet, à tous les malfaisants...

C'était net : une furieuse envie de passer à l'action démangeait Adrienne.

Et, un mardi ou un mercredi qu'il commençait à faire frisquet parce que l'été s'en allait, survint Madame Séraphina.

Haute à peine comme trois pommes, fardée à mort, des bagues à tous les doigts, des bottines d'écuyère cirées de frais, un renard argenté presque aussi gros qu'elle autour de son cou plissé, elle ne manquait pas d'allure, Madame Séraphina. Sa bouche en forme de cœur du plus beau vermeil laissait entrevoir quelques dents. Pas beaucoup. Ses cheveux aussi se faisaient rares. Une douzaine, pas plus, de tortillons blancs qui dansaient autour de son visage de poupée de boîte à musique quand elle s'animait. Elle avait dû être très séduisante. Elle était encore très amusante. En se présentant, elle fit la révérence. Très bien.

— Madame Séraphina du cirque Gorgonzo.

Elle venait pour voir « le Monsieur qui faisait des sculptures tout à fait ressemblantes ». Elle avait à lui confier un travail « très délicat et demandant énormément de sensibilité ».

Il s'agissait de sculpter, en marbre, en pierre, en bois, en tout ce que Monsieur Ponchardain voudrait pourvu que ce soit solide (et ressemblant !), une guenon nommée Princesse. Une guenon qui avait été, Madame Séraphina n'hésitait pas à le dire, la plus brillante attraction du cirque Gorgonzo. Une guenon qui savait faire les claquettes, danser le charleston, la valse et le tango, et imiter — à la perfection, vraiment à la perfection — Mistinguett, Joséphine Baker et la Argentina.

— Princesse ! L'étoile du cirque Gorgonzo. Un cirque réputé, monsieur, un cirque qui a, des années durant, fait l'émerveillement de milliers de milliers de spectateurs tant en France qu'en Belgique, Hollande, Autriche, Hongrie et Roumanie. Un cirque, hélas ! en sommeil. Replié dans le Poitou, pour cause d'Occupation et de restrictions. Bien forcé. Car comment, je vous le demande, monsieur, faire manger à leur faim des tigres du Bengale à qui trente kilos de viande rouge par jour ne faisaient pas peur et des éléphants qui dévoraient des bananes par régimes ? Sans parler d'un python géant qui engloutit ses trois lapins vivants par repas et qui fait jusqu'à six repas par jour. Alors, mon frère, Giuseppe Gorgonzo, a bazardé roulottes et chapiteaux, et il s'est installé dans une ferme en ruine. Et il cultive. Avec ses éléphants et ses lamas pour tirer la charrue et ses autruches qui refusent de pondre. Ce qui est, vous l'avouerez, monsieur, on ne peut plus contrariant. Parce que les œufs d'autruche... Les tigres, il a été forcé de les abattre un par un. Les survivants mangeant ceux qu'on venait de tuer. C'est pour ne plus assister à tout ça et à bien d'autres choses défrisantes que je suis venue m'installer à Paris, dans une chambre si petite que pour déplier mon mouchoir je suis forcée d'ouvrir la fenêtre. Une fenêtre qui donne sur la place de la Nation. Là où nous nous installions chaque année pour la Foire du Trône. Comme le cirque Fanny, le cirque Zanfretta et la ménagerie du professeur Lambert. Ceux-là aussi sont dans la panade, j'aime autant vous le dire. Bien sûr, j'ai pris Princesse avec moi. La vie à la campagne, elle supportait mal. C'était une artiste. Une vraie. Il lui fallait du monde, des lumières. Et danser, monsieur, danser. Son travail, c'était sa vie. Elle aurait été petite fille au lieu d'être petite guenon, elle aurait été du corps de ballet de l'Opéra, c'est sûr et certain. Une ferme, c'était pas un endroit pour elle. Elle y cafardait. Je la voyais dépérir, s'étioler. Elle aurait fini folle, monsieur. Déjà que le gorille de Zanzibar nous faisait de la neurasthénie. Le pauvre gros ! Trois fois il a essayé de se pendre. Dieu merci, il est si lourd qu'à chaque fois les branches ont craqué. Quand j'ai vu Princesse se mettre à passer ses journées le nez contre le mur, à ne plus rien faire que regarder un bout de mur pas intéressant du tout, je me suis dit « Séraphina, ma chère, tu vas boucler ta valise à toi et la petite valise de Princesse, et en route ! » Elle lui plaisait à Princesse, notre chambrette, elle aimait bien le quartier. Elle était un peu triste de ne plus avoir sa ration de bravos. Mais ça allait. Souvent elle me faisait son numéro pour moi toute seule et je l'applaudissais. Et on me l'a volée. Hier soir. Elle était descendue jouer à la marelle avec les filles de la concierge de la maison où j'habite et on me l'a volée. Alors je voudrais l'avoir en statue. Je paierai ce qu'il faudra. J'étais tellement attachée à elle. C'est qu'on s'attache. Vous ne pouvez pas savoir. Le renard que j'ai autour du cou, c'était Prince Igor. Un renard calculateur. Un bel artiste lui aussi. Les frères Bouglione voulaient nous le racheter à prix d'or. Mais pas question ! Il savait les nombres jusqu'à cent en français, en italien et en anglais, Prince Igor, et il pouvait soustraire et diviser jusqu'à douze oranges. Il est mort des suites d'un coryza. Je l'ai pleuré. Ça, pour le pleurer, je l'ai pleuré. Mais il m'est resté sa peau. Jamais je ne m'en sépare. Même pendant les plus grosses chaleurs. Et la nuit, il est sur mon lit. Mais Princesse... Si seulement ces saletés de voleurs m'avaient laissé sa peau. Mais il leur faut tout.

De l'entrée où elle plumeautait, Adrienne buvait les paroles de Madame Séraphina. Ce que cette petite personne disait à Monsieur Ponchardain ne la regardait pas mais elle ne put s'empêcher de s'en mêler.

— Ces voleurs, vous n'avez pas une idée de qui ça pourrait être ?

— C'est pas une idée que j'ai. C'est une certitude. C'est la bande de la rue de Montreuil qui a fait le coup.

— La bande de la rue de Montreuil ?

— Tout le quartier les connaît, vous savez. Suffit qu'un animal traîne... Princesse les connaissait, elle aussi. Elle savait qu'il fallait s'en méfier. Mais elle devait être tellement prise par sa partie de marelle... Notez qu'elle a dû leur donner du fil à retordre. Le sang a dû couler, faites-lui confiance. Mais avec une bande organisée comme celle-là... Ma petite Princesse. Vingt ans qu'on travaillait ensemble.

Madame Séraphina avait une boîte à chaussures pleine de photos de Princesse. Elle les étala sur le bureau de Monsieur Ponchardain qui, ça tombait sous le sens, allait exécuter, avec toute la sensibilité voulue, la commande de Madame Séraphina.

Adrienne, elle, allait se livrer à une autre tâche. Peut-être plus délicate encore. Elle allait s'occuper de voir ce que c'était que cette bande de la rue de Montreuil.

Le soir même, sitôt la table débarrassée, laissant Monsieur Ponchardain et Lunettes à une partie d'échecs qui promettait d'être animée, et le peu de chats ayant échappé au massacre de la Halle aux cuirs à leur sommeil d'après manger, Adrienne fila en douceur.

C'était risqué, pour elle, de sortir. Il suffisait qu'un des brigands de la milice de l'infâme Brevet croise son chemin pour que...

Tant pis ! Advienne ce qui pourrait.

Il advint qu'après pas mal de pas apparemment perdus du côté de la rue de Montreuil, Adrienne tomba sur plusieurs jeunots du genre zazou — cheveux gominés sur les tempes, frisottés sur le front, vestes trop longues avec trop de poches à rabats, pantalons larges aux fesses, étroits aux chevilles, et cravates ficelles — qui faisaient des grâces à un corniaud. Ils lui disaient des fadaises, lançaient une vieille boîte d'allumettes que le toutou allait chercher et leur rapportait, heureux comme tout de s'être fait des amis aimant les mêmes jeux que lui. Et ses copains zazous lançaient à chaque fois la boîte d'allumettes un peu plus loin, éloignant le corniaud du porche de l'immeuble où il devait gîter. Et le trop confiant toutou se retrouva bientôt à cent bons mètres de son domicile. Et l'un des zazous lança la boîte d'allumettes non plus sur le trottoir mais sur la banquette d'une camionnette à gazogène qui se trouvait là, comme par hasard, la portière grande ouverte. Le corniaud sauta sur le siège de la camionnette pour récupérer une fois de plus cette si divertissante boîte d'allumettes. Et, la portière se referma sur lui, la camionnette démarra et les zazous, faisant ceux qui n'avaient rien vu, allèrent traîner leurs triples semelles dans une rue adjacente en se chamaillant mollement à propos de Johnny Hess, Irène de Trébert et autres swingueurs en renom.

Adrienne avait tout très bien vu.

Madame Séraphina ne s'était pas monté le bourrichon : il y avait bel et bien une bande de la rue de Montreuil qui kidnappait des animaux. Pour en faire quoi ? Craignant d'y trouver une réponse sûrement insupportable, Adrienne chassa vite cette question de sa tête. Une autre question bien troublante aussi la remplaçant aussitôt : où allait la camionnette ?

Toute la nuit, Adrienne en parla à Finette, de cette camionnette. Et Finette, qui ne se donnait même pas la peine de faire semblant d'écouter, passa une bien dure nuit quand même car, non contente de tourner et retourner sa question dans son crâne, Adrienne n'arrêta pas de se tourner et se retourner dans ses draps, faisant du sommeil de Finette une très énervante partie de montagnes russes.

Au matin elles étaient, l'une comme l'autre, excitées comme des puces.

Surtout Adrienne qui était convaincue qu'il fallait absolument mettre un terme aux tristes exploits de la bande de la rue de Montreuil mais que, seule, elle n'était pas de taille.

Bien sûr, il y avait Lunettes. Bien sûr, elle pouvait continuer à jouer à la petite guerre. Mais ils étaient tellement et tellement pour qui ce n'était pas un jeu. La guerre, les guerres, elle était contre, elle, et de toute son âme. Mais pas les autres. Alors ?

Alors comment passer de la petite guerre à la guerre tout court ?

Adrienne ne s'était jamais sentie comme ça : aussi tendue, rongée par des questions trop grandes pour sa tête, si nerveuse qu'elle fêla une assiette à soupe du plus beau service et flanqua par terre la bouteille qui contenait la ration d'huile de toute la maisonnée et qui, naturellement, se brisa.

C'était en tentant de réparer les dégâts avec du buvard qu'elle se mit à penser au Bon Dieu. Peut-être que c'était le fait d'être agenouillée qui l'y incita. Peut-être. Toujours est-il qu'elle tourna ses regards vers le Très-Haut.

Adrienne était croyante. Ce qui revient à dire qu'elle savait qu'il y avait un Dieu au Ciel et que ce Dieu, même s'il faisait mine de s'en moquer comme d'autant de guignes, ne cessait jamais de s'intéresser aux multitudes de rejetons d'Adam et d'Eve et à toutes les bêtes à poils, à plumes et à écailles. La preuve : le soir où, emportée par une colère d'ailleurs tout à fait juste, Adrienne avait décidé de tuer son prochain (car même un Brevet est le prochain d'une

Adrienne), Dieu avait délégué un de ses soldats pour foudroyer le méchant et éviter à Adrienne de commettre un péché mortel.

Ce soldat, le communiste à la bécane rouge, Dieu l'avait désigné pour venir en aide à Adrienne. C'était indiscutable.

Ce communiste, il fallait qu'Adrienne le retrouve.

Il lui avait dit pourquoi il avait exécuté le chef Brevet. Parce que le chef Brevet et ses hommes avaient « torturé à mort un type de son atelier chez Mouret ».

Les Établissements Mouret, Adrienne était passée cent fois devant. C'était une grande bâtisse pas gaie pas loin du métro Faidherbe-Chaligny. Ce qu'on y fabriquait, Adrienne aurait été bien en peine de le dire. Mais elle savait où c'était.

A l'heure de la sortie des employés, Adrienne était devant la grille. Il y avait presque autant de bicyclettes que d'hommes. Mais une seule bicyclette rouge. Et c'était bien lui qui la tenait par le guidon. Il était habillé pareil. Il avait le même visage avec sa moustache effilée, très vedette de film américain. Adrienne attendit qu'il ait assené une grande tape sur l'épaule d'un moustachu plus petit que lui en lui disant « à demain, voyou » et elle s'approcha.

— Bonsoir.

Il la regarda comme s'il la voyait pour la première fois.

— On se connaît nous deux ?

— Bien sûr qu'on se connaît. Vous ne pouvez pas avoir oublié. Passage Sainte-Delphine.

— Vous devez faire erreur.

— Sûrement pas... Le salaud à sa fenêtre... Moi, j'étais là avec un fusil et vous...

Il la coupa. Très sec.

— Je ne sais pas de quoi vous parlez. Je ne vous ai jamais vue.

Adrienne s'accrocha à sa manche.

— J'ai besoin de vous. Absolument. Vous ne pouvez pas me...

Il se dégagea. Enfourcha sa bicyclette, fixa ses pinces au bas de son pantalon, releva son col, enfila des gants de laine extrêmement reprisés, sans un regard à Adrienne. Au moment de démarrer, il lui glissa quand même tout bas une sorte de message télégraphique.

— Neuf heures, café Bourrèche, rue de la Roquette.

A huit heures, Adrienne était déjà assise sur une banquette du café Bourrèche. C'était jour sans alcool et le garçon servait bières, beaujolais et cognacs dans des tasses et les clients touillaient consciencieusement à la petite cuillère leurs bières, beaujolais et cognacs. Pour donner le change.

Adrienne prit un cognac. Elle était émue.

A neuf heures moins dix, le communiste arriva. Il n'était pas ému du tout. Il marcha droit vers Adrienne, se pencha et lui posa un bon gros baiser sur le bec. Un baiser comme s'en donnent les amoureux. Adrienne comprit que, comme les tasses et les petites cuillères, c'était pour donner le change.

N'empêche qu'il avait les lèvres bien douces, l'homme à la bicyclette rouge et qu'Adrienne, qui s'attendait à d'éventuelles surprises, ne s'attendait ni à ce baiser ni à l'exquise bouffée de chaleur qui lui monta aux joues à la suite du baiser en question.

Le communiste s'assit, se commanda « une infusion de sucre de canne » et le garçon lui apporta un fond de tasse de rhum qu'il vida cul-sec.

Il regarda Adrienne, lui sourit.

— Alors ?

Adrienne qui avait tant de choses à lui dire — à ce soldat quc Dieu lui avait envoyé ! — ne trouvait plus ses mots. Elle n'avait pas encore touché à sa tasse de cognac. Elle en but une gorgée. Comme elle reposait sa tasse, elle reçut un nouveau baiser. Sur le nez, cette fois. Le communiste s'en excusa. Tout bas. Sur le ton qu'on prend pour se dire des tendresses.

— C'est pas pour abuser de la situation. Mais Paris est plein de flics, d'espions, de Cinquième colonne. Nous ne prendrons jamais assez de précautions. C'est comment votre nom ?

Adrienne chuchota elle aussi.

— Adrienne. Et vous ?

— Juvisy.

— C'est pas un nom d'homme, Juvisy.

— C'est un nom de guerre.

— Justement, c'est de ça que je dois vous parler : de guerre.

— Pas ici. Pas tout de suite. Parce que... C'est que plus ça va, plus je suis amoureux de toi, tu sais.

Juvisy avait haussé le ton. Normal. Deux messieurs aux revers ornés de francisques venaient de s'installer à la table voisine. Ils commandèrent deux tilleuls et le garçon leur servit deux tilleuls.

Juvisy vida d'un trait la tasse d'Adrienne, sortit des pièces qu'il posa sur la table et se leva.

— On y va ma poulette ?

Adrienne se leva, se laissa prendre la taille et entraîner du côté de la Bastille. Juvisy mesurait un bon mètre quatre-vingts. Il avait les yeux clairs, la voix chaude. Dieu ne s'était pas moqué d'Adrienne.

Elle lui dit bien tout. Qui elle était, comment Finette était entrée dans sa vie, comment Madame Ponchardain, comment les lycéens, comment Brevet... Quand elle lui dit que c'était Dieu qui l'avait envoyé, lui Juvisy, pour tuer Brevet à sa place à elle, il s'arrêta et prit Adrienne par les épaules.

— T'es vraiment une drôle de fille, toi. Vraiment.

Ceci dit, il l'embrassa encore. Et cette fois, ce n'était pas pour donner le change. Et Adrienne frissonna.

Quel homme merveilleux !

Il avait un prénom. Charles. Mais il fallait l'appeler Juvisy. Il y tenait. Il n'était pas en règle. Fait prisonnier dans la Somme où il était artilleur et pas content de l'être, il avait sauté du train qui l'emmenait en Allemagne. Il faisait partie d'un « groupe ». Il ne dit pas ce que c'était que ce groupe.

Quand Adrienne évoqua les sinistres agissements de la bande de la rue de Montreuil, il rit. Pas méchamment. Mais il rit.

— C'est vraiment grave, un singe de plus ou de moins avec tout ce qui se passe ?

— Vous auriez à choisir entre un Hitler et un gentil chien ou un gentil chat, vous choisiriez qui ?

— Je choisirais le chien ou le chat. Même pas gentils. C'est sûr.

— Alors ?

— D'accord. On va s'en occuper des petits fripouillards de la rue de Montreuil. On va même s'en occuper tout de suite.

L'envoyé de Dieu était un homme d'action. Plantant Adrienne sur un banc de l'avenue Daumesnil, il s'engouffra dans une petite rue dont il ressortit quelques minutes plus tard au volant d'un camion. Un camion à essence. Avec plein de vignettes officielles — en allemand — collées sur le pare-brise. Il fit signe à Adrienne de monter à côté de lui sur le siège.

Dans le camion, il y avait deux robustes gaillards qui, à en croire Juvisy, se nommaient Vincennes et Neuilly. Des hommes du « groupe » sûrement.

— Et c'est quoi ce camion ? demanda Adrienne.

— Je t'ai dit qu'on est un groupe. Un groupe organisé. Mais moins t'en sauras, moins t'auras à en dire si on se fait piquer. Et moins t'en as à dire, plus c'est facile d'être héroïque et de ne pas cracher le morceau.

Arrivés rue de Montreuil, ils eurent tôt fait de repérer la camionnette à gazogène, toujours là comme par hasard. Et les zazous. Les zazous qui appâtaient un chien de berger avec un os, un chien de berger qui finit par se faire piéger comme le corniaud de la veille. Quand la camionnette démarra, Juvisy la prit en filature.

On aurait juré un film, un de ces films d'espionnage et de contre-espionnage d'avant l'Occupation avec Jean Murat dans le rôle du capitaine Benoît.

Adrienne était dans tous ses états.

Lunettes et Monsieur Ponchardain aussi.

A l'heure du dîner, quand Monsieur Ponchardain était sorti de son atelier où il avait passé la journée à convertir en croquis ruisselants de sensibilité les photos les plus suggestives de la singesse de Madame Séraphina, il avait trouvé Lunettes effondré dans la cuisine. Adrienne avait disparu !

— Disparu ? Quand ça ?

— Tantôt elle m'a envoyé faire la queue chez Radat, faubourg Saint-Antoine. Soi-disant qu'ils avaient un arrivage de gâteaux à la farine de fève sans tickets. C'étaient des craques. Ils avaient rien reçu du tout. Quand je suis rentré, elle était partie.

— Partie ? Partie où ça ?

— J'ai fait le Passage dans tous les sens, j'ai été voir au marché d'Aligre. Elle n'était nulle part.

— Cette fille est inconsciente. Une folle. Une vraie folle qui me rendra fou.

Laurent s'occupa du dîner. Il y avait quelques pommes de terre qu'il fit brûler et un reste de poisson dont il prit si grand soin que les chats le dévorèrent pendant qu'il mettait le couvert.

A dix heures du soir, suçaillant nerveusement sa pipe vide, Monsieur Ponchardain parla d'aller alerter la police.

— C'est pas la chose à faire, monsieur Ponchardain. S'ils la retrouvent, vu qu'ils la recherchent sûrement, on ne sera pas plus avancés. Au contraire.

— Et merde !

Ce disant, Monsieur Ponchardain donna un si violent coup de poing sur la table qu'il renversa le verre qui contenait la dernière goutte de vin qui lui restait à boire jusqu'au premier du mois suivant. Et on était le quatorze.

— Et re-merde !

Il aurait volontiers cassé les autres verres et toute la vaisselle, Monsieur Ponchardain. Il était très mécontent d'Adrienne. Franchement, quel besoin avait-elle d'aller se promener alors que...

— A mon idée, monsieur, c'est pas une promenade qu'elle est partie faire. A mon idée, elle est en mission.

— En quoi ?

Lunettes se crut tenu d'éclairer Monsieur Ponchardain sur la vraie personnalité d'Adrienne, de lui expliquer que, derrière la souriante soubrette, se cachait une redoutable et admirable combattante. La preuve : le chef milicien qui avait été tué dans le passage, eh bien c'était elle qui l'avait tué.

Monsieur Ponchardain haussa les épaules. Ce gamin — nul en tout, y compris aux échecs — avait trop lu d'illustrés et de romans à quatre sous.

— Mais j'y étais, monsieur. Je l'ai vue charger le fusil et je l'ai vue épauler juste avant que le salaud tombe raide mort.

— Adrienne ne ferait pas de mal à une mouche.

— Elle vous l'a dit elle-même, qu'elle avait fracassé les crânes de plusieurs généraux allemands avec un aigle en bronze.

— Elle n'a pas dit général, elle a dit commandant.

Et il n'y en avait qu'un. Et elle ne lui a pas fracassé le crâne, elle l'a juste un peu assommé pour pouvoir s'enfuir. Ce qui était d'ailleurs très très courageux. Mais tuer des gens avec un fusil, ce n'est vraiment pas son genre.

— Puisque je vous dis que je l'ai vue faire. Et je suis sûr que c'était ni le premier ni le dernier. Mademoiselle Adrienne, c'est quelqu'un d'important dans la Résistance.

— C'est une fille épatante, je le sais mieux que personne, de là à en faire une héroïne de feuilleton...

Le feuilleton, elle était en train de le vivre, Adrienne. La camionnette à gazogène les avait conduits très loin, derrière le fort de Romainville, dans une banlieue aussi pouilleuse que déserte. Son point de chute, à la camionnette, c'était une demi-douzaine de petites baraques pas reluisantes qui s'étalaient derrière un portique au fronton duquel on pouvait lire en lettre d'or : CHAMOISERIE DU FORT.

Ni Adrienne, ni Juvisy, ni Vincennes, ni Neuilly ne savaient ce que c'était qu'une chamoiserie. Ils allaient bientôt l'apprendre. En interrogeant le veilleur de nuit de cette entreprise tout à fait particulière.

Le veilleur de nuit de la chamoiserie était un petit bonhomme jaunâtre à l'air si malsain que Juvisy enfila ses gants extrêmement reprisés avant de lui taper dessus.

D'abord, évidemment, Adrienne et les hommes du « groupe » avaient attendu, tapis dans l'ombre, que le conducteur de la camionnette ait effectué sa livraison (soit trois chiens, quatre chats et un plein cageot de lapins) et qu'il soit reparti. Alors, escaladant une clôture, faisant sauter une serrure d'un maître coup de pied, Juvisy avait ouvert la voie et fait irruption dans une petite cabane où le veilleur de nuit jaunâtre était occupé à trier des dents.

Oui. A trier des dents.

Juvisy lui fonça dessus et commença par l'avertir que s'il appelait qui que ce soit ou faisait quoi que ce soit de pas net, il le bousillait. Ceci étant posé, il lui demanda ce que c'était qu'une chamoiserie.

— Tout le monde sait ça, non ? Une chamoiserie, c'est un établissement où on traite la peau de chamois.

— La peau de chamois pour essuyer les verres de lunettes ?

— Oh ! pas que pour ça. Ici, on travaille pour la Luftwaffe. L'aviation, quoi.

— L'aviation allemande.

— Oui. Ils se servent de nos peaux pour filtrer l'essence des bombardiers. Et si on a besoin de filtres vraiment fins, y a que la peau du chamois qui convienne.

— Les bêtes qu'on vient de te livrer, c'étaient pas des chamois.

— Possible. Moi, vous savez, je leur demande pas leur carte d'identité, aux animaux que je réceptionne.

C'est cette spirituelle réplique qui lui valut sa première gifle, au veilleur de nuit. Première gifle qui fut immédiatement suivie d'une seconde et d'une troisième. La quatrième allait partir : le veilleur estima qu'il avait été assez spirituel comme ça.

— D'accord. C'étaient pas des chamois. Étant donné les circonstances, on fait avec les peaux qu'on peut. Mais attention, la clientèle en a quand même pour son argent. Nos peaux, on les « chamoise ». Même que c'est une opération très délicate, le chamoisage. On a des machines exprès pour ça et des ouvriers spécialisés. Ce qui revient à dire que nous sommes une entreprise tout à fait officielle et que...

— Et ça ?

— Ça... Ça, c'est des dents. Voyez, je les trie. Là vous avez les dents de chiens, là les dents de lapins, là les...

— C'est aussi pour la Luftwaffe, les dents ?

— Les dents, j'ai rien à en dire.

Quatre autres gifles. Bien appuyées.

— Ce que vous pouvez être soupe au lait ! Les dents, c'est comme qui dirait mon petit bénef personnel. Je fais des colliers avec. Des colliers africains que des amis nègres vendent à la sauvette sur les grands boulevards. La nuit, tout seul, faut bien que je fasse quelque chose. C'est long, les nuits.

Adrienne n'avait rien dit. Elle s'était contentée d'écouter. Et ce qu'elle avait entendu l'avait terriblement secouée. Penser que des chiens, des chats, des guenons savantes comme celle de Madame Séraphina étaient métamorphosés en filtres pour bombardiers allemands et en colliers africains vendus à la sauvette...

Mais il y avait pire.

Vincennes et Neuilly avaient été inspecter les baraquements. Et ce qu'ils avaient vu les avait pas mal secoués, eux aussi. Vincennes prit le relais de Juvisy. Il saisit le veilleur de nuit par son col de chemise.

— Et la viande ? Tu leur as parlé de la viande ?

— La viande ? Quelle viande ? Il n'y a pas de viande.

— Tu voudrais nous faire croire qu'une fois les peaux récupérées, vous balancez tout ce qui reste à la poubelle ?

— Mais qui vous êtes d'abord, pour me poser toutes ces questions ?

— Des curieux. Des grands grands curieux. Ça te suffit comme explication ?

— Je vais m'en contenter. Mais c'est seulement parce que vous m'êtes sympathiques. C'est vrai, plus je vous regarde et plus je vous trouve de bonnes têtes.

— Si tu veux pas te retrouver avec la tienne en compote....

— D'accord, d'accord. Eh bien, la viande, comme vous dites, on en fait de la nourriture pour chiens.

Adrienne explosa.

— Vous voulez dire que vous faites manger du chien à des chiens ?

— Par les temps qui courent, c'est mieux pour eux que de pas manger du tout, non ?

Vincennes brandit une boîte de conserve. Une boîte qu'il avait prise dans la cabane voisine dans une caisse pleine de boîtes identiques. Une boîte avec une belle étiquette indiquant qu'elle contenait cent vingt-cinq grammes de pâté pur porc, fabriqué en Bretagne.

— C'est ça, ton manger pour chiens ?

— Je ne sais pas, moi. Vous êtes là à me demander tout un tas de choses. Je ne suis que le veilleur de nuit, moi.

— Veiller toute une nuit, ça doit drôlement creuser. Je suis sûr que tu casserais volontiers une petite croûte.

— Pas maintenant... Je... J'ai déjà mangé.

— Du pâté « pur porc », ça se mange sans faim.

— Non, vraiment, je vous assure.

— Moi, je t'assure que si tu ne me dévores pas tout de suite cette boîte d'excellent pâté, tu ne dévoreras plus jamais rien, parce que je vais te péter toutes les dents.

La boîte de pâté, Vincennes achevait de l'ouvrir avec son couteau suisse.

— Allez... à table !

— Non. Je ne veux pas.

Juvisy prit le bras du veilleur et commença à le tordre.

— Mon copain t'a poliment prié de manger. Alors, t'es poli toi aussi, tu manges.

— Je ne veux pas... Pas de ça... C'est du...

— C'est du porc. C'est marqué sur la boîte.

Vincennes plongea son index dans le pâté et le fourra dans la bouche du veilleur qui, de jaunâtre, devint verdâtre.

— Non ! Pas ça ! Pas ça !

— Pas ça parce que c'est du chien, du chat, du singe et peut-être bien aussi de la souris, hein ?

Le vilain bonhomme avait des hoquets, il bavait,

crachait. Du dos de la main, Vincennes lui fit voler une dent.

— Tu vois, je suis bon zigue. Je t'avais promis de te les péter toutes.

Juvisy fit signe à Vincennes de se calmer. Il força le veilleur de nuit à s'asseoir sur un banc.

— Explique-nous un peu encore... Les peaux, c'est pour les Frisés, les ratiches, c'est pour ton petit commerce personnel avec tes copains nègres et ce pâté, il va où ?

— Dans des épiceries, des charcuteries. Et, à ce que j'en sais, on n'a jamais reçu la moindre plainte. Les pâtés, c'est surtout une question d'assaisonnement.

— Ça doit rapporter bonbon, tous les vilains micmacs que vous faites ici.

— Sûrement que ça rapporte. Mais pas à moi. Moi, j'ai juste mon salaire de veilleur et ma petite gratte sur les dents.

— Et c'est qui le patron de cette honorable entreprise ?

— On l'appelle Monsieur Robert. Mais... vous dire si c'est son vrai nom...

— Robert ou pas Robert, le principal pour lui c'est qu'il ait une bonne police d'assurance. Parce qu'il va y avoir un sinistre.

— Un quoi ?

— T'occupe.

Dûment bâillonné et ficelé, le veilleur de nuit fut chargé à bord du camion par Vincennes. Par Vincennes qui revint avec des boîtes en fer blanc. Des boîtes qui avaient dû contenir des biscuits. Vincennes en ouvrit une. A l'intérieur, il y avait des piles, des ressorts, des fils, toute une mécanique.

Juvisy montra fièrement l'une de ces boîtes à Adrienne.

— Fabrication maison. Entièrement fait à la main avec du matériel piqué chez Mouret.

— Ça sert à quoi ?

— C'est des bombes, ma jolie. Dans un petit quart d'heure, la chamoiserie du Fort sera réduite en poussière.

— Vous allez vraiment.. ?

— Tu ne voudrais pas qu'on laisse ces ordures continuer à bricoler tranquilles pour l'aviation allemande et à fabriquer leur saloperie de pâté ?

— Et les animaux ?

— Quels animaux ?

Là, Neuilly intervint.

— Ta copine veut parler des bêtes qui attendent de passer à la casserole. Elles sont dans la dernière cabane, entassées dans des cages. Même qu'il y en a une sacrée bande et qu'elles font un sacré foin.

Juvisy alluma une cigarette.

— Il n'y a pas trente-six solutions. Ou on leur supprime tout problème en mettant aussi une bombe dans leur cabane. Ou on ouvre les portes de leurs cages et...

— Et elles iront crever chacune dans son coin !

— Ça, c'est leur problème. Nous, on n'est pas la S.P.A.

— Des salauds aussi salauds que les salauds que vous traitez de salauds. Voilà ce que vous êtes.

Les yeux d'Adrienne lançaient des flammes.

Juvisy fit quelques pas dans la nuit pour s'épargner une colère, parce qu'elle commençait à l'indisposer sérieusement, l'Adrienne. Elle était belle fille, ça, ce n'était pas lui qui aurait dit le contraire, elle était agréable à embrasser, ça aussi c'était net et clair, elle les avait entraînés sur une piste tout à fait intéressante, ça encore c'était indéniable. Mais sa passion quasi hystérique pour les bestiaux, alors là...

Il revint vers elle. Très calme.

— Je ne dis pas que c'est pas moche de les abandonner dans cette foutue banlieue, ces bêtes, mais...

— Non. C'est votre autre idée qui est la bonne, Juvisy. Faut mettre une bombe dans leur cabane. Même que je vais aller la poser moi-même. Vous m'en donnez une.

Vincennes lui tendit une boîte en fer.

— Ça fonctionne comment ?

— Y a rien de plus simple. Suffit de tourner la petite clef, là. De mettre cette aiguille sur le point rouge et de bien refermer le couvercle et, dix minutes après, ça explose.

— Je crois que je saurai faire ça.

Adrienne s'approcha de Juvisy et l'embrassa sur la joue.

— Alors adieu.

— Adieu ? Pourquoi adieu ?

Adrienne se dirigeait vers la cabane aux animaux. Elle se retourna.

— Parce que, une fois dans la cabane, je n'en ressortirai pas. Si ces pauvres bêtes doivent sauter, je sauterai avec elles.

Juvisy se précipita, lui arracha la bombe des mains.

— Alors, vous, dans le genre casse-fesses !

Quand les baraquements de la Chamoiserie du Fort explosèrent dans un grand fracas, le camion conduit par Juvisy était déjà de l'autre côté de Romainville. Adrienne était assise à côté de lui. Radieuse. A l'arrière du camion, il y avait Vincennes, Neuilly, le veilleur toujours solidement ligoté. Et douze chiens, treize chats, un ânon, soixante lapins, une famille de cochons d'Inde et trois singes dont l'un était, peut-être, la fameuse guenon Princesse.

22

Aux environs du Père-Lachaise, le camion stoppa. Vincennes et Neuilly déposèrent sur un banc le veilleur de nuit toujours bâillonné et ligoté. Ses yeux criaient pitié, mais ni Vincennes ni Neuilly ne les entendirent.

Un peu plus loin, une patrouille allemande arrêta le camion.

Adrienne redouta le pire. Ce en quoi elle eut tort. Juvisy ayant baragouiné quelques mots d'allemand, les schupos ayant déchiffré à la lueur de leurs torches électriques ce qui était inscrit sur les papiers qui constellaient le pare-brise, le camion put reprendre sa route et Juvisy ricana.

— Ces enfifrés sont persuadés qu'on roule pour eux.

— Le jour où on tombera sur un moins con que les autres qui se rendra compte que nos ausweis sont faux...

— Ce jour-là, bonhomme, on aurait droit à nos douze balles dans la peau. Ça fera pas un pli.

Il dit cela le plus naturellement du monde.

Et Adrienne se sentit fondre. Elle aurait voulu se blottir contre la poitrine de Juvisy et fermer les yeux et lui dire... Lui dire quoi, au fait ? Adrienne avait si peu eu l'occasion de parler d'amour. Elle savait parler à Finette, à tous les autres animaux. Elle savait parler à Monsieur Ponchardain, à Lunettes, aux gens qui peuplaient sa vie, des gens avec qui elle trouvait ses mots sans problème. Mais comment parle-t-on à un homme qui abat des chefs Brevet d'un seul coup d'un seul, qui conduit des camions dont les papiers sont faux, qui fabrique des bombes avec de vieilles boîtes de petits beurres, qui fait exploser des chamoiseries ?

Adrienne aurait voulu que cette balade en camion ne finisse jamais.

A la hauteur du boulevard Richard-Lenoir, Neuilly tapa sur l'épaule de Juvisy.

— C'est là que je descends, camarade.

— Moi aussi, dit Vincennes.

Ils disparurent, rasant les murs.

Elle resta seule avec Juvisy et une petite centaine d'animaux vautrés les uns sur les autres tellement abrutis et apeurés que c'est à peine si on les entendait respirer, souffler.

— Alors ? C'est quoi le prochain arrêt ?

— Il faut vraiment qu'il y en ait un ?

— Ça serait quoi ton idée ? Qu'on roule jusqu'à Tahiti et qu'on s'installe dans une chouette petite paillotte avec toute la basse-cour qu'est là derrière pour nous tenir compagnie et qu'on soit heureux et qu'on ait beaucoup d'enfants ? Vu ce qui reste d'essence dans le réservoir, ça va pas pouvoir se faire. Alors je vous dépose où, tes petits amis et toi ?

— On va aller voir à Bercy.

— Aller voir quoi ?

— Le père Truffard.

Il cuvait ses alcools de la journée, le père Truffard. Pas question de le réveiller. Mais, à force de taper très fort sur la porte de la blanchisserie, Adrienne parvint à tirer la blanchisseuse de son sommeil. Elle apparut, en négligé et bigoudis, toujours aussi mal embouchée. Mustapha apparut aussi. Titubant de fatigue et de la paille plein la tignasse. Il se jeta au cou d'Adrienne et accepta bien volontiers de prendre en charge tous les lapins du camion.

— Le patron s'en apercevra même pas. Ils se font tellement de petits les uns les autres qu'on n'arrive plus à les compter.

— Attention, ceux-là, c'est pas des lapins pour vendre à un restaurant de marché noir.

— J'ai compris, Mademoiselle Adrienne. Ça sera pas commode de les empêcher d'être tués, mais je me débrouillerai.

— Il y a un âne aussi.

— Alors ça... un âne. Ça passe pas son temps à se faire des petits, les ânes. Même tout à fait soûl, le patron verra qu'il y en a un de trop. L'âne, ça va pas être possible. Ou alors faudrait... Ça va être une drôle de combine... Vous savez comment on va faire ? Votre âne, il va loger dans notre gourbi aux chameaux et à moi. Mais faudra qu'il reste caché tout le temps. Ça, il faudra pas qu'il se fasse voir.

— Mustapha, tu es un ange.

— Et votre Fantôme, on le garde encore ou vous le reprenez ?

Fantôme ?

— Qu'est-ce que tu me chantes avec Fantôme ?

— Je vous chante rien du tout. Ça devait faire cinq ou six jours que vous étiez partie quand il a rappliqué, la langue pendante et pas content. Même qu'il était si crasseux qu'il a fallu que je le lave à l'eau de Javel. Ça, il a pas aimé. Mais moi, je lui ai dit : mon cochon de chien, ou je te décrasse ou je te les rase, tes poils. Il a pas voulu être rasé. Mais l'eau de Javel, il aime pas. Faut dire que la toilette et tout ça, c'est des drôles d'inventions.

Fantôme s'en était donc tiré lui aussi. Après les horreurs de la Halle aux cuirs, après la mort de Mathusalem, Fantôme avait retrouvé le chemin de la ferme du père Truffard, comme Finette avait retrouvé le chemin du passage Sainte-Delphine.

Fantôme.

— Si vous voulez lui dire un petit bonjour...

Juvisy brandit sa montre sous le nez d'Adrienne.

— Si à cinq heures le camion n'est pas dans son garage, c'est pas à Tahiti qu'on va se retrouver, c'est en Allemagne et pas chez le père Truffard, chez le père Himmler.

Adrienne fit dix baisers à Mustapha dont cinq à transmettre à Fantôme et elle grimpa dans le camion.

— Et maintenant ?

— Passage Sainte-Delphine

Passage Sainte-Delphine, Monsieur Ponchardain et Lunettes se faisaient un sang d'encre. Ils étaient assis, côte à côte, sur le banc du vestibule, et ne se disaient plus rien parce qu'ils avaient passé en revue toutes les abominations dont Adrienne avait pu — avait dû ! — être victime et qu'après un aussi calamiteux tour d'horizon un silence de mort s'imposait. Quand ils entendirent un véhicule stopper dans le Passage...

— Ça, mon garçon, c'est un car de police. Ils viennent nous arrêter nous aussi.

— Allez vous cacher, monsieur, je dirai que vous êtes parti, que je suis seul, que...

— Pas question. Tout ce que je demande c'est qu'on ne me bande pas les yeux pour me fusiller.

Monsieur Ponchardain donna l'accolade à Lunettes.

— Soyons dignes d'elle, mon garçon.

Il n'en dit pas plus. Suffoqué qu'il fut par l'irruption des chiens, chats, singes et cochons d'Inde récupérés par Adrienne à la Chamoiserie. Adrienne n'apparut que le temps de dire « fermez vite la porte qu'ils se sauvent pas » et elle ressortit.

Et, le temps de refermer la porte, Lunettes vit Adrienne tendre ses lèvres à un homme dans la quarantaine qui avait des moustaches effilées et un camion.

Et Lunettes comprit que William Shakespeare avait bougrement raison de dire que la vie est une espèce de mélo sans queue ni tête interprété par des acteurs soûls comme pas permis. Lunettes aurait cent fois préféré que la porte s'ouvre pour des flics, des S.S. armés jusqu'aux dents, que pour une Adrienne se livrant au stupre et à la débauche. Lunettes n'avait plus de craintes, c'était pire : il savait. Il savait que le cœur de la dame de ses pensées était pris ailleurs.

Monsieur Ponchardain lui en aurait laissé le loisir, il aurait versé des flots de larmes amères, il se serait couvert le visage de cendres, il serait monté en haut d'une vraiment haute montagne pour crier sa douleur au monde. Mais Monsieur Ponchardain ne lui en laissa pas le temps. Il avait besoin d'aide, Monsieur Ponchardain, pour compter les chats, les chiens, les cochons d'Inde, les singes qui étaient en train de se répandre dans sa maison.

— Soyez gentil, Lunettes, tâchez de voir combien il y a de chats. Moi, je m'occupe des chiens et des... Mais ma parole... Mais, oui ! Mais oui ! C'est elle !

Deux jours qu'il n'arrêtait pas de dessiner la singesse savante de Madame Séraphina, deux jours qu'il la croquait en s'inspirant de ses photographies pour bien chiper ses expressions, et voilà qu'elle était là en train d'empiler le plus de coussins possible sur le divan de l'atelier pour s'organiser une couche bien bien douillette. Elle semblait épuisée, la chère Princesse. Les autres animaux aussi, qui s'installaient sur les fauteuils, sous les fauteuils, qui s'écroulaient à même le carrelage de l'entrée et se mettaient à ronfler sans la moindre retenue.

Rien d'étonnant à cela : à la Chamoiserie, sitôt

arrivé, chaque condamné avait droit à une pleine louche de potage endormant.

Lunettes en était à son neuvième (ou huitième ? Ou dixième ?) lapin, quand Adrienne réapparut.

Elle n'avait plus son air de tous les jours.

Pas non plus l'air féroce qu'elle avait eu en chargeant dans la carabine les balles qui devaient tuer le chef Brevet.

Elle avait l'air de ces femmes sublimes que l'on rencontre si souvent dans les légendes antiques et si peu dans la vie de tous les jours, de ces femmes qui ne cuisinent point, ne torchonnent point, ne papotent point, ni ne lèchent les vitrines, tout occupées qu'elles sont à ne faire que l'amour et la guerre.

Adrienne avait vécu quelques heures inoubliables et elle avait sur ses lèvres le goût des lèvres d'un héros.

Et Lunettes s'en rendit si bien compte qu'il ne parvint pas à compter jusqu'à treize et, qu'abandonnant les chats, il fila se coucher sans dire un mot.

Et Monsieur Ponchardain aussi prit conscience qu'Adrienne n'était plus la petite bonne dont il appréciait tant l'efficacité et l'humeur toujours égale et que si la France était en train de gagner une Jeanne d'Arc, ou quelqu'un dans ce goût-là, il était sur le point, lui, de perdre à tout jamais la crème des servantes.

Cela ne le fâcha point. Au contraire. Si un destin plus noble (et plus passionnant) que celui de domestique était réservé à cette chère petite, c'était tant mieux.

Non content de ne lui faire aucun reproche pour le dîner qu'elle avait omis de préparer et pour la grande grande peur dans laquelle elle l'avait plongé, le vieil artiste complimenta Adrienne.

— C'est bien, ce que vous avez fait là, de retrouver la singesse de Madame Séraphina.

— Vous croyez qu'elle est dans le lot ?

— Aucun doute possible. Même qu'elle a investi le divan de l'atelier.

— Tous ces animaux, je vous en débarrasse aujourd'hui même. Le temps de retrouver les gens à qui on les a volés.

— Rien ne presse, allez. C'est amusant. On se croirait dans l'arche de Noé. Naturellement, il vaudrait mieux que ça ne nous attire pas un déluge.

— Le déluge, je vois qu'un seul moyen de vous l'éviter, Monsieur. C'est de m'en aller.

— Vous allez encore m'abandonner ?

— Monsieur ne m'en voudra pas si je ne lui dis pas exactement pourquoi. Mais j'ai dans l'idée que je vais devenir quelqu'un de dangereux à fréquenter et à héberger.

— Je ne vous demande rien, ma petite Adrienne. Ou plutôt si, je vous demande une chose : soyez prudente.

Cela dit, il lui posa un baiser sur le front.

Paternellement.

Et il alla faire un petit somme réparateur qui dura près de neuf heures.

Pendant ce temps, Adrienne ne chôma pas.

Princesse, toujours aussi engourdie, dans l'éternel

cabas, Adrienne fit une trotte jusqu'à la Nation pour la rendre à sa propriétaire.

Dans la minuscule chambrette de la minuscule Madame Séraphina, la scène des retrouvailles confina au délire. Madame Séraphina fit cent révérences à Adrienne, elle la serra contre son sein, la bénit, lui baisa les mains, esquissa un tango fou avec Princesse qui bâillait à s'en décrocher la mâchoire. Madame Séraphina exigea d'Adrienne qu'elle accepte — en gage d'éternelle reconnaissance — une pièce unique : le tutu avec lequel Princesse avait dansé devant la reine des Belges. Mieux : Madame Séraphina offrit de prendre en pension, en attendant qu'on retrouve leurs maîtres, les deux autres singes récupérés à la Chamoiserie. Elle eut, en outre, l'intelligence d'aiguiller Adrienne sur des concierges des rues de Montreuil, Chevreul, Titon et des Immeubles Industriels qui l'aiguillèrent elles-mêmes sur les propriétaires éplorés de neuf des chiens et de onze des chats ramenés dans le camion de Juvisy.

Impossible de décrire la joie de ces pères et mères à chiens et à chats quand ils revirent vivants, bien vivants, le Médor, le Rex, le Félix, le Mistouflet, le Totor, le César, la Prunette, la Gazelle, le Rintintin, le Bibi Fricotin, la Chipougnette, la Titine qu'ils croyaient ne jamais plus revoir en ce bas monde.

Adrienne eut droit à des baisers mouillés, à des brouettées de mercis. A des cadeaux encore. Le maître de Gazelle, qui était bijoutier, lui offrit une superbe broche en plaqué or, la maîtresse de Bibi Fricotin la força à accepter une livre de beurre salé qu'elle venait de recevoir de la Sarthe. La maman affectionnée de Prunette — une dame professeur de piano très distinguée — lui donna un bon pour vingt leçons gratuites. Quant à la gamine qui croyait ne jamais se consoler de la perte de sa caniche Framboise, elle jura sur la tête de son frère que le premier des petits qu'aurait Framboise serait pour Adrienne.

Même les propriétaires de la tribu de cochons d'Inde furent retrouvés. C'étaient des gens très déplaisants qui élevaient énormément de bestioles curieuses dans le sous-sol crotteux de leur librairie. Sûrement à des fins culinaires.

Quand Monsieur Ponchardain se réveilla, il restait si peu d'animaux dans la maison qu'on se serait cru dans un désert d'Amérique après le passage des oiseaux rapaces. Lunettes était dans la cuisine, occupé à faire une soupe de blettes.

— Je ne sais pas si ça sera très bon. C'est Mademoiselle Adrienne qui m'a laissé la recette en partant. Elle nous a aussi laissé des chiens et des chats que leurs propriétaires viendront prendre dès que Madame Séraphina les aura dénichés. Elle a juste emmené Finette.

— Je l'aimais bien, moi, Finette. Une chatte bien attachante. Petiote, pas toujours commode. Mais intelligente, futée, rigolote. Elle va me manquer, Finette. Elle me manquera beaucoup.

— Et Mademoiselle Adrienne, elle ne vous manquera pas ?

— Ça...

Monsieur Ponchardain n'était pas bien en train.

Lunettes était désespéré.

La soupe de blettes s'avéra une pure et simple abomination.

Dire que ce fut une soirée lamentable serait peu dire.

23

Son baluchon à la main, Adrienne était allée attendre Juvisy à la sortie des établissements Mouret. Il se montra aussi peu démonstratif que la veille au même endroit. Sans regarder Adrienne, en gonflant le pneu arrière de sa bicyclette rouge, il lui chuchota :

— Huit heures, restaurant Manzetta, rue Traversière.

C'était un restaurant italien avec des fiasques de chianti vides pendues au plafond et un portrait de Benito Mussolini derrière la caisse. Avant l'Occupation, les fiasques étaient pleines et il n'y avait pas de portrait du Duce au mur. C'est en juin quarante seulement que le signor Manzetta avait découvert les vertus du fascisme.

Juvisy allait manger chez ce salopard deux trois fois la semaine. Pour donner le change.

Il n'y allait pas seul. A table, il présenta à Adrienne ses amis Bobigny, Saint-Cloud et Saint-Ouen. On aimait énormément les noms de banlieues dans le groupe à Juvisy.

Pendant le repas, on ne parla que de choses et d'autres. Surtout pas du groupe et de ses activités. Saint-Ouen raconta des histoires drôles. Saint-Cloud des histoires de chasse. C'était un grand amateur de tir à la bécasse. Adrienne ne put s'empêcher de lui dire que « tuer des oiseaux qui ne vous avaient rien fait était un passe-temps idiot et cruel ».

— Et les manger, les oiseaux qui ne vous ont rien fait, c'est pas idiot et cruel ?

Adrienne fut obligée d'admettre que ça l'était.

— Et de manger du bœuf, du veau, du cheval, vous trouvez ça comment ?

Adrienne repoussa la portion d'osso-bucco (pas très viandeux) que le signor Manzetta venait de lui servir.

— Je trouve ça répugnant. Vous avez raison.

— Raison ? J'ai jamais cherché à avoir raison. Je vous ai dit ça histoire de causer, moi.

— Eh bien, vous venez de m'ouvrir les yeux, monsieur Saint-Cloud. Et je vous en remercie. De tout mon cœur.

Juvisy fronça les sourcils. Qu'est-ce que cette fille qui lui plaisait si fort et qui avait tellement d'idées allait bien pouvoir inventer encore ?

Tranquillement, elle prit son assiette d'osso-bucco et la posa sous la table. A l'intention de Finette, qui se morfondait dans le baluchon.

Et Finette se régala.

Et Juvisy vit rouge.

— Enfin, Adrienne, tu deviens folle ou quoi ? Donner de la nourriture à ce prix-là à un greffier.

— Le prix ne fait rien à l'affaire. Il y a de la viande

dans cette assiette et je viens de décider que je n'en mangerai plus jamais. Et si ce que tu appelles un greffier est un chat, je te ferai remarquer qu'il s'agit d'une greffière. De Finette.

Finette et Juvisy n'étaient pas destinés à faire bon ménage.

La chambre plut beaucoup à Adrienne. Pas à Finette.

C'était la chambre d'un étudiant parti guerroyer avec les Français libres d'Afrique que le papa de l'étudiant — un célèbre avocat surnommé Petit-Clamart — prêtait à Juvisy.

Il y avait de beaux meubles modernes, des disques en pagaille, des centaines de livres sur des étagères qui grimpaient jusqu'au plafond, des tableaux pour le moins cubistes et un lit sans pieds et sans tête avec une couverture à grands carreaux noirs et blancs et jaune citron.

Dans cette chambre comme Adrienne n'en avait jamais vue, une fois débarrassé de sa veste de cuir fatiguée et de ses gants de laine extrêmement reprisés, Juvisy était « comme chez lui ». Adrienne lui en fit la remarque et Juvisy lui répondit que, dans sa chambre à lui, où il n'avait pas mis les pieds depuis un temps fou, il y avait encore bien plus de livres.

— Ça bouquine tant que ça, les employés des Établissements Mouret ?

— Les employés de chez Mouret, je ne sais pas. Mais moi, oui.

— C'est quoi ton vrai métier ?

— Ingénieur. Mais mieux vaut que ça ne se sache

pas. Je n'ai aucune envie de me retrouver dans un bureau d'étude en Allemagne. Chez Mouret, je me salis les mains, je fais des choses crevantes, pas emballantes. Mais j'y ai des camarades épatants et j'y gagne de quoi vivre. Ça compte tout ça.

— Je peux te poser une autre question ?

— La dernière alors.

— Qu'est-ce qu'un ingénieur a à faire d'une fille comme moi qui n'a même pas son certificat ?

— D'abord, l'ingénieur te trouve très à son goût. Et puis... Et puis tu le sais bien : c'est ton Bon Dieu en personne qui a décidé que nous devions faire affaire ensemble.

— Dieu, tu n'y crois pas.

— Ce n'est pas une raison pour ne pas lui obéir. Il a dit « les Adrienne et les Juvisy croisseront et multiplieront ». Alors...

Alors Adrienne se retrouva, comme par enchantement, sur la couverture à grands carreaux noirs, blancs et jaune citron.

Et ce fut bon.

Et Finette ne comprit rien à cette agitation qui dépassa — et de loin — toutes les agitations des nuits où Adrienne ne trouvait pas le sommeil.

Et Finette s'éloigna le plus loin possible de ce lit plus inhospitalier encore que le plancher à rats de la Halle aux cuirs ou les bouts de bancs, de trottoirs, les méchants carrés d'herbe maigre du temps où elle errait, seule, désespérément seule.

Et Adrienne s'endormit sur la poitrine de Juvisy sans même penser à dire un petit bonsoir à Finette.

La nuit, Finette pissa dans une des chaussures de Juvisy.

Au petit déjeuner, Finette refusa le fond de soucoupe de lait que Juvisy lui tendit sans pourtant le moindre atome de malignité.

Plus surprenant : Finette refusa de se laisser caresser par Adrienne.

— Mais... qu'est-ce qui te prend, ma Finette ?

Si Finette avait su parler, à ce moment-là, Adrienne en aurait entendu de belles.

Quand Adrienne descendit acheter de quoi faire une sorte de dînette avec les tickets que Juvisy lui avait laissés et les siens, Finette pissa partout. Et surtout sur la couverture à grands carrés noirs, blancs et jaune citron.

Et Adrienne ne sut rien faire de mieux que de lui crier dessus et de lui tâter front et pattes pour voir si elle n'avait pas une poussée de fièvre préludant à quelque maladie.

Finette était jalouse. Voilà tout.

Adrienne aurait dû y penser. Elle n'y pensa pas. C'est dire à quel point l'amour lui chamboulait les esprits. L'amour et l'action. Car, avec Juvisy et les gens du groupe, la guerre ne connaissait pas la moindre trêve.

Adrienne se vit très vite confier une multitude de missions toujours bien énigmatiques. Il s'agissait d'aller déposer une lettre dans la corbeille à papiers d'un square... de téléphoner d'un café à un certain numéro pour dire que « la chanteuse ne chanterait pas Carmen » ou que « le marquis avait quatre cornes à son tricorne »... d'aller au Bazar de l'Hôtel de Ville ou au Musée Gustave Moreau et d'y rencontrer un homme (ou une femme) habillé comme ci ou comme ça et de lui remettre un petit paquet sans se faire voir... d'aller prendre une valise dans une gare avec un ticket de consigne, d'aller déposer la valise dans une autre gare et d'aller déposer le second ticket de consigne dans un endroit bizarre... d'aller consulter un exemplaire de *la Cousine Bette* ou du *Génie du Christiannisme* dans une bibliothèque municipale et d'y inscrire en douce une phrase sournoisement codée dans la marge d'une page déterminée à l'intention d'un prochain lecteur qui saurait en faire son miel.

Adrienne fit de la polycopie aussi. Dans une cave. Elle passa des heures et des heures à se mettre de l'encre bien noire bien grasse plein les mains en tirant à des centaines d'exemplaires des appels à la résistance, des déclarations du général de Gaulle, de Winston Churchill et même de Juvisy qui consacrait de non moins longues heures à rédiger des proclamations propres à galvaniser les pires chiffes molles.

Juvisy croyait dur comme fer non seulement au prompt et total écrasement du nazisme et de ses séides mais encore à l'avènement, dans des temps pas trop lointains, du socialisme mondial.

Inutile de préciser que le fait que le torchon se soit mis à brûler furieusement entre la Wermacht et la Glorieuse Armée Rouge le plongeait dans la béatitude.

A l'occasion, il tentait d'inculquer à Adrienne

les notions de base du marxisme-léninisme. En vain.

Pas qu'Adrienne fut contre une éventuelle dictature du Prolétariat. Simplement ça l'assommait, les citations d'Engels, Marx, Bakounine et autres.

Les proclamations solennelles de Juvisy l'assommaient d'ailleurs tout autant.

Comme les déesses marmoréennes du bon Paul-Émile Ponchardain la laissaient de marbre, les envolées ronflantes des penseurs les mieux pensants la faisaient ronfler. Ou pire : la plongeaient dans des fous rires qui énervaient beaucoup Juvisy.

Ça la chiffonnait, Adrienne, de mettre en rogne cet homme qu'elle aimait comme elle n'avait jamais aimé aucun homme. Mais on ne se refait pas.

Adrienne était absolument partante pour sacrifier sa vie à la Liberté, à la Justice et à l'Égalité, mais à condition qu'on lui demande de le faire avec des mots de tous les jours et, si possible, sans majuscules.

Pour elle, tout était clair, lumineux. Il y avait les gens normaux qui se contentaient de vivre leurs petites vies aussi benoîtement que possible, sans causer de soucis à leurs voisins proches ou lointains. Et les autres, ceux qui faisaient le mal. Et ceux-là, quels que soient les noms qu'on leur donnait, que ce soient des « suppôts de l'Impérialisme » ou les « agents fourriers de la Ploutocratie », comme disait Juvisy, ou, tout bêtement, des mauvais, il fallait les empêcher de nuire. Coûte que coûte.

Il y avait les bons et les méchants. La philosophie d'Adrienne n'allait pas plus loin.

Quand elle disait de telles choses, en lui préparant

le meilleur repas possible avec trois fois rien ou en lui tiraillant amoureusement ses très séduisantes moustaches effilées, Juvisy la houspillait.

— Ce que tu peux être agaçante avec ta philo de bonne sœur. Tu n'as vraiment rien appris depuis le catéchisme, toi.

— Pas grand-chose. C'est vrai. Mais ça me suffit bien. Toi, ça te suffit pas. Tu voudrais que je te récite du Bakounine. Hein ? C'est ça que tu voudrais ?

— Je voudrais, Adrienne, que tu prennes conscience de la réalité.

— La Réalité, avec un grand R ? C'est trop fort pour moi. Je me contente de ma toute petite réalité à moi. C'est-à-dire de toi, qui es très beau, très courageux et instruit suffisamment pour deux, de Finette, du soleil quand il y a du soleil, de la pluie quand il y a de la pluie, de ce qu'on fait d'utile avec Saint-Ouen, Neuilly, Vincennes, Bougival, Champigny, de ce que je fais avec Madame Séraphina.

— Tu l'as revue, ta vieille piquée ?

— Elle est loin d'être piquée, tu sais. Elle est peut-être un peu originale. C'est pas grave. C'est une femme de cœur.

— Et vous trafiquez quoi, vous deux ?

— Pas que nous deux. D'autres dames de la rue de Montreuil et des rues d'à côté s'y sont mises. Et des messieurs aussi.

Des dames et des messieurs que le retour des César, Médor, Poilu, Rex, Framboise, Rintintin et Minouchette qu'ils croyaient perdus à tout jamais avait sortis de cette torpeur résignée dans laquelle tant de Français avaient sombré depuis que l'Allemand était là. Ils avaient cru ne plus les revoir, leurs chiens, leurs chats, leurs cochons d'Inde, et ils étaient de nouveau là à aboyer, miauler, gnougnouter, à faire du boucan et des farces, à mordre, à griffer, à salir les tapis, à fourrer leur truffe, leur nez partout où il ne fallait pas. Et c'était excellent pour le moral et c'était la preuve qu'il ne fallait pas désespérer, pas baisser les bras, pas tendre la joue gauche quand la droite était encore tout endolorie de la beigne magistrale qu'elle avait reçue.

D'abord et pour commencer, aiguillonnées par Madame Séraphina (qui avait retrouvé son allant de l'époque où, frêle adolescente costumée en bayadère, elle menait à la baguette six féroces lions du Sénégal), les mères à chats et à chiens de la rue de Montreuil s'occupèrent des jeunots du genre zazou qui avaient approvisionné en « viande sur pied », les charognards de la Chamoiserie. Sale temps pour ces jeunes voyous qui se firent raser leurs toupets frisottés et raccourcir leurs vestes ridiculement longues par d'honnêtes ménagères animées d'une colère vengeresse. Ces pâles petites lavures juste bonnes à se procurer malhonnêtement de l'argent malhonnête pour acheter des disques de Cap Calloway ou de Duke Ellington de contrebande, se firent piéger comme des rats et corriger comme des mômes. Et on les vit pleurer de honte ces péteux, et demander pardon et jurer qu'ils ne le feraient plus.

Après quoi, les mères à chiens et à chats auxquelles se joignirent bientôt des pères à chiens et à chats, embrigadés par Adrienne — qui commençait à en connaître un fameux bout question guérilla urbaine — mirent sur pied, empiriquement et à la petite semaine, ce qui allait devenir une véritable chaîne d'assistance aux animaux dans l'ennui.

Des espèces en voie de disparition, parce que devenues ces années-là tout à fait comestibles, comme le pigeon de square, le chien d'aveugle, le cheval d'attelage ou le hibou de voyante extra-lucide, devinrent l'objet d'une protection discrète mais permanente et attentive.

Le jour, il suffisait de quatre, cinq vieux pères à la retraite se relayant sur un banc des squares Trousseau ou Sainte-Marguerite et apparemment plongés dans la lecture d'un quotidien, pour décourager les braconneurs d'oiseaux. La nuit, au risque de se faire cueillir par une patrouille et d'aller dormir au poste, les mêmes vieux pères montaient encore la garde, tapis dans des massifs de buis et de laurier. C'était mauvais pour leurs rhumatismes mais bon pour les oiseaux. Non contents de décourager les prédateurs humains, ces héroïques veilleurs étaient là aussi pour empêcher les chats et chiens errants de dévorer piafs souffreteux et merles moqueurs.

Des journaux ayant relaté la désolante histoire du cheval favori du Grand Prix de Maisons-Laffitte dont on ne retrouva, peu avant la course, que les fers et la crinière (des abatteurs clandestins étaient passés par là), les mêmes vieux pères qui surveillaient les squares et jardins publics se retrouvèrent, la nuit et au mépris du couvre-feu, en train d'effectuer des rondes là où il y avait des écuries. Et il y en avait de plus en plus puisque l'essence était toute pour l'Allemand, qui allait la gaspiller sottement dans des coins aussi exotiques et funestes pour lui que Tobrouk ou Stalingrad.

De ces rondes, les vieux pères ne manquaient jamais de ramener des musettes de crottin à l'intention de leurs petits protégés à plumes des squares et jardins.

Il fallut aussi donner aux chats et chiens à qui l'on interdisait de manger de l'oiseau, de quoi se caler la panse. D'où une chasse éperdue à tout ce qui pouvait devenir pâtée. Adrienne et Madame Séraphina en tête, les bonnes âmes de la rue de Montreuil et des rues voisines, se mirent à fouiller les poubelles avec plus de frénésie que les plus enragés chiffonniers... Elles râtissèrent les places, les rues où s'était tenu un marché, glanant un os, une poignée de pelures de salsifis, un trognon de n'importe quoi, une arête pas tout à fait dénudée... Il y eut des dames assez intrépides pour aller fouiner dans les boîtes à ordures de mess de sous-offs allemands ou d'hôtels huppés occupés par la crème des troupes d'Occupation... On vit Madame Séraphina glisser, avec une bravoure qui frisait l'inconscience, et son bras et son épaule dans la cage des hyènes du Zoo de Vincennes pour leur faucher une part de leur fricot à l'intention des quatorze chats qui partageaient alors avec elle, Princesse et deux autres singes, sa minuscule chambrette... Des vieux pères à chiens qu'on croyait à tout jamais retirés des affaires et de la vie tout court retrouvèrent leurs jambes de vingt ans et suffisamment d'entrain pour organiser de périlleuses razzias dans des gares pourtant terriblement bien gardées où ils volaient une caisse de nouilles ou un sac de tapioca dans des wagons en partance pour la Rhénanie ou la Poméranie.

Il y eut des arrestations. Un vieux père récolta une balle de mauser dans la seule de ses deux jambes qui ne le faisait pas souffrir par temps humide. C'était dur. Mais tous ces vrais amis des animaux étaient convaincus que le jeu en valait la chandelle et, chaque jour les voyait s'enhardir et chaque jour ils faisaient des émules. Les protecteurs d'oiseaux des squares Trousseau et Sainte-Marguerite furent imités par des gens d'autres quartiers, d'autres arrondissements. Les oiseaux des Tuileries, du Parc Monceau, des Buttes-Chaumont devinrent aussi l'objet d'une protection de tout instant. Et les quadrupèdes errants de ces jardins eurent droit, eux aussi, à de providentielles lessiveuses de manger dont le contenu était le fruit de véritables et ébouriffantes épopées.

Il y eut aussi des « coups » grandioses dont la presse se fit alors l'écho sans savoir, bien sûr, à qui en attribuer la paternité.

Ainsi l'affaire des grenouilles.

Tout démarra dans un restaurant des Halles où, moyennant des sommes plus qu'astronomiques, Allemands de haut grade, journalistes pourris jusqu'à la moelle, vedettes de films prônant l'esprit nouveau, et gros bonnets de la délation et du marché noir se retrouvaient pour faire bombance. Dans ce restaurant, on y trouvait de TOUT. C'est bien simple : il n'y avait même pas de menu. On montrait patte blanche à l'entrée, on s'installait à table, on hélait un garçon et on lui demandait ce qu'on voulait. N'importe quoi. Aussi bien un filet mignon de cinq centimètres d'épaisseur nappé de crème fraîche qu'une fricassée de langues d'alouettes, une tête de veau vinaigrette ou un canard farci aux olives et aux lardons. Pas de problème : il y en avait.

Un soir, dans ce rendez-vous des pires goinfres et des pires brigands, un certain amiral Strassfflung, qui avait bu deux bouteilles de kirsh en se bourrant d'omelette aux truffes, décida de goûter à une spécialité bien française : les grenouilles en brochettes. En attendant que les petites bêtes fussent à point, il vida une troisième bouteille de kirsh. Et ce qui devait arriver arriva. L'amiral, qui était dans un état d'ébriété extrême, se creva l'œil avec une brochette. Ce fut très impressionnant. Se torchonnant l'œil avec sa serviette d'une main, il dégaina de l'autre et tira au revolver sur les garçons en hurlant « Sapotache ! ».

Une heure plus tard, la feldgendarmerie investissait le restaurant, les feldgendarmes rouaient de coups serveurs, cuistots et dames-pipi, embarquaient le patron et toute la clientèle (caïds de la collaboration inclus) pour une destination aussi inquiétante qu'inconnue, et réquisitionnaient les monceaux de victuailles entreposés dans les caves. Ces victuailles furent livrées à l'intendance du Grand Quartier Général des Forces d'Occupation, où le capitaine chargé de les réceptionner refusa tout net de prendre livraison des grenouilles, arguant du fait qu'il fallait être cochon comme un Français pour pouvoir avaler des cochonneries pareilles. Des grenouilles — bien vivantes dans des sortes d'aquariums —, il y en avait deux bons milliers. Le capitaine ordonna de les faire parvenir à la cantine du P.C. des S.S. qui étaient (c'est bien connu) moins délicats que les autres Allemands. Mais les S.S. n'en voulurent pas plus et ils dirigèrent prestement les deux camions qui transportaient les indésirables batraciens sur un hôpital dont l'économe (horrifié par l'idée qu'on puisse faire consommer à de vaillants combattants ayant laissé leurs membres et leurs illusions dans les steppes russes quelque chose d'aussi répugnant) décida d'en faire don au Centre de Recherche sur l'Adaptation Animale et Humaine aux Phénomènes Extérieurs, un organisme auquel le Führer s'intéressait de très près et au sein duquel une équipe de savants sadiques se livrait sur des bêtes et des hommes à des expériences ressemblant à s'y méprendre à des tortures.

Le groupe de Juvisy et de ses camarades ayant « des oreilles » dans bien des endroits, Saint-Ouen eut vent de cette histoire de grenouilles que les Allemands avaient passé la nuit à se refiler et il la raconta à Juvisy, Vincennes et Adrienne avec qui il soupait de galettes de sarrazin trempées dans du café national dans un bar-tabac morose de l'avenue Ledru-Rollin.

Juvisy et Vincennes trouvèrent cette histoire on ne peut plus joyeuse.

Pas Adrienne qui, non contente de n'en point rire, se leva et abandonna, sans même un au-revoir, son étouffante galette, son café goudronneux et ses camarades hilares.

Adrienne n'avait pas mangé un gramme de viande depuis des semaines. Pas pour cause de pénurie. Volontairement. Adrienne en était arrivée au point où même des grenouilles pouvaient lui inspirer de la compassion.

Penser que des milliers d'innocentes créatures, destinées à folâtrer et à faire d'amusants concours de saut en hauteur et en longueur au bord d'étangs paisibles, étaient vouées à la torture, la révulsait.

Pas question de laisser faire.

Il fallait agir. Et sans tarder.

Adrienne eut tôt fait d'alerter Madame Séraphina qui, elle-même, alerta ses plus ardentes lieutenantes qui, elles-mêmes, battirent le rappel de tous ceux qui, dans les onzième et douzième arrondissements, avaient autant de haine pour l'occupant que d'amour pour la gent animale. Adrienne avait échafaudé un plan hâtif mais ingénieux et, tous ceux qui furent appelés (à l'exception d'une dame retenue au chevet de son Mistigri en pleine crise d'asthme) se mirent en quatre pour que ledit plan soit mis à exécution.

Les rassemblements, les défilés, les manifestations de toute sorte étaient ou étroitement contrôlés ou formellement interdits.

Mais que faire quand, spontanément, plusieurs

centaines de Parisiens étaient pris d'une envie violente, irrépressible, de crier leur amour du Maréchal et leur penchant pour une collaboration sans réserve avec ces valeureux cousins germains qui avaient la grande bonté de bien vouloir occuper la France pour la protéger des crasses de la perfide Albion ?

C'est ce que se demanda le commissaire de police de la rue Valentin-Bru (Paris, seizième) quand on vint l'avertir que des gens, beaucoup de gens, surtout des dames et des messieurs âgés remontaient l'avenue Victor Hugo en chantant « Maréchal nous voilà ! » et en criant « Vive l'Europe unie », « Churchill aux chiottes » et « de Gaulle au trou ».

De tels manifestants ne pouvaient être considérés et traités comme des séditieux.

Alors ?

Alors le commissaire dit à ses agents « d'avoir l'œil mais de laisser aller ».

Et le cortège alla. Il alla rue des Belles-Feuilles où la vue d'une synagogue déclencha une nouvelle bordée de slogans. Violemment antisémites, cette fois. Qu'on crie « Morts aux Youpins » n'était pas pour déplaire aux agents chargés d'avoir l'œil. Loin de là.

Ce qu'ils ne savaient pas, ces agents (mais qu'Adrienne savait, elle, parce que Saint-Ouen l'avait dit), c'est que cette synagogue, vidée de ses rabbins et de leurs brebis, avait été recyclée et qu'elle abritait le fameux Centre de Recherche sur l'Adaptation Animale et Humaine aux Phénomènes Extérieurs.

Oui. C'était dans une ancienne synagogue que des scientifiques, bardés de diplômes et plus sanguinaires que Barbe-Bleue, le Marquis de Sade, Landru et Jack l'Éventreur eux-mêmes, se livraient à leurs chères études. C'est là qu'ils arrachaient une à une des griffes de chats ou de singes, c'est là, qu'ils ouvraient des crânes d'animaux vivants au couteau à huîtres, c'est là qu'ils titillaient électriquement des rats, des chiens, des brebis, des pingouins réquisitionnés au zoo et — à l'occasion — des hommes pour voir « à quel moment, exactement, le singe ou le pingouin ou l'homme perdait toute volonté, à quel moment il devenait fou, à quel moment... »

Scientifiquement, avec application, ils s'efforçaient de rendre possibles les rêves les plus révoltants d'un fieffé dément nommé Adolphe Hitler.

Impeccables dans leurs blouses blanches, portant monocle ou lunettes cerclées d'or, fumant des cigares dont l'âcre odeur masquait celle du sang, du vomi et de la trouille, ces chercheurs auraient été bien surpris si on les avait traités de bouchers ou de tortionnaires. Ils avaient, comme on dit, leur conscience pour eux.

Ils étaient en train de chronométrer le temps durant lequel un chien écorché vif pouvait encore aboyer, ces chercheurs émérites, quand un bruyant et bouillant groupuscule conduit par Adrienne fit irruption dans leur cabinet.

Ces « pacifiques » savants n'étaient pas armés et pas assez solidement bâtis pour se défendre. Pour veiller à leur sécurité, il y avait des gardes à l'entrée principale de la synagogue « recyclée ». Mais les gardes étaient occupés à brailler « A bas les Juifs » avec les manifestants, et Adrienne et son bataillon de choc avaient envahi les lieux par les arrières.

Les savants de cet abominable Centre de Recherche étaient assez savants pour parler, entre autres langues, un français parfait. Ils s'enquirent donc poliment de la raison de cette intrusion inopinée. Cette raison, c'est un bon vieux père à chien de la rue de Charenton qui la leur donna :

— On vient pour vous faire les mêmes misères que vous faites aux animaux, tas de charognes !

Ceci dit, avec sa canne de mutilé (de quatorze-dix-huit) le père à chien assomma un savant de Cologne et un savant de Munich. Deux dames de ses amies, des dames plus que sexagénaires, balancèrent dans un escalier, où il se fracassa le bassin, un troisième savant, de Nuremberg celui-là. Adrienne n'y aurait pas mis le holà, les savants y passaient tous. Mais c'était un sauvetage qu'elle avait mis sur pied, pas une expédition punitive. Elle arracha sa canne au mutilé, elle retint les sexagénaires assoiffées de vengeance par leurs basques.

— Ça suffit comme ça ! On est ici pour les grenouilles, pas pour ces vieux déchets !

Les savants eurent encore droit à quelques coups et à quelques crachats mais, sans traîner, on entreprit de fouiller de fond en comble la synagogue pour y récupérer les grenouilles en péril et bien d'autres victimes passées ou à venir des « savants à la mode de Buchenwald » de la rue des Belles-Feuilles.

Tous les animaux encore sauvables furent sauvés. Sans la moindre intervention des forces de l'Ordre.

Trop occupées qu'elles étaient, les forces de l'Ordre, à avoir l'œil sur la manifestation génialement orchestrée par Madame Séraphina qui, pour que les slogans soient scandés bien en mesure, s'était munie d'une paire de cymbales — souvenir des jours heureux où elle faisait la parade à l'entrée du cirque Gorgonzo.

Quand la manifestation se disloqua, se résorba sous l'œil toujours attentif de ces ahuris des forces de l'Ordre, Adrienne, elle, avait déjà pris le large depuis longtemps. Elle traversait la place du Châtelet, assise à côté du père Truffard (car le vieux soiffard avait été mobilisé lui aussi) sur le siège d'une carriole plus que centenaire tirée par quatre ânes. Drôle d'équipage ! Mais, à l'heure des vélos taxis, chapitre transport, plus rien ne pouvait surprendre les Parisiens. Sous la bâche de l'antique carriole, il y avait Mustapha et, de plus en plus héberluées, les deux mille grenouilles qui devaient être lâchées un peu plus tard au Bois de Vincennes, sur les rives du lac Daumesnil. Elles l'avaient échappé belle.

Les autres animaux soustraits à la froide cruauté des savants nazis — plusieurs chiens mal en point, un chat rendu sourd on n'ose imaginer comment, une biquette n'ayant plus que deux pattes et un lapin avec un appareil bizarre greffé dans la cervelle — furent adoptés par quelques-unes de ces bonnes âmes qui avaient (pour sauver les grenouilles) accepté de crier « Vive le Maréchal », alors qu'elles le haïssaient, et « A bas de Gaulle », alors qu'elles le chérissaient.

Ce fut cela aussi, la guerre secrète.

Surtout quand Adrienne s'en mêla.

24

Et Finette, dans tout ça ?

Elle n'était pas très heureuse, Finette. Pas très. Non.

Pas très heureuse parce qu'elle ne se fit jamais au studio de l'étudiant parti guerroyer en Afrique, jamais à la couverture à grands carrés noirs, blancs et jaune citron, jamais à Juvisy qui tenta pourtant bien des fois de « l'apprivoiser » — comme il disait dans son langage d'homme qui sait une foule de choses mais ne sait pas parler aux animaux.

Autant Finette avait apprécié, lors des séances de pose dans son atelier, les envolées de Monsieur Ponchardain sur ses formes délicatement sculpturales et ses poses qui (dixit Paul-Émile Ponchardain) « auraient enchanté le grand Carpeaux », autant elle avait apprécié les interminables dégoisages alcoolisés du père Truffard et les parlottes décousues et coupées de bons grands rires niais de Mustapha, autant elle détestait et la voix et les propos de Juvisy.

Ou il parlait doctement de ses chers Marx et Lénine

et endormait du même pesant sommeil et Adrienne et Finette, ou il parlait tendrement à Adrienne et rien qu'à elle et, se sentant de trop, Finette filait se cacher où elle pouvait.

C'était ça le pire : quand Adrienne et Juvisy se mettaient à roucouler, quand ils se faisaient des mamours, picoraient à deux dans une seule assiette, se serraient l'un contre l'autre et poussaient de petits cris, comme en poussent les oiseaux certaines nuits d'été, quand ils s'abattaient sur la couverture au damier agressif aussi et qu'ils se frottaient, tourneboulaient, soufflaient, gémissaient. Dans ces moments-là, Finette aurait voulu les estourbir d'un coup de patte bien griffue comme certaine souris et certain oiseau qu'elle avait encore en mémoire.

Finette ne supportait pas qu'Adrienne partage sa couche avec quelqu'un d'autre qu'elle. Dix fois, vingt fois, à l'instant du sommeil, Adrienne pêcha sa chatte sur la moquette pour la prendre contre elle dans le lit. Bien tendrement. Car Adrienne avait le cœur assez vaste pour aimer sans réserve et Juvisy et Finette. Et ces dix fois, ces vingt fois, Finette s'esquiva, Finette se sauva.

La mort dans sa petite âme de petite chatte.

A qui viendra me dire que, des âmes, les chats n'en ont pas, je dirai et répéterai, moi, que Finette, elle, en avait une. Une petite âme de rien du tout, sans doute, pesant à peine le poids d'un grain de riz ou de millet. Et puis après ? Bâtie comme elle l'était, une âme de format courant n'aurait pu que l'encombrer. C'est que jamais, jamais elle ne grandit, ne s'arrondit, prit des allures de polochon comme tant de chats d'appartement, Finette. Elle avait vieilli, mûri, au fil des jours et des déboires. Mais pas grandi. A trois ans, elle était encore de la taille d'un chat sortant tout juste du sevrage, fine comme une demoiselle. Avec toujours, ses trop longues oreilles et, dans la gueule, de petits bijoux de dents qu'on ne pouvait voir sans s'attendrir. Et pesant toujours si peu qu'on l'aurait crue à plumes et non à poils.

Et elle avait une âme.

Et cette âme était triste.

Triste à cause de Juvisy qui tenait tant de place et dans la chambre de l'étudiant et dans la vie d'Adrienne.

Adrienne l'aimait toujours autant, sa chatte. Mais elle le lui disait moins souvent et l'en assurait moins souvent par des caresses, des niches, des pinçons affectueux, des tapes à la blague. Et, pour Finette, qui n'était qu'amour — amour pour certains humains s'entend, pas pour les autres animaux, ça non ! — c'était insupportable. Et puis, quand elle n'était pas là à n'en avoir plus que pour son Juvisy, Adrienne était ailleurs à comploter, ailleurs à faire sa drôle de guerre avec les hommes du groupe, ailleurs à jouer les sauveteuses avec les dames et les messieurs de bonne volonté de la rue de Montreuil. Alors Finette se mit à ne rien faire d'autre que dormir. Mais d'un sommeil pas du tout délectable, d'un sommeil de chat qui, hélas ! n'a rien de mieux à faire que rassembler ses pattes et sa queue bien en rond et s'engourdir et s'abrutir.

Ces semaines-là furent exécrables pour Finette. Dormir ses quinze seize heures par jour, d'accord. Mais... plus... Si encore il y avait eu à voir, dans cette chambre. Chez Monsieur Ponchardain, dans l'extravagant domaine du père Truffard, une chatte avait toujours quelque découverte, quelque plaisante sottise à faire. Mais là, à part des pipis déplacés (qui contrariaient plus encore cette si proprette petite mère chatte qu'Adrienne ou Juvisy), quoi faire ?

A la belle saison, elle prit l'habitude de rôder. Il y avait deux grandes fenêtres qui donnaient sur un balcon longeant la façade de l'immeuble. Franchie une petite grille, franchie sans problème parce que conçue pour les hommes et pas pour les chats, c'était le balcon d'une belle dame dans la cinquantaine inondée de Shalimar — senteur que Finette prisait fort — et enchantée d'avoir de la visite. Son mari travaillant au bon endroit, cette dame avait toujours un morceau de brioche ou de quelque autre pâtisserie pour Finette. Et Finette était si totalement, si merveilleusement chatte qu'elle payait de mille marques de gratitude chaque bouchée de bon manger. Elle devint donc très amie de la dame sentant le Shalimar et lui rendit visite chaque jour qu'Adrienne ou Juvisy laissèrent une fenêtre ouverte.

Elle se risqua sur le palier aussi et dans les escaliers. Adrienne qui craignait qu'elle se perde, prenait ses précautions en entrant ou en sortant. Pas Juvisy. Et, chaque fois qu'elle le pouvait, Finette lui glissait entre les jambes. Elle put ainsi explorer tout l'immeuble et lier des connaissances. Avec la concierge, que les restrictions faisaient grossir nerveusement, qui avait l'air d'une baleine portant tablier et qui menaça la chatte de l'écrabouiller avec sa pelle à charbon si elle la reprenait à salir les beaux tapis. Avec un monsieur du troisième qui jouait Lily Marlène sur son violon grinçouillard et pleurnichait parce que sa femme l'avait quitté pour un Fridolin même pas bel homme. Avec une famille qui lui donnait, pas toujours mais souvent, du gras de jambon et des peaux de saucisson et caressait l'espoir de l'engraisser, comme ça, clandestinement, et de la rapter, de l'exécuter et de la fricasser avec des petits oignons une fois qu'elle serait à point. Intuition ou hasard ? Finette cessa très vite de fréquenter cette famille.

Sa plus belle rencontre fut celle de Mina Meyer. Elles se rencontrèrent entre le quatrième et le cinquième. Mina revenait de l'école. Elle avait des cheveux noirs et des yeux noisette très malicieux. Plutôt que de rentrer faire ses devoirs, elle préféra s'asseoir sur une marche et converser un brin avec ce vraiment très joli petit chat qu'elle voyait pour la première fois.

Mina Meyer avait la voix chantante. Un vrai bonheur pour les oreilles. Elle était aussi très caresseuse.

Peut-être pas tout à fait autant qu'Adrienne.

Mais elle était où encore, Adrienne ?

Elles passèrent un sacré moment, sur leur marche, Finette et Mina. Elle avait plein de choses dans le crâne, Mina, des choses qui ne regardaient pas les filles de son école et qui, si elle les avait racontées à sa grande sœur, lui auraient valu, c'était gagné d'avance, d'être traitée de toquée ou, ce qui était encore plus vexant, de bébé. Elle décida de faire de Finette (qu'elle baptisa Chat Mignon) *son* confident. Ce qui valut à Finette d'apprendre comment, quand elle serait un peu plus grande, Mina s'arrangerait pour, premièrement, ne plus être Juive et ne plus être obligée de porter une affreuse étoile jaune et, deuxièmement, tuer ce Hitler dont son papa disait le plus grand mal.

Mina rentrait tous les soirs à la même heure et Finette prit l'habitude de l'attendre, en se cachant de la concierge ventripotente qui prisait aussi peu les fillettes à étoiles jaunes que les quadrupèdes.

Pour pouvoir s'entretenir tranquillement avec son ami à quatre pattes, Mina le prenait dans ses bras et grimpait jusqu'au dernier étage de l'immeuble. Là, c'était tranquille. La concierge n'y mettait jamais les pieds. C'était trop haut pour « son cœur et son souffle qu'elle avait très très faibles ». Et puis au septième, il y avait des chambres vides avec bien du fouillis. Des coins pour jouer à se cacher, des sommiers éventrés pour s'allonger tête contre tête et bavasser à loisir. Chaque jour, Mina en disait plus à son confident sur la manière dont elle s'y prendrait, quand elle ne serait plus petite et plus juive, pour tuer le chef des Allemands.

— D'abord, comme j'aurai appris à piloter, je volerai un avion de guerre. Pas un gros, un moyen. Et j'irai au-dessus du château d'Hitler et je volerai très bas, pas assez bas pour me prendre les roues de mon avion dans les branches de sapins, mais assez bas pour pouvoir tuer au revolver tous les chiens à Hitler. Parce qu'il a plein de chiens. Des bergers allemands avec des manteaux de chiens en tricot avec des croix gammées dessus. Après que j'aurai tué tous les chiens à Hitler, alors... Tu m'écoutes ou tu m'écoutes pas ?

Finette faisait des galipettes sur le vieux sommier où Mina s'était allongée sur le ventre.

— Tu es insupportable, tu sais ! Je te raconte des choses extrêmement secrètes et tu fais l'acrobate !... Tu as faim ? C'est ça, hein, tu veux faire quatre heures ?

Mina sortait de sa poche de tablier deux carrés de chocolat et une tranche de pain. Un carré de chocolat pour elle et un pour le chat.

— Tu ne veux pas de chocolat ? Tu sais que tu as du culot, mon vieux ? Ce chocolat, c'est du chocolat qui coûte les yeux de la tête ! Tu mérites une bonne fessée, vilain chat. Voilà ce que tu mérites.

Et Mina mettait Finette cul par-dessus tête et lui donnait des tapes comme on en donne à une poupée qu'on veut châtier parce qu'elle le mérite, mais qu'on ne veut surtout pas abîmer.

Et ces fessées pour jouer, Finette en raffolait. D'autant que chaque fessée dégénérait en simulacre de bataille d'une gaieté irrésistible.

Mina était dans une chambre mansardée du septième étage en train de bien s'amuser avec Finette quand on vint arrêter le docteur Meyer, sa femme et sa fille aînée. Les policiers auraient bien voulu emmener aussi la fille cadette. Mais même la concierge qui « était du côté des policiers » ne sut pas leur dire où ils pourraient la trouver.

Quand Adrienne rentra, deux méchants œufs et une misérable demi-livre de poivrons dans son cabas, elle trouva bien du monde à l'entrée de l'immeuble. Bien du monde qui écoutait la concierge décrire avec jubilation les mines déconfites du docteur Meyer et de sa « prétentiarde d'épouse » et de « leur pimbêche de grande fille » quand on les avait embarqués pour les emmener dans des camps « où, enfin, ils allaient savoir ce que c'était que de travailler de ses mains ». Un monsieur dit qu'il avait entendu dire que « c'était pas forcément pour leur apprendre à travailler de leurs mains qu'on les emmenait, les Juifs, que ça pouvait être aussi pour les exterminer ».

— Et puis après ? On extermine bien les poux et les cafards, non ?

Cette ignoble répartie de l'ignoble concierge, c'était plus qu'Adrienne n'en pouvait supporter. La concierge eut droit à un grand coup de cabas sur son ignoble face de pleine lune. Tant pis pour les deux œufs !

Les gens en furent estomaqués et deux camps se formèrent aussitôt. D'un côté, les salauds qui prirent parti pour l'honnête concierge sauvagement agressée par une folle sûrement à la solde des Juifs, si pas Juive elle-même. De l'autre ceux qui estimèrent que cette teigne de pipelette ne l'avait pas volé.

Laissant les deux camps se faire face autour de la concierge qui s'était écroulée sur son paillasson et bavait de hargne et de honte, Adrienne se dépêcha d'aller retrouver sa Finette. Mais, comme de plus en plus souvent depuis quelque temps, Finette n'était pas dans sa chambre. Et Adrienne avait très envie de la voir. C'est vrai qu'elle s'occupait moins d'elle depuis Juvisy, depuis le groupe, depuis les actions insensées avec les bonnes âmes du côté de la rue de Montreuil. Mais rien ne pouvait mieux remonter Adrienne qu'un câlin à Finette.

Elle l'appela sur le balcon. Pas d'écho. Elle l'appela dans l'escalier. D'habitude, Finette répondait au premier appel. Adrienne commença à paniquer. Ce qu'elle avait appris, sa petite affaire avec la concierge, ça l'avait énervée. Elle avait besoin de sa Finette, besoin de la serrer très fort, de lui embrasser son bout de nez froid, son crâne à peine gros comme une mandarine.

A force de la chercher dans les escaliers, de sonner à des portes, elle finit par la retrouver. Et une charmante fillette avec elle. Mina Meyer, qui ignorait encore qu'elle était devenue pire qu'orpheline.

La nuit qui suivit fut pour Finette la plus délicieuse des nuits. Elle la passa sous la couverture aux grands carrés, entre Adrienne et Mina. Une nuit comme devraient l'être toutes les nuits. Une nuit toute en ronrons.

Juvisy dormit dans un fauteuil. Profondément, il avait eu une dure journée.

C'était sa dernière nuit à Paris.

25

Adrienne aurait voulu mourir.

Mais ce n'était vraiment pas une chose à faire dans un wagon de troisième classe de la ligne Paris-Orléans. Surtout avec deux âmes bien fragiles à charge. Celle de Finette et celle de Mina.

C'était l'avocat, le monsieur important que l'on nommait Petit-Clamart qui avait déniché l'adresse d'une parente (aryenne, cent pour cent aryenne) du docteur Meyer dans un village quasiment perdu. C'est lui qui avait insisté pour qu'Adrienne accompagne la petite fille.

— Ça vous changera les idées, ce voyage.

Adrienne était convaincue que plus rien ne pourrait lui changer les idées depuis que Vincennes était venu lui annoncer la rafle monstre aux Etablissements Mouret et l'arrestation de Juvisy, Saint-Cloud, Robinson et d'autres camarades.

Adrienne regardait défiler les arbres, les maisons, les champs avec leurs vaches rêveuses, mais ne les voyait pas. Elle pensait à Juvisy. A son courage. A sa force. A ses moustaches. A ses grandes, à ses généreuses idées. Si elle n'avait pas eu une petite main et une petite patte chaudes et confiantes dans chacune de ses deux mains, elle se serait laissée glisser.

Mais il fallait qu'elle tienne le coup. Les petites Mina et les petites Finette avaient besoin d'elle. Ces deux-là qui somnolaient sur la banquette de bois et toutes les autres petites Mina et toutes les autres petites Finette.

La parente du docteur Meyer avait une maison de pierre rose entourée de vignes. Avec la Loire à moins de cent mètres. Et des pots de confitures de toutes couleurs alignés sur les étagères de sa cuisine. Elle avait un grand chien timide qui laissait les oiseaux faire des ventrées de raisin. Le jour où la T.S.F. avait annoncé la guerre, elle l'avait débranchée et, depuis ce jour-là, *le Figaro* auquel elle était abonnée, elle le mettait à brûler dans sa cuisinière, sitôt reçu, sans jamais le déplier.

Elle embrassa bien fort Mina qu'elle n'avait jamais vue et Adrienne dont elle n'avait même jamais entendu parler en leur disant combien leur visite lui faisait plaisir et elle refusa d'écouter les explications qu'Adrienne voulut lui donner une fois la fillette couchée.

— Cette guerre-ci et les autres, toutes les autres, il ne faut pas m'en parler. Pas du tout. Les guerres, c'est sale. Et ça me donne de trop vilaines pensées. Je voudrais que tous ceux qui les déclarent, tous ceux qui les font en meurent. Sur-le-champ. Tout de suite. Sitôt une guerre déclarée, sitôt le premier coup de clairon donné, je voudrais que tous les chefs, les ministres, les généraux, les officiers, les sous-officiers, les simples soldats... Tous !... qu'ils reçoivent chacun son obus et sa dose de gaz et un bon paquet de coups de baïonnette par-dessus le marché et qu'il y ait de telles flaques de sang qu'ils s'y noient dedans.

Elle proféra ces horreurs en emplissant deux tasses de verveine. Elle but son infusion à petites gorgées, posa sa tasse et s'alluma une cigarette.

— Il y avait un jeune homme dont j'appréciais vraiment énormément la compagnie. Il était de Langeais. Il était blond avec une barbiche. Il avait étudié pour devenir notaire comme son père, mais sa passion c'était l'aquarelle. Les sous-bois surtout. Il vous faisait de ces sous-bois... Pas une fois nous ne nous sommes dit que nous nous aimions ou des choses comme ça. Jamais nous ne nous sommes embrassés. Mais nous savions, sans en parler, que nous étions fiancés. Il a été tué dans une tranchée. Coupé en deux par une rafale de mitrailleuse. Il y a un peu plus de trente-sept ans de cela.

La dame emplit à nouveau les tasses. Des tasses anciennes. Très fines.

— Vous comprenez ?

Adrienne comprenait parfaitement.

La nuit, elle pleura. Et Finette ne fit rien pour éviter d'être mouillée par les grosses larmes que versait Adrienne. Finette se contenta d'être là.

La nourriture était excellente chez la dame. Œufs coque, salade croquant sous la dent, poireaux, carottes, brocolis, épinards du jardin, poires, prunes, pêches, jambon fumé, rillettes, rillons.

Elle ne se fâcha pas quand Adrienne lui dit qu'elle ne voulait ni charcuterie ni viande. Au contraire.

— C'est très bien d'être végétarienne. Très bien.

Végétarienne, Adrienne l'était devenue sans le savoir. Jamais ce mot n'était entré dans son oreille.

Elle aida la dame à tailler ses rosiers, à soigner un saule qui avait la maladie, à désherber le devant de sa maison de pierre rose, à mettre en bouteilles un fût de vin de pays qui sentait la framboise.

Il faisait juste un peu trop chaud.

Mina avait très bien accepté qu'on lui réponde un peu n'importe quoi à ses questions sur ses parents, sur ce voyage. Elle était ravie de ces vacances inattendues dans un pays où personne ne se préoccupait de savoir si vous portiez une étoile jaune ou si vous n'en portiez pas. Jouer à cache-cache avec cette chatte qu'elle avait crue un chat, c'était encore plus rigolo dans des vignes et des granges que dans un escalier. Et, au moins, dans les campagnes, il n'y a pas de concierge pour vous faire des réflexions.

Sa seule désillusion, c'est à Adrienne qu'elle la dut, Mina, quand elle comprit que la chatte repartait avec elle à Paris.

— Je veux pas qu'elle s'en aille, Finette. Je veux pas. Elle est à moi, maintenant. Tu vas le dire, sale bête, que tu es à moi ? Tu vas le dire ? Tu vas le dire ?

Finette regardait la petite fille, Finette regardait Adrienne.

La dame se souvint à point nommé d'une malle

qu'il fallait aller ouvrir d'urgence au grenier. Une malle pleine de vieilles vieilles poupées qui réclamaient une maman.

— Des poupées comment ?

— Avec des vrais cheveux et des robes comme tu n'en as jamais vues. Elles ont même leur maison. Avec tous les meubles qu'il faut. Toute la vaisselle. Et des peignes, des brosses plus petites que le plus petit de tes doigts.

Mina toisa Finette de très haut.

— Toi, tu fais comme tu veux. Moi, je vais voir les poupées et les tout petits peignes.

Et Adrienne partit avec sa Finette.

Comme une voleuse.

Ça la bouleversa, Adrienne, de faire de la peine à cette fillette aux yeux noisette qui ne reverrait peut-être plus jamais les siens. Mais, sans Finette, Adrienne n'aurait pas tenu.

Et il fallait qu'elle tienne.

Et elle tint.

Sacrément bien même.

Il n'y avait plus de groupe. Mais Vincennes était toujours là et Bobigny et Bondy et Ivry. Et Lunettes qui se mit à suivre Adrienne comme son ombre. Et Madame Séraphina et tant et tant de gens qui ne demandaient qu'à se décarcasser pour gâcher la vie et saper le moral de l'Occupant et venir en aide aux affligés à deux ou quatre pattes.

Adrienne reprit du service chez Monsieur Ponchardain. A mi-temps et un peu moins que cela même. En échange d'un repas (sans viande) par-ci par-là et du droit de dormir quand ça l'arrangeait sous son toit, Adrienne s'engagea à faire — à ses heures à elle — le ménage de la maison et de l'atelier du cher Paul-Emile. Il lui arrivait de tout impeccablement briquer deux journées d'affilée ; il lui arrivait aussi de tout laisser en plan pendant des semaines entières. Monsieur Ponchardain ne s'en plaignait pas. Pour lui, comme pour beaucoup, Adrienne était devenue une sorte de sainte dont les agissements, surtout quand ils étaient inexplicables et inexpliqués, ne pouvaient être que louables et bénéfiques.

Il faut dire qu'au retour de chacune de ses « escapades », elle avait toujours quelque nouvelle magnifique à annoncer. Une fois elle vous apprenait que deux cents chats destinés à une usine de textiles de synthèse autrichienne n'arriveraient jamais à destination pour cause de déraillement de train. Déraillement dont les chats étaient tous sortis indemnes. Une autre fois, elle vous révélait que le phoque du zoo de Vincennes, dont les journaux avaient laissé entendre le probable transfert dans un jardin zoologique d'outre-Rhin, était à l'abri. A l'abri où ça ? Adrienne vous disait alors comment, avec l'aide de quelques amis aussi malins que dévoués, elle avait réquisitionné une piscine désaffectée dans le dix-septième. Piscine dans laquelle avaient aussi trouvé refuge les animaux d'un petit cirque ambulant dont le directeur — un ancien flirt de Madame Séraphina — venait d'être déporté. Parce qu'on s'était mis à déporter aussi les Gitans. Des Gitans, Adrienne en sauva plus d'un. Et des Juifs. Et des garçons requis pour aller travailler en Allemagne, qui auraient préféré crever plutôt que d'aller fabriquer des bombes qui avaient toutes les chances de tomber un jour sur la tête des Français ou de leurs alliés.

Sauver. C'était le mot qui motivait toutes les pensées, tous les gestes d'Adrienne. Pensées et gestes neuf fois sur dix résolument fous. D'ailleurs, beaucoup de ceux qui croisèrent Adrienne à l'époque la prirent pour une folle. Ou, au moins, pour une fille épatante mais ne jouissant pas de toute sa raison. Il faut dire qu'elle avait attrapé une curieuse allure. Refusant de perdre du temps à se faire des frisettes, à se mettre le peu de rouge à lèvres et de poudre de riz dont même la moins coquette des femmes ne saurait se passer, chaussée de robustes chaussures militaires laissées par Juvisy, vêtue hiver comme été d'un imper qui en voyait de dures, les traits tirés en permanence par le manque de sommeil et les privations et toujours, toujours le cabas, le fameux cabas à la main ou sur le porte-bagages de la bicyclette rouge. Le cabas avec Finette dedans. Car depuis qu'il n'y avait plus Juvisy, Adrienne n'aurait pas fait un pas sans sa Finette.

Et Finette s'accommodait à merveille de cette vie de « chat de manchon ».

Et, dans le onzième, dans le douzième, un peu partout, on se retournait pour regarder passer la femme à la chatte. Et des imbéciles ricanaient.

Parfois, dans le cabas, et Finette détestait ça parce que ça lui meurtrissait les côtes, il y avait un revolver ou un pistolet mitrailleur ou une bombe.

Pas pour tuer. Tuer, Adrienne ne voulait pas. Pour menacer, effrayer, tenir en respect.

Les autres, ceux d'en face, les ennemis, tuer, ça ne les gênait pas. Loin de là. Et il arriva à Adrienne de prendre une balle dans le gras du bras. Rien de vraiment grave. Mais quelle émotion pour Finette dans son cabas. Et quel drame pour Lunettes quand il vit Adrienne s'affaisser et la manche du vieil imperméable devenir rouge de sang.

C'était aux abattoirs de Vaugirard. Il s'agissait, ce matin-là, d'empêcher des bouchers de la Wermarcht de régler leur compte à des chevaux de trait et tout devait se passer plutôt bien. Et un flic leur était tombé dessus qui eut droit à deux balles dans le ventre. Les premières balles tirées par Lunettes à toucher leur cible.

D'autres allaient suivre.

Elle avait raison, la parente provinciale de Mina Meyer : c'est sale, les guerres.

C'est aussi parfois bien déroutant.

Dans la piscine désaffectée du dix-septième que l'on gagnait par les égouts, outre le phoque et les animaux du cirque du gitan déporté, il y eut très vite une foule de pensionnaires pas vraiment faits pour s'entendre les uns avec les autres et qui pourtant cohabitaient sans problème : deux familles de fourreurs russes, un casquetier polonais et ses deux fils, une dame sourde qui n'était pas juive du tout mais que de bienveillants voisins avaient dénoncée comme telle aux autorités compétentes, un abbé poseur de bombes, un petit garçon perdu, des chiens perdus, des chats perdus, un perroquet qui chantait *l'Internationale*, un ménate qui chantait *Maréchal, nous voilà !...*

Ces gens, ces animaux, même s'ils ne faisaient que passer, il fallait les nourrir. On mangeait mal dans cette piscine. Mais on mangeait. Quoi ? Le fruit de pillages dans des dépôts, des entrepôts allemands.

C'est en volant une caisse de bœuf en boîte dans les caves du Majestic que Bobigny fut tué.

Adrienne demanda à l'abbé de dire une messe pour lui. Dans la piscine.

Et les Juifs y assistèrent à cette messe et ils prièrent leur Dieu à eux pendant que le prêtre célébrait le sien.

Et le perroquet et le ménate dirent « amen », bien ensemble, chaque fois qu'il le fallut.

Pendant la messe, Finette fit un bon somme. Dans le cabas.

Elle était de plus en plus freluquette, sage, discrète pas encombrante. A croire qu'elle comprenait que c'était elle qui était à l'origine de toutes les folies d'Adrienne, à croire qu'elle se souvenait que tout avait commencé à l'instant de leur rencontre. Brave Finette. Bonne Finette. Elle pouvait passer des journées et des nuits ballottée dans son cabas, elle pouvait ne souper que d'un quignon de pain dur, trop dur pour ses petites dents ou d'une cuillerée de soupe maigre. Elle pouvait entendre des balles lui siffler aux oreilles. Tout lui était bon. Elle avait le ronron de plus en plus facile.

Quand elle attrapa la teigne et qu'Adrienne dut la

raser du sommet de la tête au bout de la queue, et la barbouiller d'un liquide d'un violet indécent, Finette ne fit pas d'histoires.

Monsieur Ponchardain lui dit, en s'étranglant de rire, qu'elle avait l'air « d'une aubergine à moustaches ».

Elle aurait pu prendre ça mal. Pas du tout.

Elle se contenta d'aller se cacher. Dans le cabas.

Elle fut malheureuse mais garda son malheur pour elle. Tout le monde l'adorait, Finette.

Même les patrouilleurs allemands qui, une nuit, coincèrent Adrienne dans une rue déserte et la cognèrent avec entrain pour tenter de la convaincre de leur avouer des choses, ne purent se retenir de faire des câjoleries à cette mauviette de chatte qui, c'était net, méditait de les croquer tous et tout cru pour leur apprendre à faire des crasses à son Adrienne.

A son Adrienne que ces brutes abandonnèrent dans un caniveau, à demi morte.

Seulement à demi.

Et Finette sut retrouver le chemin de la maison de Monsieur Ponchardain et décider Lunettes à venir au secours de sa maîtresse.

Bien sûr, Adrienne s'en sortit. Adrienne se sortit de tout. Toujours.

Elle se sortit même des huées et des menaces féroces d'une horde de résistants de la toute dernière heure qui, alors qu'ils s'amusaient à lapider des Allemands qui se rendaient à des G.I., ne supportèrent pas qu'une femme s'oppose à ce qu'on « fasse leur affaire » aux chiens de fritz qui abandonnaient leur cantonnement sur les talons de leurs maîtres.

Ces chiens — des bergers aux crocs, reconnaissons-le, peu engageants —, les résistants de la dernière heure voulaient les balancer dans la Seine avec une pierre au cou.

Et Adrienne s'y opposa.

Des chiens, en quatre ans, elle en avait peut-être sauvé mille. Et il n'était pas question qu'elle laisse assassiner ceux-là, allemands ou pas.

Ça se passait place de l'Hôtel de Ville au moment où ça se canardait encore très fort dans certaines rues de Paris et sur certains toits. Et Adrienne faillit être lynchée par des bougres d'opportunistes qui, pas même huit jours avant, étaient encore d'enragés collabos.

Sans l'intervention d'un G.I. noir comme le célèbre « Oncle Tom », Adrienne aurait été rouée de coups, voire même tondue par des salauds énervés qui étaient prêts à toutes les canailleries pour se laver de quatre années de lâcheté.

Grâce à l'oncle Tom, trois chiens allemands, trois chiens qui avaient peut-être un bon nombre d'atrocités sur leur conscience de chien, furent sauvés et ils soupèrent avec Monsieur Ponchardain, Lunettes, Vincennes, Madame Séraphina, l'abbé poseur de bombes de la piscine, Fantôme, la guenon Princesse, d'autres animaux encore, et Adrienne dans l'atelier du cher Paul-Emile qui s'était procuré, nul ne saura jamais comment, une caisse de Clicquot.

Quelle nouba dans l'atelier ! Quelle nouba !

Monsieur Ponchardain se soûla pire que le père

Truffard qui fit une petite apparition flanqué de Mustapha et qui donna le branle d'un tumultueux quadrille des Lanciers au bras de Madame Séraphina.

Les Allemands, c'était fini.

Adrienne qui n'avait rien bu que de l'eau et des imitations de café (plus loupées les unes que les autres) depuis que Juvisy avait disparu, vida une bouteille de Clicquot à elle seule.

Elle tenta même d'en faire boire une gorgée à Finette. Mais pas question.

— Moi non plus, je ne suis pas très pour les boissons alcoolisées. Mais c'est pas un jour comme les autres, ma Finette. Toi et moi, on s'est connues le jour où ils sont arrivés et, aujourd'hui, c'est le jour où ils s'en vont. Tu n'as pas idée de tout ce qui va changer. Bientôt, on reverra des croissants dans les vitrines des boulangers. Bientôt, il y aura de la viande sans tickets et tant qu'on en voudra. Tellement de viande que tous les gens et tous les animaux n'arriveront pas à la manger toute. Bientôt...

Adrienne faillit dire « bientôt Juvisy reviendra ». Mais comme elle n'en était pas sûre, elle préféra ne pas le dire. Et comme elle eut l'impression que des larmes allaient lui monter aux yeux, elle souleva Finette et enfouit son visage dans son mignon petit ventre bien doux bien chaud.

— Maintenant, ma Finette, nous voilà parties pour cent ans de bonheur, toi et moi.

ÉPILOGUE

Le seul, vraiment le seul intérêt des Occupations, c'est que ça finit toujours par des Libérations et que les libérations, pour le moral des peuples, il n'y a rien de meilleur.

Voir partir le dernier Allemand, ce fut un spectacle qu'aucune superproduction hollywoodienne, aucun Son et Lumière n'égaleront jamais. Un spectacle de toute beauté. Et tellement transportant qu'il n'est pas exagéré de dire que, qui n'a pas vu l'ultime occupant s'en retourner là d'où il venait en traînant la jambe, n'a rien vu.

Comme le dit si justement le père Truffard :

— Paris, même par sale temps, c'est déjà quelque chose. Mais Paris sans les Frisés, c'est vraiment quelqu'un !

Il s'en fut très peu de temps après les Allemands, le père Truffard. Emporté un peu par l'alcool, beaucoup par l'âge.

Monsieur Ponchardain, lui, fit de très très vieux os. Et il connut ce à quoi il avait toujours rêvé : la gloire — quand la municipalité de Farcy-sur-Yvette lui acheta sa « France suppliant de Gaulle de venir la délivrer ». Monument pour lequel Adrienne avait posé dans son opulente et gracieuse nudité et qui fait aujourd'hui encore l'admiration des promeneurs jeunes et vieux qui hantent le verdoyant parc municipal de Farcy.

Notons que Madame Ponchardain (bien revenue de ses élans progermaniques) fut la première à tenir cette œuvre pour l'une des trois ou quatre pièces maîtresses de l'art contemporain et qu'elle enchanta les dernières années de son Paul-Émile en lui prodiguant une admiration qui confinait à la vénération et tant d'amour que le cher vieil homme attaqua, à l'orée de sa soixante-dixième année, ce qu'il faut bien appeler une seconde lune de miel.

Madame Séraphina fit tant et si bien elle aussi que son frère bien-aimé put faire imprimer des placards multicolores informant les populations que « le cirque Gorgonzo était le seul cirque in the world dont la caisse était tenue par une authentique centenaire ». Laquelle authentique centenaire devait s'éteindre le même jour que sa chère Princesse, le jour fatal entre tous où la foudre tomba sur le grand mât du chapiteau, permettant à la vieille femme d'exécuter sa dernière révérence sur fond de flammes et d'étincelles.

C'est cette année-là que David ouvrit son cabinet rue d'Aboukir. Il était docteur en médecine. Mais ses chapeliers de parents étaient déjà morts depuis longtemps. Dans un camp.

Thierry était devenu pilote de ligne et grand coureur de jupons.

Lunettes (mais on ne disait plus Lunettes, on disait Monsieur Forestier) était gros bonnet d'une affaire d'électroménager, époux d'une femme sèche et laide, et papa d'une espiègle petite Adrienne.

Adrienne, notre Adrienne à nous, elle, elle vivait à Bercy. Dans les fins fonds de Bercy, dans ce qui avait été le repère du père Truffard et qui était devenu son domaine à elle. Comment ? Pourquoi ?

Parce que le vieux boit-sans-soif était tout ce qu'on voulait mais pas fou ni imprévoyant. Dans la fameuse lettre « *A prendre connaissance en temps voulu* », cachée dans le seul et unique livre du père Truffard, l'Almanach mil neuf cent vingt-sept de la Manufacture d'armes et de cycles de Saint-Etienne, il était écrit bien clairement (et quasiment sans fautes d'orthographe) que, « *si*, lui, *Jérôme-François Truffard, décédait avant la majorité de Mustapha, ça serait Mademoiselle Adrienne Guillemain qui hériterait de tous ses biens et aurait à pourvoir aux besoins du nommé Mustapha* ».

C'est comme ça qu'en quarante-cinq, Adrienne se trouva à la tête de plusieurs lessiveuses de billets de banque, d'un coquet tas de lingots d'or, de deux chameaux, d'une vache, d'ânes, de biques, de plusieurs hangars, d'appentis, de carrioles, d'un char à bancs, de harnais, de fouets, de grelots... Bref, de tout le contenu du capharnaüm.

L'argent — de l'argent sale, venant du marché noir —, Adrienne aurait volontiers été le déposer dans le tronc des pauvres de l'église Saint-Antoine. Mais c'était un dépôt. C'était l'argent de Mustapha. Sur les conseils de Madame Ponchardain qui ne voulait plus que du bien à « cette excellente Adrienne », elle le plaça en bons et obligations de la S.N.C.F. et du Crédit national à trois et quatre pour cent.

Une fois réglée la question d'argent, Adrienne entreprit de faire un grand, un fantastique ménage qui dura trois longs mois, et à l'issue duquel l'incroyable ferme taudis du père Truffard eut l'air d'une vraie petite fermette comme en Normandie où elle s'installa pour s'employer à faire fructifier les biens de Mustapha.

De Mustapha qui ne passait pas un jour sans regretter l'heureux temps où son patron lui donnait de magistrales raclées et le traitait de moricaud. Chaque dimanche, il allait au cimetière d'Ivry fleurir la tombe de « ce sacré vieux cochon de soûlaud ».

Parfois, Adrienne allait avec lui. Parfois. Mais le plus souvent, elle préférait rester dans la petite chambre qu'elle avait aménagée pour Finette et pour elle.

Elles étaient bien, toutes les deux. Elles se souvenaient de ces années terribles qu'elles avaient vécues ensemble et qui leur laissaient, tout bien considéré, surtout de bons, de merveilleux souvenirs.

Adrienne aimait surtout parler de Juvisy à Finette. De Juvisy qui, on l'apprit en quarante-cinq, avait sauté une fois de trop d'un train en marche et était mort sur un ballast entre Düsseldorf et Solingen.

Petit-Clamart, Vincennes et les autres survivants

du groupe avaient fait des pieds et des mains pour que Juvisy soit décoré à titre posthume. Il y avait eu une cérémonie à la mairie du onzième avec vin d'honneur, petits fours et discours ridicules. Mais Adrienne n'avait pas voulu y assister. Pas plus qu'elle n'avait voulu répondre aux lettres de ceux qui s'étaient mis en tête de la faire décorer elle aussi.

Quand elle parlait de Juvisy à Finette, c'était d'un Juvisy familier, d'un Juvisy sur sa bécane rouge brinquebalante, d'un Juvisy beau comme un acteur de cinéma avec ses moustachettes, d'un Juvisy aux lèvres douces, aux mains fines dans leurs gants de laine extrêmement reprisés, d'un Juvisy se donnant bien du mal pour tenter de faire entrer dans le crâne — petit, petit — d'Adrienne les grandes pensées des grands philosophes.

C'était terrible pour Adrienne que Juvisy soit mort. Mais au moins, lui, il était mort pour ses idées. Ce qui était tout de même moins désastreux que de mourir « pour rien » comme tant et tant de gens qui passent de vie à trépas uniquement parce que c'est la coutume.

Ses idées à elle, Adrienne n'en démordit jamais et elle fut toujours prête à mourir pour.

Mais, en temps de paix, à Paris, les occasions de mourir pour des idées sont — Dieu merci — plutôt rares.

Quand Mustapha eut vingt et un ans, il passa à la banque toucher « le gros paquet » (comme il le dit lui-même en gloussant de plaisir). Ce gros paquet, il n'en fit pour ainsi dire rien. D'abord parce qu'il dut aller passer un fichu bout de temps dans une caserne du Pas-de-Calais où il s'ennuya à périr d'Adrienne, de Finette et de tous les bestiaux de Bercy. Ensuite parce que, redevenu civil, il se rendit compte que le seul métier vraiment beau et exaltant était celui de promeneur de mioches à dos d'âne, de biquette et de chameau dans les jardins parisiens.

Riche, Mustapha vécut donc comme avant. Le gros paquet ne servant qu'à alimenter les chats perdus, les chiens perdus et tous les autres animaux perdus ou battus ou malheureux qu'Adrienne avait le génie de découvrir au cours de ses promenades.

Non contente de continuer à jouer les François d'Assise, Adrienne se mit à militer. Sûrement par fidélité à Juvisy. Mais les meetings, les défilés auxquels Adrienne participait l'auraient fait rire, Juvisy, et peut-être même grogner. Pensez ! C'est contre la vivisection, contre les corridas, contre le massacre des bébés phoques, contre le génocide des baleines, des pélicans ou des fouines qu'Adrienne militait ; qu'Adrienne milite aujourd'hui encore.

C'est dans une manif écolo que je l'ai rencontrée, il y a de ça un mois. Elle marchait en compagnie de deux ou trois cents babas cools, filles coiffées afro avec des jupes à fleurs et barbus scandant « A BAS LA CHASSE ET LES CHASSEURS ». Elle brandissait un panonceau sur lequel était simplement inscrit : « ET SI DIEU T'AVAIT FAIT LAPIN TOI AUSSI ? »

Plutôt que de tenter de répondre à cette question pourtant pleine de profondeur, un C.R.S bondit sur la vieille dame (car Adrienne est une vieille dame maintenant) en brandissant son casse-tête. Elle a esquivé. Très bien. Et elle a brisé son panonceau sur le casque du butor qui a, prudemment, battu en retraite.

J'étais émerveillé et, quand la manif s'est disloquée, j'ai proposé à cette vaillante militante de la reconduire chez elle dans mon Austin.

C'est comme ça que j'ai connu et le bizarre territoire du père Truffard, et Mustapha.

Comme ça aussi que j'ai connu Finette.

Quand je dis « connu »...

Elle était sur le fauteuil de la chambre d'Adrienne. Les yeux mimosa, petiote, drôlette. La plus exquise de toutes les chattes, c'est sûr. Mais immobile. Empaillée.

— Vous savez, sa petite vie de petite chatte, elle l'a bien vécue jusqu'au bout, m'a dit Adrienne. Quand il l'a fallu, parce que son heure avait sonné, elle a poussé sagement son dernier petit soupir. Mais elle est toujours là. Toujours prête à m'écouter. Et il faut voir comme elle est contente quand je lui raconte comment j'ai encore sauvé un chien gâleux ou une petite farceuse de minette comme elle. Car elle m'écoute, Monsieur, elle m'écoute.

L'impression de ce livre
a été réalisée sur les presses
des Imprimeries Aubin
à Poitiers/Ligugé

pour France Loisirs

Achevé d'imprimer le 15 mars 1984
N° d'édition, 9142 — N° d'impression, L 16515
Dépôt légal, mars 1984

Imprimé en France